전남친의 유언장

전남친의 유언장

신카와 호타테 지음 | 권하영 옮김

BOOK PLAZA

전남친이 남긴 유언장:

"나를 죽인 범인에게 내 전 재산을 줄 것!"

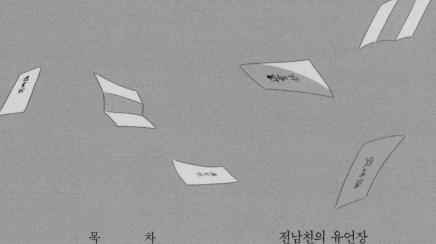

목   차 _____ 전남친의 유언장

제 1 장

물질주의 세계관

1

노부오가 내민 반지를 보고 나는 눈을 의심하지 않을 수 없었다.

노부오와 나는 도쿄스테이션호텔 프렌치레스토랑에서 풀코스 만찬을 시켜 디저트까지 다 먹은 참이었다.

"뭐 하자는 거야?"

내가 물었다. 하지만 사실 나는 꽃다발을 들고 오는 레스토랑 직원을 보고 이미 노부오의 의도를 눈치챘다.

노부오는 눈이 휘둥그레진 나를 보며 만족스러운 듯 웃었다.

"뭐긴, 나랑 결혼하자는 거지."

"아니, 그게 아니라," 나는 노부오의 말을 가차 없이 끊어버렸다. "겨우 이런 반지로 뭐 하자는 거냐고."

그러고는 깊은 한숨을 내쉬며 반지를 가리켰다.

"이거 까르띠에 솔리테어지? 전형적인 프러포즈용 반지인 건 알아. 그렇지만 너무 저렴한 것 아니야? 이 다이아 작은 것 좀 봐. 0.25캐럿도 안 돼 보이네. 까르띠에에서 이런 작은 다이아를 용케도 구했구나?"

노부오의 얼굴에서 점점 핏기가 사라져 가는 것이 보였다. 노부오는 야구장 홈베이스처럼 각진 얼굴을 위아래로 움직이며 나와 반지를 번갈아 보았다. 그때마다 뿔테 안경이 노부오의 큰 코 위에서 조금씩 흘러내렸다.

"오해하지 마. 나는 당신을 비하하는 게 아니야. 그냥 순수하게 궁금해서 그래. 대체 무슨 생각으로 이 반지를 준비한 건지, 그 의도를 알고 싶어."

노부오는 몇 초간 굳어 있다가 흘러내린 안경을 원래 자리로 돌려놓고는 기어들어가는 목소리로 말했다.

"나는 그냥 내 마음을 받아줬으면 했을 뿐이야. 레이코가 그렇게 반지를 중요하게 생각하는지 몰랐어."

"하아…."

나는 다시 한숨을 쉬었다.

"그러니까 고작 이게 당신의 마음이라는 거지?"

내가 노려보자 노부오는 겁먹은 어린아이처럼 몸을 움츠렸다.

"당신은 연구원이잖아. 보통 커플들이 얼마짜리 약혼반지를 사는지 안 찾아봤어?"

노부오는 전자기기 업체에서 연구원으로 일하고 있다. 지적으로 존경할 만해서 지난 1년간 만났다.

대형 로펌 변호사인 나와는 전혀 다른 분야에 몸담고 있는 사람이라 그동안은 서로의 자존심에 상처를 입히며 싸울 일이 없어서 좋았다.

"다, 당연히 찾아봤지."

내 말이 자존심을 자극했는지 노부오는 목소리를 떨며 말했다.

"대형 결혼 정보 사이트를 찾아보니까 약혼반지의 평균 예산은 41만 9천 엔이었어. 20대 후반 평균은 42만 2천 엔. 30대 초반은 43만 2천 엔. 우리는 20대 후반이지만 조금 더 써서 30대 초반 기준에 맞춰 준비했어. 그러니까…"

"그러니까 뭐?" 나는 다시 노부오를 노려보며 말했다. "나에 대한 당신의 애정은 일반 서민들의 평균 수준이라는 거야? 근데 나는 내가 평균밖에 안 되는 여자라고 생각해 본 적이 없어. 평균이 40만 엔이면 120만 엔짜리 반지를 받고 싶거든."

나는 팔짱을 낀 채 새하얀 식탁보 위에 놓인 빨간 상자와 그 안에 든 작디작은 다이아를 봤다.

반짝이긴 하지만 그래봤자 보잘것없는 반짝임이었다.

이런 것을 보고 있으니 한심스러워서 도저히 화를 참을 수가 없었다.

"근데 내 잘못도 있는 것 같다. 백만 엔도 안 되는 반지는 필요 없다고 미리 말해줄 걸 그랬어."

당황한 노부오는 금붕어처럼 입만 벙긋거렸다.

구석에서는 레스토랑 직원이 어쩔 줄 몰라 쭈뼛거리면서 이쪽 눈치를 봤다.

"미안해, 레이코. 돈이 생길 때마다 조금씩 예금은 하고 있지만 회사원 월급이란 게 빤해서 한계가 있어."

노부오는 거의 울먹이며 말했다.

그 모습을 보자 나는 더 열이 올랐다.

지금 노부오는 피해자 코스프레를 하고 있다. 심지어 돈이 없다는 평계로.

"아무튼 갖고 싶은 건 갖고 싶은 거야. 그게 인간이잖아. 돈이 없으면 장기든 뭐든 팔아서 돈을 만들어 와."

나는 노부오에게 단호하게 말하며 무릎 위에 놓인 새하얀 면 냅킨을 꽉 움켜쥐었다.

"아무 노력도 안 해놓고 돈이 없어서 못 한다고? 그건 내가 너한테 그 정도밖에 안 된다는 소리야. 겨우 그 정도 마음인 남자는 내 인생에 끼어들 권리가 없어."

나는 구겨진 면 냅킨을 테이블 위에 내던지고는 노부오를 혼자 남겨둔 채 자리에서 일어났다.

"잘 살아."

남자 직원이 카운터에서 허둥지둥 내 코트를 꺼내주었다.

직원의 표정을 보니, 잔뜩 겁먹은 듯 눈이 커져 있었다.

나는 그 길로 마루노우치로 향했다.

큰길에서 조금만 들어가면 보이는 고층 빌딩 28층에 내가 일하는 야마다 카와무라&츠츠이 로펌이 있었다.

이곳은 업무 강도가 세기로 유명한 로펌이라 사무실은 24시간 개방되어 있었다. 그래서 변호사들은 여력만 되면 언제든지 일할 수 있었다.

이미 밤 열 시가 넘었는데도 빌딩 창문에서 휘황찬란한 빛이 새어 나왔다.

사무실 안으로 들어가니 1년 후배인 후루카와가 컴퓨터 앞에서 컵라면을 먹고 있었다. 럭비부에서 키운 몸을 둥글게 만 모양새가 꼭 거대한 공벌레 같았다.

"어? 레이코 변호사님! 오늘 기념일이라 데이트하러 가신 거 아니었어요?"

후루카와가 입 안 가득 면을 머금은 채 말했다.

"그럴 생각이었는데, 완전히 망쳤어."

내가 고개를 저으며 말하자, 후루카와는 왼손으로 입을 가리며 과장된 목소리로 외쳤다.

"어? 설마, 차였어요?"

"안 차였어!"

내가 노려보자 후루카와는 어깨를 움츠렸다.

"후루카와, 너 얼마 전에 약혼했지? 여자친구한테 얼마짜리 약혼반지를 줬어?"

"음…."

후루카와는 고개를 갸웃거렸다.

"해리 윈스턴 중간 라인이었으니까 2백만 엔이 조금 넘었죠, 아마."

나는 크게 고개를 끄덕였다.

"그래, 그래. 역시 그래야지. 일생에 단 한 명뿐인 파트너를 얻는 거니까 그 정도는 해줘야지."

　조금 전 레스토랑에서 있었던 일을 간략하게 이야기하니, 후루카와는 컵라면을 손에 든 채 탄식했다.

　"아이고! 남자친구가 엄청 상처받았겠네요! 우리는 꽤 버는 편이라 그렇다지만, 평범한 샐러리맨치고는 남자친구도 노력한 거잖아요."

　"우리가 꽤 버는 편이라고?"

　스물여덟인 나는 2천만 엔 정도의 연봉을 받고 있지만, 이 정도로 충분하다고 생각한 적이 없었다.

　"세상에는 부자가 넘쳐나고, 우리는 그 발끝에도 못 미쳐. 나는 더 많은 돈이 필요하다고."

　후루카와는 캑캑대면서 컵라면 국물을 끝까지 털어 마신 뒤, 2리터짜리 페트병에 든 우롱차를 죽 들이켜고는 입을 열었다.

　"와, 선배님만큼 욕망에 솔직하면 정말 살맛나겠어요. 하지만 세상엔 돈보다 중요한 게 있잖아요."

　후루카와가 머리를 긁적이며 말했다.

　"음, 이렇게 말하면 좀 그렇지만, 레이코 변호사님처럼 기 센 여자와 사귀는 것만 봐도 남자친구분은 대단한 거예요. 잘해주세요. 안 그러면 천벌 받아요."

　"무슨 말이야?"

　나는 턱을 살짝 들어 올리며 물었다.

"보통 평범한 남자들은 자기보다 세 배 이상 버는 여자랑 사귀기 힘들거든요. 자존심도 있고 하니까."

그러고 보니 내 학력과 연봉이 부담스럽다며 나를 슬며시 피하는 남자들이 있었다. 하지만 그런 수준 낮은 남자는 나도 필요 없었다.

"남자친구가 이공계 출신 연구원이었죠? 자기 분야에 확고한 자신감이 있으니까 무던하게 선배랑 사귈 수 있는 거예요. 게다가 남자친구가 요리랑 집안일도 잘한다면서요?"

나는 어쩔 수 없이 고개를 끄덕였다. 노부오가 만든 볶음밥은 정말 맛있었다.

"그런 남자 찾기 진짜 힘들어요. 반지 알 좀 작은 것 때문에 관계를 망쳐놓으면 어떻게 해요?"

아무리 그래도 나는 도저히 납득할 수 없었다.

그렇게 보석도 작고 싼 반지로 내게 프러포즈를 한다는 것 자체가 나에 대한 모욕이었다. 노부오는 보석 크기와 상관없이 프러포즈만 하면 내가 좋아할 것이라고 생각한 게 분명했다. 하지만 안타깝게도 나는 그런 여자가 아니었다.

게다가 다들 내가 그런 여자가 아니라는 것을 비난하는 것 같아서 더 화가 치밀었다.

보석은 클수록 좋은 것이 당연하다.

그런데 왜 다들 그 당연한 진리를 모르는 걸까.

"아무튼 장기를 파네 마네 하신 건 너무 심했어요. 여자친구한테 그런 말을 들었으니 얼마나 무서웠겠어요?"

후루카와가 컵라면 용기와 나무젓가락을 비닐봉지에 담기 시작했다. 나는 팔짱을 끼고 후루카와를 빤히 처다봤다.

"하지만 난 정말 갖고 싶은 게 있으면 내 장기를 팔아서라도 내 걸로 만들 거야. 후루카와 너도 여자친구를 그만큼 사랑하고 결혼하고 싶으니까 2백만 엔짜리 반지를 준 거잖아?"

후루카와는 두꺼운 팔을 머리 뒤쪽으로 돌려 깍지를 긴 채 까무잡잡한 둥근 얼굴로 나를 처다봤다.

"아뇨. 저는 프러포즈 직전에 바람피운 걸 들켜서 어쩔 수 없이 비싼 반지로 물타기한 거예요."

후루카와는 민망한 기색도 없이 이를 보이며 웃었다.

그 앞니 사이에는 말린 양배추가 끼어 있었다.

다음 날 오후 네 시, 나는 로펌 면담실 앞에서 떨리는 가슴을 진정시켰다.

2월 1일, 월요일. 1년에 한 번 있는 인사면담이었다.

우리 로펌은 보너스를 1년에 한 번, 2월 중순에 지급했다. 인사면담을 통해 지난 1년간의 성과를 평가하고 보너스 액수를 통보하는 것이 연례행사였다.

나는 의기양양하게 면담실에 들어갔으나, 그곳에 앉아 있는 상사 두 명의 표정이 좋지 않은 것을 보고 조금 불안해졌다.

내가 실수한 것이 있는지 생각해보았지만 짚이는 바가 없었다. 일에 관해서는 남들보다 배로 열심히, 성실하게, 그리고 열정적으로 일해왔다고 자부했다.

"어, 레이코 변호사, 거기 앉아요."

두 남자 중 젊은 사람, 40대가 조금 안 된 야마모토 변호사가 입을 열었다.

나는 말없이 상사들 맞은편 자리에 앉았다.

"레이코 변호사는 다른 변호사들이 놀랄 정도로 늘 좋은 성과를 내주고, 클라이언트 쪽에서도 의지가 된다는 호평이 자자하니까 이대로 계속 힘써 주면 좋겠습니다."

분명 칭찬이었지만 어딘가 겸연쩍고 구차한 말투였다.

나는 무언가 이상하다고 생각하며, 포마드 기름으로 머리를 바짝 올린 야마모토 변호사를 보고 있었다.

"그래서 말인데…, 올해 보너스는 250만 엔입니다."

이, 이백오십만 엔?!

야마모토 변호사의 말이 머릿속에서 메아리쳤다.

머리가 멍해서 잠시 아무 말도 할 수 없었다.

작년 보너스도 4백만 엔 정도였다.

올해는 작년보다 훨씬 열심히 일했는데….

나는 재빨리 눈꼬리를 내리며 몹시 충격받은 표정을 지어 보였다.

나보다 나이 많은 남자를 다루는 것에 익숙한 나였다.

"왜죠? 제가 무슨 잘못이라도 저질렀나요?"

야마모토 변호사는 얼버무리듯 작게 고개를 저었다.

"아니, 그럴 리가. 레이코 변호사는 잘해주고 있습니다. 비슷한 시기에 입사한 변호사들과 비교해도 두세 배는 잘해주고 있죠."

"그럼 어째서…."

그때 야마모토 변호사 옆에 앉은 50대 후반의 츠츠이 변호사가 온화한 말투로 말했다.

"레이코 변호사를 보고 있으면 젊은 시절 내 모습이 떠올라요."

츠츠이 변호사는 이 로펌의 설립자다. 홀로 세운 개인 법률 사무소를 일본 최대의 로펌으로 키워냈다. 그래서 로펌 이름에도 그의 이름이 들어가 있었다.

듬성듬성한 머리숱과 달걀 같은 얼굴형, 둥그런 눈, 뺨에 새겨진 자잘한 주름. 츠츠이 변호사를 구성하는 모든 것이 온화함을 풍겼다.

나는 곧바로 양손으로 입을 가렸다.

"어머, 츠츠이 변호사님의 젊은 시절이라니…. 영광입니다."

츠츠이 변호사는 희끗한 머리를 긁적이며 쓸쓸하게 웃었다.

"아니, 그런 내숭은 관둬요. 나도 좀 모난 편이라 레이코 변호사에 대해선 잘 압니다."

나는 노래방에서 흥에 취해 노래를 부르고 있을 때 누가 갑자기 취소 버튼을 누른 것처럼 민망해져서 입을 꾹 다물었다.

"변호사로서는 그게 일종의 재능일 수 있어요. 하지만 레이코 변호사가 그 재능을 함부로 사용하면 예리한 칼을 휘두르며 돌아다니는 것과 마찬가지입니다. 그러니까 우리 로펌 안에서는 그 칼을 칼집에 넣어두고 대외적으로만 재능을 써주면 좋겠어요."

나는 츠츠이 변호사를 똑바로 응시하며 받아쳤다.

"조금 더 구체적으로 말씀해주시죠."

그러자 츠츠이 변호사는 이렇게 대답했다.

"혼자서 일할 거면 그대로도 괜찮아요. 하지만 후배가 생기고 팀을 꾸려 일할 때가 되면 그 날카로움을 무서워하는 사람도 생길 겁니다."

츠츠이 변호사는 본인이 말해놓고 뭐가 그리 재미있는지 허허허 웃었다.

"줄어든 액수는 장기적으로 지불해야 할 수업료라고 생각하세요."

츠츠이 변호사의 그 말은 내가 겨우 부여잡고 있던 이성의 끈을 끊어버렸다.

다음 순간, 나는 나도 모르게 소리쳤다.

"수업료라니, 그런 궤변은 그만두세요!"

앞에 있는 책상을 힘껏 내리쳤다.

"저는 돈 때문에 일하는 겁니다. 일한 대가로 로펌에서 돈을 받는다고요. 수업료네 뭐네 하면서 정당한 대가를 주지 않으면 못 참아요!"

야마모토 변호사는 순간 움찔했지만 츠츠이 변호사는 눈 하나 꿈쩍하지 않았다.

그래서 더 울화가 치밀었다.

나를 이렇게 화나게 해놓고, 이 로펌과 츠츠이 변호사는 뻔뻔하게 시치미를 떼고 있었다.

"돈을 못 받으면 일도 못 합니다. 이따위 로펌 관두겠습니까."

나는 자리를 박차고 일어섰다.

"에이, 너무 그렇게 화내지 말고."

야마모토 변호사가 오른손으로 나를 막았지만, 나는 이렇게 쏘아붙이며 면담실을 뒤로했다.

"겨우 250만 엔의 보너스지만 입금은 제때 해주세요."

씩씩거리며 사무실로 돌아와 토트백에 귀중품만 챙겨 넣고 로펌을 뛰쳐나왔다. 아무도 쫓아오지 않았지만 나도 모르게 걸음이 빨라졌다.

5백 미터 정도 걷다 보니, 숨이 차서 도보 옆에 있는 카페에 들어갔다.

왠지 내 처지가 몹시 비참했다.

고작 보너스가 적다는 이유로 일을 그만두다니, 미쳤다는 소리를 들을지도 모르겠다.

아직 어려서 혈기가 왕성해 일어난 일이라 훌훌 털어버리면 될 것이지만, 사실 그것만으로는 설명할 수 없는 한(恨) 같은 것이 내 안에 자리 잡고 있기에 벌어진 일이었다. 나 스스로는 그것을 감당할 수가 없었다.

나도 남들처럼 '평범'했으면 편하게 살았을 텐데….

나는 항상 단전에서부터 솟구치는 충동에 속절없이 지배당하고 만다.

과연 이런 마음을 이해해줄 수 있는 사람이 있을까.

왜 다들 속마음을 숨기는 것일까.

누구나 돈을 원하지 않나. 사실은 모두 돈을 원하지만 가질 수 없으니 속마음을 외면하고 있을 뿐 아닌가.

만약 눈앞에 5백만 엔을 놓고 가지겠냐고 묻는다면, 싫다고 할 사람은 한 명도 없을 것이다.

원한다면 손을 뻗어야 한다.

물론 욕망에 손을 뻗는 정도에는 개인차가 있고, 내가 상당히 탐욕적인 편이라는 것을 자각하고 있다. 하지만 그게 뭐가 나쁜가.

피아노를 치고 싶은 사람은 마음껏 피아노를 치고, 그림을 그리고 싶은 사람은 그림을 그린다. 마찬가지로 나는 돈을 원하니까 돈에 손을 뻗을 뿐이다.

원하는 것을 손에 넣는 것. 그것을 계속 반복하다 보면 언젠가 내 안에 똬리를 튼 알 수 없는 감정으로부터 해방되어 편안해지리라 생각했다.

그때 핸드폰이 울렸다.

확인해 보니 츠츠이 변호사의 문자메시지가 와 있었다.

'그동안 피로가 많이 쌓였나 보군요. 잠시 쉬는 것으로 해둘 테니, 기운 좀 차리고 나서 돌아오세요. 아까도 아주 기운차긴 했지만.^^'

츠츠이 변호사를 떠올리니 속에서 다시 부아가 치밀었다.

츠츠이 변호사는 타인과의 유대감, 배려, 애정 같은 것들이 돈보다 소중하다는 양 온화한 얼굴로 웃지만, 사실 그 가면 뒤에 소름이 돋을 정도로 음험한 얼굴이 있다는 것을 잘 알고 있다. 그렇지 않았다면 그는 변호사로서 이렇게까지 성공할 수 없었을 것이다.

나와 츠츠이 변호사. 어차피 똑같은 능구렁이였다.

차이가 있다면, 츠츠이 변호사가 나보다 더 능숙하게 속내를 숨긴다는 것뿐이었다.

열을 받으니 배가 고팠다. 나는 점원을 불러 라지 사이즈 감자튀김을 주문했다. 그리고 감자튀김을 다 먹었을 즈음에야 조금 이성이 돌아왔다.

로펌을 관두겠다고 해버렸지만 사실 앞으로 어떻게 살아갈지 계획이 있는 것은 아니었다. 다행히 모아놓은 돈은 있으니 당분간 느긋하게 지낼 수 있을지도 모른다.

업무 강도가 세기로 유명한 우리 로펌에서는 정기적으로 사람이 쓰러졌다. 하지만 쓰러진 사람이 2, 3개월 후에는 아무 일도 없었던 것처럼 로펌으로 돌아왔다.

　원래 법률사무소와 변호사 개인은 고용계약이 아니라 업무 위탁계약으로 묶인 관계였다. 그래서 변호사에게는 유급휴가나 정해진 근로일수 같은 개념은 적용되지 않았다.

　따라서 변호사가 몇 개월 동안 일하지 않아도 로펌은 변호사가 일하도록 재촉할 권리가 없었다. 변호사가 일하지 않으면 본인이 돈을 벌지 못할 뿐, 어딘가에 민폐를 끼치는 것은 아니었다.

　정말로 로펌을 떠나든 떠나지 않든, 한동안은 일을 쉬자.

　그렇게 결정하니 마음이 한결 편해졌다.

　그런데 일을 쉬면 당장 내일부터 무엇을 해야 할까.

　하고 싶은 일이 많을 줄 알았으나, 막상 기회가 오니 아무것도 생각나지 않았다.

　"하아…."

　나는 식어 버린 카페라떼 컵을 꼭 쥐면서 한숨을 쉬었다.

　불쑥 외로움이 밀려와 핸드폰 주소록을 뒤져보았다.

　불러낼 만한 사람은 없을까.

　나는 여자인 친구가 한 명도 없었다.

　남자인 친구들은 꽤 있지만….

　주소록을 보면서 친구들의 얼굴을 떠올려 봤지만, 다들 감자

같이 생긴 녀석들뿐이라 마음이 내키지 않았다.

누구라도, 아무라도 좋으니까 아주아주 잘생긴 남자에게 위로받고 싶었다.

그러다 문득 모리카와 에이지가 떠올랐다.

에이지는 대학교 선배로, 대학 시절에 3개월 정도 사귀다 헤어진 남자였다.

노부오 전의 전의 전이니까, 전전전남친이다.

헤어진 이유는 잘 기억나지 않았지만 아마 에이지의 바람 때문이었을 것이다. 에이지가 바람피우는 것을 알아차린 내가 불같이 화를 내고 헤어진 기억이 어렴풋하게 남아 있었다.

나는 내가 상처받은 일은 빨리 잊어버리는 훌륭한 뇌 구조를 가지고 있었으므로 분명하게 기억나지는 않았다.

에이지는 공부도 못하고 운동도 못하는 찌질이였지만, 그래도 얼굴은 퍽 괜찮았다. 미소년 같은 얼굴이 반반하니 분위기가 있어서 보는 맛이 있었다. 목소리는 딱 좋은 중저음에 키도 컸다.

결국 나는 에이지의 외모가 좋았던 것이다.

이거 괜찮겠는데….

그런 생각을 하며 에이지의 연락처를 찾아 문자메시지를 보냈다.

'오랜만이야! 잘 지내?'

그러고는 멍한 상태로 한 시간 정도 기다렸으나, 답장은 오지 않았다.

　에이지의 연락처가 바뀌었을 가능성도 있었다. 하지만 발신 실패 문자메시지가 오지 않은 것을 보면 문자메시지는 제대로 간 것이 확실했다.

　사실 7, 8년 전에 잠깐 사귄 사람에게서 연락을 받으면 답장을 보내는 사람은 거의 없을 것이다. 입장을 바꿔서 내가 에이지의 연락을 받았다고 해도, 평소의 나였다면 답장을 보내지 않았을 것이다.

　문득 밖을 보니 어느새 밤이 되어 있었다. 모처럼 쉴 수 있으니 빨리 집에 가서 목욕을 하고 잠을 청하기로 했다.

2

일을 하지 않는 것은 참 좋았다. 한동안 맑은 겨울날을 만끽하며 히비야 공원에서 산책을 하고, 만화책을 양껏 쓸어 담아 읽으면서 자유로운 나날을 보냈다.

나는 태생이 낙천적인 사람이라 쉬면서도 내 앞날을 깊게 고민하지 않고 대체로 편안한 시간을 보냈다. 그러다가 2월 6일 토요일 저녁에 귀찮은 일정 하나가 잡혔다.

우리 오빠 마사토시가 요코하마시 아오바구 아오바다이에 있는 본가에 약혼자를 데리고 온다고 한 것이었다.

그래서 나도 오빠 약혼자의 얼굴을 볼 겸 본가에 내려가기로 했다.

사실 마사토시가 데려오는 여자가 특별하지 않을 것은 뻔하니 군이 얼굴을 보고 싶지는 않았다. 하지만 오늘 만나지 않으면 마사토시 커플과 셋이서 만날 기회를 따로 마련해야 할지도 몰랐다. 그렇게 되면 내가 더 귀찮아진다. 마사토시와 나는 대화가 5분도 이어지질 않으므로 군이 만나야 한다면 여럿이서 만나는 것이 나았다.

아오바다이역에서 10분 정도 간 다음 버스에서 내려 5분을 걸었다.

집이 가까워질수록 발걸음이 무거워졌다.

나는 원래 본가를 좋아하지 않았다.

가족이라는 이유로 어쩔 수 없이 연말연시에만 본가에 오는데, 그마저도 이제 그만하고 싶었다.

흰색을 베이스로 한 남프랑스풍 전원주택 앞에 서자 더 우울해졌다.

내가 집에 도착했을 때 마사토시와 오빠의 약혼자 유카는 거실 중앙에 놓인 소파에 느긋하게 앉아 있었다.

그 옆에 있는 1인용 소파에 아버지가 앉아 있었고, 엄마는 여느 때처럼 부엌과 거실 중간쯤에 서 있었다.

엄마는 본인이 식사할 때 외에는 자리에 앉는 법이 없었다. 나는 그런 엄마를 도저히 이해할 수 없었다.

나는 유카에게 가볍게 인사하고는 아버지 맞은편에 있는 의자에 앉았다.

아버지는 "이쪽은 마사토시 동생입니다."라고만 말하고 더 이상 나에게 관심을 두지 않았다.

아버지와 오빠는 유카를 중심으로 이런저런 잡담을 나누었고, 나 역시 대화에 끼어들 필요성을 느끼지 못했다.

나는 조용히 곁눈질로 유카의 얼굴을 훔쳐봤다.

유카는 작고 동그란 찹쌀떡 같은 여자였다.

혈관이 다 비쳐 보일 것처럼 새하얀 피부를 지녔으며, 볼은 통통하고 얼굴은 동글동글했다. 팥알처럼 자그마한 눈과 코가 그 하얀 얼굴에 자리 잡고 있었다.

나는 예전부터 마사토시가 밋밋한 얼굴을 좋아한다고 생각해왔으므로, 결혼 상대로 밋밋함의 일인자 같은 여자를 데려온 것을 보고 감탄을 금할 수 없었다.

아버지를 닮은 나는 이목구비가 크고 뚜렷했다. 엄마를 닮은 마사토시는 이목구비가 흐릿하고 선이 가는 남자였다. 그래서 나는 마사토시가 자신보다 더 밋밋한 여자를 좋아하는 것이라고 추측했다.

"레이코 씨는 변호사죠? 정말 재색을 겸비하셨네요. 대단해요."

유카의 목소리가 내 의식을 다시 단란한 대화의 장으로 데려왔다. 대화에 참여하지 않는 나를 생각해 유카가 화제를 돌린 것 같았다.

"아니에요. 감사합니다."

나는 미소를 지으며 지금껏 살면서 최소 5백 번은 우려먹은 겸손의 포즈를 취했다.

"마사토시 씨한테 얘기 많이 들었어요. 얘기를 들을수록 대단한 분이라고 생각했어요."

그렇게 말하는 유카의 작은 눈 속에서 새까만 눈동자가 반짝 빛났다. 생긴 것처럼 성격도 귀여운 여자라는 생각이 들었다.

그 토끼 같은 귀여움 때문에 마음이 말랑해지려던 찰나에, 옆에서 아버지가 끼어들었다.

"변호사가 아무리 잘나봤자 대리인일 뿐이죠. 우리가 볼 때는 그냥 뜨내기 상인이에요."

아버지는 산업통상자원부에서 석탄과 관련된 한물간 부서에서 일했고, 오빠 마사토시는 보건복지부에서 신약 인허가 어쩌고 하는 일을 했다.

아버지는 높은 콧대 위에 얹힌 안경을 누르며 말했다.

"딸애가 학교 때 성적은 좋아서 원래는 기획재정부에 들어갔으면 했는데, 애가 근성이 없어서 결국 민간으로 내려갔어요."

아버지는 관청이 세상의 중심인 줄 아는 사람이라 관청 이외의 회사를 '민간', 공무원 이외의 사람을 '민간인'이라고 불렀다.

아버지의 태도에 새삼 화날 일도 없었다. 하지만 가만히 듣고 있자니 점점 속이 부대꼈다.

나는 고개를 옆으로 돌리며 쏘아붙였다.

"공무원 박봉은 줘도 안 받아."

거실 안의 공기가 순식간에 얼어붙었다. 이 집은 공무원의 박봉으로 세워진 집이고, 마사토시와 유카는 앞으로 그 박봉으로 살림을 꾸려나가야 하기 때문이었다.

"가족분들이 다 대단하세요. 저희 집은 하나같이 평범한 샐러리맨들이거든요."

유카가 자신을 희생해 분위기를 수습하려 애썼다.

생긴 건 밋밋하지만 인품은 좋은 사람이구나. 나는 속으로 감탄했다.

그리고 그런 사람이 왜 마사토시 같은 놈을 평생의 파트너로 골랐는지 당최 이해할 수 없었다.

마사토시는 옛날부터 허약한 데다 심약해서 뭐든지 나보다 뒤떨어졌다.

같은 학원에 다녀도 나만 눈에 띄었기에 나에게 오빠가 있음을 알면 다들 놀라곤 했다.

그런데도 아버지는 늘 마사토시만 칭찬했다.

내가 육상으로 전국대회에 출전했을 때도, 학생웅변대회에서 우승했을 때도, 아버지는 나에게 칭찬 한마디 하지 않았다.

지난 내 인생을 돌아보면 나는 부모님에게 칭찬받은 기억이 거의 없었다.

아주 가끔, 잘하지도 좋아하지도 않는 집안일을 하면 엄마가 "어머, 레이코. 정말 잘했구나."라고 했다. 그 정도였다.

한편 아버지는 나의 흠을 잡는 것을 즐기는 것처럼 보이기도 했다. 유카가 자기를 희생하며 분위기를 무마하려고 했을 때조차 나를 깎아내렸다.

"이 녀석은 이 나이 먹도록 요리도 못 해서 데려갈 남자가 없어요."

아버지에게 무슨 말을 해도 소용없음은 알았지만, 가만히 있을 내가 아니었다.

"아버지랑 오빠도 요리 못하잖아. 어떻게 다행히 결혼은 했네?"

내 말을 들은 아버지는 나와 똑 닮은 뚜렷한 이목구비로 나를 보며 호통쳤다.

"부모한테 무슨 말버릇이야!"

하지만 나는 그 정도로는 아무런 타격도 입지 않았다. 그래서 태연하게 대꾸했다.

"부모가 부모 노릇을 해야 부모지. 나는 아버지 손에 큰 기억이 없어요. 집에 돈 갖다 준 것 말고 아버지가 한 게 뭐가 있어?"

나와 아버지는 서로 노려보았다.

마사토시가 지긋지긋하다는 말투로 침묵을 깼다.

"둘 다 그만 좀 해요, 이런 좋은 날에. 만나기만 하면 싸운다니까."

문득 나도 겁먹은 듯 얼어붙은 유카의 시선을 느끼고 미안한 마음이 들었다.

아버지와 내가 무척 닮았다는 것은 나도 안다. 아버지의 감정이 움직이는 원리도 잘 알고 있었다.

굳이 따지자면, 이런 언쟁이 일어났을 때조차 아무 말 없이 멀뚱히 서 있는 엄마가 아버지보다 더 거북했다. 그리고 엄마 같은 인생, 집안에서 한평생 참고만 사는 인생만큼은 절대 사양하고 싶었다.

나는 자고 가라는 엄마의 말을 뿌리치고 서둘러 본가를 뒤로했다.

본가에 오래 머무는 것은 내 정신건강에 좋지 않았고, 나는 좋지 않은 일을 지속할 만큼 비합리적인 사람이 아니었다.

집으로 돌아가는 지하철 좌석에 난방이 들어오자, 갑자기 피로와 졸음이 몰려왔다.

막 잠에 빠져들 무렵, 오른손으로 생각 없이 쥐고 있던 핸드폰에서 진동이 느껴졌다.

당연히 노부오에게서 온 연락인 줄 알았다.

그날 밤 이후로 노부오와는 아무런 연락도 주고받지 않았다. 내가 연락하지 않는 것은 당연하지만, 노부오에게서 닷새나 연락이 없는 것은 화가 났다.

'내가 잘못했다'는 연락이 오기를 내심 기대했다.

하지만 예상과 달리 문자메시지를 보낸 사람은 모리카와 에이지였다.

나는 매일 밤 잠자리에 들면서 전날 있었던 사소한 일을 잊어버리는 성격인지라, 며칠 전 일마저 아주 오래된 일처럼 느끼는 편이었다. 그래서 '모리카와 에이지'라는 이름을 보고도 순간 그가 누군가 싶었고, 전남친이라는 것을 깨닫고 나서도 대체 무슨 용건으로 문자메시지를 보냈나 싶어 의아했다.

실제로 문자메시지를 확인하고서야 며칠 전에 내가 먼저 연

락했던 것이 기억났다. 그러나 그에게서 답장이 왔다는 사실
보다도 화면에 적힌 내용이 나를 더 깜짝 놀라게 했다. 그래서
문자메시지를 두 번, 세 번 다시 읽지 않을 수 없었다.

졸음도 어느새 싹 달아났다.

문자메시지에는 이렇게 적혀 있었다.

'켄모치 레이코 님. 연락 감사합니다. 저는 모리카와 에이지
씨를 돌봐드리던 하라구치라고 합니다. 에이지 씨는 지난 1월
30일 새벽에 별세하셨으며, 얼마 전 조용히 장례가 치러졌습니
다.'

에이지가 죽었다니.

1월 30일이면 딱 일주일 전이니까 노부오와 저녁 데이트를
하기 전날이었다.

에이지는 나보다 두 살 위라서 아직 서른 살밖에 되지 않았
다.

어쩌다 죽은 것일까.

그게 가장 먼저 든 생각이었다. 요절한 사람들의 사인을 살
펴보면 자살이 가장 많았고, 두 번째로는 암 같은 질병, 세 번
째로는 교통사고 같은 불의의 사고가 많았다.

그렇다면 상당히 높은 확률로 에이지는 슬픈 죽음을 맞았을
것이다.

대체 왜 죽은 것일까. 좋은 일은 아니지만 나는 호기심이 일
었다.

슬프거나 두려운 마음은 없었다. 내 또래가 죽었다고 하니, 왠지 실감이 나지 않아서 가상의 이야기처럼 느껴질 뿐이었다.

게다가 나는 변호사가 되기 전 사법연수원 시절에 과로로 인한 자살이나 업무상 과실로 슬픈 죽음을 맞이한 사람을 많이 봤다. 그래서 죽음 자체에 대한 감각이 둔해진 것일 수도 있었다.

나는 잠시 생각하다가 대학 시절 학회 선배이자 에이지와도 친했던 시노다라는 남자에게 연락을 했다.

시노다는 에이지와 마찬가지로 우리 대학교 부속 초등학교에 입학해 에스컬레이터식(한 재단이 여러 학교를 소유하고 있어 해당 초등학교나 중학교에 입학하면 입시 없이 프리패스로 중학교나 고등학교, 심지어는 대학교까지 진학할 수 있는 제도 ─ 옮긴이 주)으로 대학교까지 올라갔다. 에이지의 집안과 시노다의 집안은 가족끼리도 친하다는 이야기를 들은 적이 있었다.

시노다는 금방 답장을 주었다. 마침 에이지에 대해 할 얘기가 있으니 지금 한잔할 수 있냐는 내용이었다.

나는 바로 승낙했다. 에이지가 어떻게 죽은 것인지 몹시 궁금했고, 본가에서 했던 말다툼이 아직 마음속에 찝찝하게 남아 있어서 누군가와 대화를 나누고 싶었다.

우리는 만다린 오리엔탈 도쿄 호텔의 라운지 바에서 만났다.

시노다는 누군가의 결혼식에 들렀다 오는 길이었는지 아주 번지르르한 정장을 입은 채 답례품이 든 커다란 쇼핑백을 들고 있었다. 원래도 키가 작은 사람이었지만 몇 년 만에 봐도 역시나 키가 작았다. 배는 전보다 훨씬 나와서 정장 앞 단추가 튀어나올 것 같았다.

"어? 좀 쪘네?"

내가 말하자 시노다가 대답했다.

"요즘 회식이 잦아서 말이야. 레이코는 똑같기는커녕 나이가 들수록 더 예뻐지는구나."

그러면서 원래도 가는 눈을 더 가늘게 떴다.

시노다의 아버지는 작은 무역회사를 운영했다. 시노다 본인은 타향에서 공부 중이라는 명목으로 그냥 놀고먹는 백수였다. 백수이지만, 그래도 부잣집 도련님이라 골프나 요트 같은 어렵고 고급스러운 유흥만 즐겼다.

"그나저나 이번 일로 레이코도 충격이 컸겠다. 예전에 에이지랑 잠깐 사귀었잖아."

시노다가 안타깝다는 듯 슬픈 표정을 지어서 나도 얼른 미소를 지우고 고개를 떨구었다.

솔직히 말하면 나는 그다지 충격받지 않았지만, 도련님의 기분을 맞춰줄 정도의 상식은 있었다.

사실 나보다는 에이지와 친했던 시노다가 더 충격이 컸을 것이다. 그런데도 나를 먼저 위로하는 것을 보면 곱게 자란 사람 특유의 예의를 차리는 마음씨가 느껴져 오히려 불편했다. 내가 돈을 좋아하면서도 부잣집 도련님과 결혼할 생각을 하지 않는 이유는 이런 불편함이 싫어서였다.

"그보다 할 얘기가 뭐야?"

나는 화제를 바꿨다.

"그게 말이지…."

시노다는 짐짓 무게를 잡으며 뜸을 들였다.

"에이지의 죽음과도 관련된 일인데, 변호사인 레이코의 의견도 듣고 싶어서."

시노다는 그렇게 말하더니 핸드폰을 꺼내 유튜브 어플을 켰다.

"유튜브에 영상을 올려서 그 조회수에 따라 광고 수입을 받는 사람들이 있는 거 알지?"

나는 고개를 끄덕였다. 꽤 큰 돈을 벌 수 있어서 더 많은 조회수를 얻으려고 자극적인 영상을 올리는 유튜버가 늘어나고 있다는 이야기를 들은 적이 있었다.

"에이지한테는 '긴지'라는 삼촌이 있어. 나이가 꽤 있으신데 유튜버 수입으로 생활하시나 봐."

그렇게 말하며 시노다가 보여준 영상에는 '일급비밀! 모리카와 가문과 금단의 가족회의'라는 자극적인 제목이 붙어 있었다.

재생해보니, 호화로운 세간이 들어찬 서양풍 거실에 예닐곱 명의 사람들이 모여 있었다. 그들은 소파에 앉아 계속 다리를 바꿔 꼬거나 선 채로 어슬렁거리는 등 불안한 모습으로 제각기 시간을 때우고 있었다.

영상 앵글이나 흔들림으로 보아 가방에 넣어둔 소형 캠코더로 몰래 촬영한 것 같았다.

그때 화면에 까무잡잡한 피부와 짧은 은발 머리의 드세 보이는 남자가 등장했다. 나이는 예순 전후로 보였다.

'자, 여러분.'

그는 목소리를 낮추며 화면에 얼굴을 대고 이야기를 시작했다. 이 남자가 에이지의 삼촌 긴지인 듯했다.

'이제 곧 모리카와 제약의 창업주 일가가 모두 모입니다.'

나는 여기까지 듣고 놀라서 끼어들었다.

"자, 잠깐만. 모리카와 에이지의 모리카와가, 모리카와 제약의 그 모리카와야?"

눈이 휘둥그레진 나를 보고 시노다는 영상을 일시정지했다.

"레이코⋯, 몰랐어?"

"전혀 몰랐어."

이렇게 가까운 곳에 재벌가 아들이 있었는데도 몰랐다니, 등잔 밑이 어둡다는 말이 바로 이거구나 싶었다.

에스컬레이터식으로 대학교에 들어올 정도이니 집이 부유한 줄은 알았지만 설마 대형 제약회사의 후계자일 줄이야.

에이지는 부모님 이야기를 꺼렸다. 부모에 대해 뒤틀린 감정을 품고 있는 것은 나도 마찬가지라 내 쪽에서도 굳이 캐묻지 않았다.

"레이코는 정말 돈과 상관없이 에이지 자체를 좋아했구나."

시노다가 진지하게 말했다. 나는 에이지의 얼굴이 좋았던 것이지만, 불편한 진실은 묻어두기로 하고 애매한 표정으로 고개를 끄덕였다.

"하긴 에이지도 자기가 모리카와 제약의 아들이라는 걸 주변 사람들한테 알리지 않았지. 자기가 인기가 더 많아지면 귀찮아진다면서."

시노다가 작게 웃었다. 나도 따라 웃었다. 정말 에이지가 할 법한 말이었다.

시노다는 일시정지했던 영상을 다시 틀었다.

'얼마 전, 제 조카 모리카와 에이지가 죽었어요. 아, 걔는 저희 형의 둘째 아들인데, 에이지의 유언이 발표된다고 해서 오늘 친척들이 모였습니다. 좀 보충 설명을 하자면, 에이지는 몇 년 전에 꽤 많은 유산을 할머니한테서 상속받았단 말이죠. 자세한 건 저도 잘 모르지만 60억 엔쯤 될 겁니다.'

"유, 육십억 엔?"

나는 그 숫자를 곱씹었다. 아무리 재벌가 아들이어도 서른 살짜리 차남이 갖기에는 너무 큰 돈이었다.

시노다가 서둘러 손가락을 자기 입에 갖다 대며 조용히 하라는 제스처를 취했다. 나는 퍼뜩 정신이 들어 주위를 둘러봤다. 라운지 좌석 사이의 거리가 제법 멀어서 다행히 주변 손님들은 내 목소리를 듣지 못한 모양이었다.

우리는 영상을 이어서 봤다.

곧 에이지의 고문변호사라는 늙은 남자가 등장해 에이지가 작성했다는 유언장을 읽기 시작했다. 그 내용이 너무 불가사의해서 나는 그 유언을 처음 들었을 때 귀를 의심할 수밖에 없었다.

1. 내 전 재산을 나를 죽인 범인에게 줄 것.
1. 범인 특정방법은 별도로 무라야마 변호사에게 맡긴 제2유언 의 내용을 따를 것.
1. 사후 3개월 이내에 범인을 특정하지 못했을 경우, 내 전 재산 을 모두 국고에 귀속시킬 것.
1. 내가 타인에 의해 살해당하지 않은 경우에도 내 전 재산을 모두 국고에 귀속시킬 것.

우리는 영상을 끝까지 보고 나서 잠시 침묵했다.

이런 특이한 유언은 들어본 적이 없었다. 물론 나는 상속 전 문 변호사가 아니라서 아주 많은 유언을 접하지는 못했다. 그 래도 이 유언이 특이하다는 것은 알 수 있었다.

실제로 영상에서는 유언의 내용이 발표되자 "지금 장난해?

이딴 유언은 절대 인정할 수 없어!"라고 소리치는 남자의 목소리가 들렸고, 다른 친척들도 서로 다투기 시작했는지 영상이 흔들리다가 뚝 끊겼다.

"에이지는 살해당한 거야?"

시노다에게 단도직입적으로 물었다.

시노다는 고개를 저었다.

"에이지는 독감으로 죽었어. 장례식장에서 에이지의 아버지가 그렇게 말씀하셨어."

독감?

내 머릿속에서 '독감'이라는 단어가 메아리쳤다.

"원래 심한 우울증이 있었거든. 체력과 면역력이 많이 약해진 상태였어."

에이지가 우울증이었다니, 나는 전혀 몰랐다.

"죽기 직전에는 병세가 상당히 악화돼서 친척들도 에이지를 상대하기 꺼렸어."

시노다의 이야기에 따르면, 에이지는 죽기 전 카루이자와에 있는 별장에서 혼자 요양을 하며 지냈다고 했다. 별장 근처에 사는 사촌 부부와 가끔 왕래하는 것 외에는 친척들과도 교류가 없었다.

하지만 그들도 환자를 마냥 혼자 둘 수는 없다고 생각했는지, 주치의가 방문하여 진료를 하게 했고 근처 병원에 요청해 전담 간호사를 파견했다고 했다. 보통은 병원이 그렇게까지 환자의 편의를 봐주지는 않는다. 하지만 에이지의 집안은 천하의 모리카와 제약이라 연줄을 이용해 특별대우를 받게 해준 모양이었다.

역시 부자들은 일반인이 상상할 수도 없는 치료를 받는구나 싶어 감탄이 나왔다. 하지만 한편으로는 에이지의 친척들이 에이지를 직접 돌보는 대신 돈과 연줄을 이용해 에이지와 거리를 두려고 했다는 생각이 들어 소름이 돋았다. 어두운 우물 안을 들여다볼 때처럼 끝을 알 수 없는 공허함이 마음속으로 밀려들었다. 물론 에이지가 우울증이었던 것조차 몰랐던 내가 유족들을 비난할 자격은 없겠지만.

"에이지가 우울증에 걸린 계기가 있었어?"

시노다는 고개를 저었다.

"에이지의 아버지도 짐작 가는 바가 없으시댔어. 그러면 안 되는 건 알지만 너무 궁금해서 본인한테 이유를 슬쩍 물어본 적도 있었어. 에이지 그 자식, 아주 진지한 말투로 '나는 잘생긴 데다 부자잖아. 혼자 너무 많은 축복을 받았어. 세상 사람들과 다른 종자로 태어났어. 이런 인간이 살아 있어봤자 좋을 게 없어.'라고 말하는 거야. 그 말에 뭐라고 반응해야 할지 모르겠더라."

시노다는 어두운 표정으로 말했지만, 나는 나도 모르게 웃음보가 터질 뻔했다. 에이지가 어떤 사람인지 생생하게 떠올랐기 때문이다.

사실 에이지를 만난 것은 대학생 때라 사회인이 된 지금은 그 시절 일이 거의 기억나지 않았다.

그런데 갑자기 소싯적 에이지가 떠오르자, 오래된 앨범을 펼친 것 같은 기분이 들었다.

에이지는 엄청난 나르시시스트였다.

자기애가 얼마나 강했냐면, 같이 쇼핑을 하다가 진열장에 비친 제 얼굴을 보고는, "난 이렇게 잘생겨도 되는 걸까."라고 혼잣말을 할 정도였다.

실제로 잘생겼으니 거기까지는 그나마 괜찮았다.

그런데 그게 끝이 아니었다.

"이렇게 많은 축복을 받은 나는 어떻게 살아야 할까. 신은 대체 어떤 의도로 내게 이런 축복을 내린 것일까. 나는 내가 받은 것들을 세상에 나눠줄 의무가 있는 것인지도 몰라."

이런 말을 하면서 곧바로 가까운 편의점 모금 코너로 달려가 자기가 가지고 있던 돈 전부를 기부한 적이 있었다. 돌아갈 차비도 남기지 않고 다 기부하는 바람에 집에 돌아갈 때 내가 에이지에게 천 엔을 줬었다.

거창하게 말하는 것치고는 머리가 나쁜 녀석이었다.

생각이 얕다고 해야 할까, 낙관적이라고 해야 할까, 과하다고 해야 할까.

심각한 자의식 과잉에 꼴통이라서 한소리 해주고도 싶었지만, 그쯤 되니 경이롭기까지 해서 내버려 두었던 기억이 났다.

그래서 시노다의 얘기도 지어낸 말 같지는 않았다.

"정말 에이지가 할 법한 말이다. 그런 이유로 우울증에 걸린 거라면 안타깝네."

에이지가 우울증에 걸린 이유도 궁금했지만, 그것 말고도 이해할 수 없는 정황이 너무 많아 우울증 얘기는 일단 그쯤에서 마무리를 짓기로 했다.

"결국 독감으로 죽은 거라면, 에이지의 죽음은 유언장 마지막에 적힌 '타인에 의해 살해당하지 않은 경우'에 해당하는 거지?"

내가 그렇게 물었으나 시노다는 대답하지 않았다.

난처한 듯 살찐 턱을 긁적일 뿐이었다.

"뭐야? 왜 대답이 없어?"

나는 시노다의 얼굴을 가만히 쳐다봤다. 이마에 큰 땀방울이 맺혀 있었다.

시노다는 무언가 말하려다가 주저하며 잠시 입을 다물더니, 이내 결심한 듯 이야기를 시작했다.

"그게 말이야, 나는 에이지가 죽기 일주일 전에 에이지를 만났어. 그때 나는 그제까지 앓던 독감이 막 나은 참이었고. 어때? 내가 60억 엔을 받을 수 있을까?"

시노다가 장난을 들킨 어린아이처럼 미소를 지었다. 바로 며칠 전에 친구를 떠나보낸 사람답지 않게 그 눈동자는 온화하게 빛나고 있었다.

나는 시노다를 물끄러미 쳐다보았다.

이 자식, 겉보기에만 번지르르하지, 사실 머릿속은 그냥 빈 털터리일지도 모르겠다.

3

불가능한 얘기는 아니었다.

"만약 선배가 일부러 에이지에게 독감을 옮긴 거라면, 그걸로 에이지를 살해했다고 볼 수도 있겠지."

보통 그런 짓을 하는 사람은 없다. 누군가를 죽이기에 더 확실한 방법은 얼마든지 있기 때문이다.

그러나 이미 일어난 사건을 두고 '살인사건'이라는 결론을 내리기는 비교적 쉬웠다. 범인이 나타나서 자수를 한 다음 자백하면 되는 것이다.

"그런데 말이야." 시노다가 입을 열었다. "나는 살인죄로 체포되는 건 싫거든. 어때? 경찰에 잡히지 않고 유산을 받는 방법은 없을까?"

나는 순간 다양한 방법을 생각해보았다.

기본적으로 상속에는 '결격 사유'라는 것이 있다. 피상속인을 살해해 유죄 판결을 받은 사람은 피상속인의 유산을 상속받을 수 없다.

하지만 이 규정은 어디까지나 상속인이 형사사건으로 '유죄 판결을 받은 사람'에 해당할 때에나 적용된다. 그러니까 형사사건에서 유죄 판결만 받지 않으면 실제로 피상속인을 죽였어도 유산을 상속받을 수 있다는 뜻이었다.

형사사건에서 유죄 판결을 내리려면 민사사건에서보다 더 많은 증거가 필요하다. 그 사람이 틀림없이 범인이라는 것을 증명해야 하기 때문이다.

따라서 민사사건에서 가해자로 지목된 사람이 형사사건에서 무죄 판결을 받는 것도 이론상 불가능한 일은 아니었다.

그러나 현실적으로는 어떨까. 그런 편법이 통할까.

"흐음. 우선은 '범인 특정방법'이 쓰여 있다는 제2유언을 확인해야 할 것 같아." 나는 말을 고르며 덧붙였다. "예를 들어, 누군가가 자신이 에이지를 죽인 범인이라고 자백하더라도 그 정보는 유언집행과 관련된 사람들끼리만 공유하고, 경찰에는 함구해야 한다는 조건이 제2유언에 적혀 있을 수도 있어. 그렇지 않으면 체포될 수도 있으니 범인을 자처하는 사람은 없을 것 아니야?"

그때, 옛날 옛적 법대에서 배운 단어 하나가 떠올랐다.

민법 제90조, 공서양속(우리나라 민법 제103조 '반사회질서의 법률행위'에 해당 – 옮긴이 주)

민법상 원칙적으로 개인과 개인 간에 맺을 수 없는 약속이나 계약은 없다. 그것이 바로 법은 개인 간의 행위에 개입할 수 없다는 사적 자치라는 원칙이다.

그러나 원칙이 있으면 예외도 있기 마련이었다. 개인 간의 계약이 너무 악질적이라면 법률로 이를 무효화시킬 수 있었다. 그 법이 바로 공서양속 위반에 따른 무효이다. 흔한 예로는 첩

계약이나 살인 청부 계약이 있었다.

"이 유언은 무효가 될 수도 있어." 나는 목소리를 낮춰 말했다. "살인범에게 대가를 주는 게 말이 되겠어? 이건 공서양속 위반으로 무효화 될 가능성이 커. 어쩌면 이 유언으로 범인이 자수하게 만든 다음, 막상 범인이 자백을 하면 유언을 무효화해서 유산을 주지 않으려는 주도면밀한 계획일 수도 있어."

"그럴 수가…."

시노다는 순간 작은 눈을 등잔만 하게 뜨더니 중얼거렸다.

"그보다 에이지는 왜 이런 유언을 남긴 거야? 살해당하기를 바라기라도 했나?"

나는 이 유언의 내용을 처음 들었을 때부터 품었던 의문을 제기했다.

"글쎄…," 시노다는 고개를 갸웃거렸다. "근데 확실히 에이지는 상태가 이상했어. 단순히 우울증의 영향인지, 다른 원인이 있었는지는 모르겠지만, 최근 몇 년 동안 에이지는 계속 피해망상에 빠진 것 같은 얘기를 했어."

"피해망상?"

"응. 누가 자기를 감시한다나? 왜 그렇게 생각하는지 물어보니까 아침에 일어났을 때 방 안의 물건이 지난밤과 묘하게 다른 위치에 놓여 있다는 둥, 그런 대수롭지 않은 이유만 대더라고. 그래서 나는 에이지가 착각한 거라고 생각했지. 알다시피 나는 에이지랑 초등학생 때부터 친했잖아. 내 소꿉친구가 이상해지는 걸 옆에서 지켜본다는 게 너무 힘들더라. 그래서 요 몇 년은 나도 에이지와 거리를 뒀어."

확실히 에이지는 가끔 이상한 말을 할 때가 있었다. 하지만 천성이 밝았고, 좋지 않은 일이 있어도 함부로 남탓을 하지 않는 사람이었다. 피해망상적인 언행은 에이지와 어울리지 않았다.

"그러던 차에 서른 살 생일 파티에 초대돼서 오랜만에 에이지를 만나러 간 거야. 맹세하는데…, 고의로 에이지에게 독감을 옮긴 건 아니었어. 열이 내린 다음 이틀 동안은 다른 사람한테 바이러스를 옮길 수 있다고 해서 날짜까지 계산해서 갔다고."

시노다의 변명 같은 말에 나는 조금 짜증이 났다. 돈이 좋으면 그냥 그렇다고 하면 될 것을.

"그런데 막상 에이지가 죽으니까 유산이 탐나서 범인을 자처하는 것 아니야?"

그 말에 시노다는 엄마에게 혼나는 아이처럼 풀 죽은 표정을 지었다. 주눅 든 모습을 보고 한 대 치고 싶은 생각이 들었지만, 지금은 참기로 했다. 시노다가 무슨 생각으로 내게 이 이야기를 하는 것인지 궁금했다.

"물론 돈을 받을 수 있으면 좋겠지. 근데 난 그보다 모리카와 가문에서 무슨 일이 일어나고 있는지가 궁금해."

시노다는 주머니에서 손수건을 꺼내 넓은 이마를 닦았다.

"우리 집안은 모리카와 제약과 직접 계약을 맺은 적은 없지만, 모리카와 가문을 통해서 거래처도 소개받고 이것저것 도움을 많이 받았어. 그래서 이번 장례식 때도 당연히 우리 집에서 화환을 보낼 거라고 생각했지. 그런데 우리 아버지는 꽃은커녕 장례식에도 안 가시고 이제 모리카와 가문이랑은 최대한 교류하지 말라고 하시더라고. 나는 아버지 말씀을 무시하고 장례식에는 갔다 왔지만…."

"아무래도 모리카와 가문에 무슨 일이 있는 것 같다는 말이야?"

나는 애가 달아 끼어들었다.

"그래. 아버지는 뭔가를 아시는 것 같은데 절대 입을 열지 않으셔. 우리 사업과 관련된 것일 수도 있고, 에이지의 죽음과 관련된 것일 수도 있어."

"근데 선배네 집안 얘기랑 에이지의 죽음 사이에 특별한 관련이 있다고 생각하는 건 억지 아니야?"

물론 에이지의 유언은 확실히 이상했다. 그러나 에이지가 피해망상에 시달리며 쓴 유언이라고 보면 그리 이상할 것도 없었다. 한편 시노다 가문과 모리카와 가문의 불화는 단순히 경영자들끼리 다퉜기 때문일 수도 있었다. 그런 불미스러운 일을 아들에게 말하지 않는 것은 당연했다. 어느 쪽이든 아주 엄청난 비밀이 숨겨져 있을 것이라는 생각은 들지 않았다.

"아니, 이건 뭔가 이상해. 하필 똑같은 타이밍에 몇십 년이나 유지해온 관계에 변화가 생겼고, 에이지는 이상한 유언을 남기고 죽었어. 우연일 리가 없어."

시노다는 다리미로 깔끔하게 다린 손수건을 꽉 쥐었다.

"레이코, 내 법률대리인이 돼서 이 건을 조사해줄 수 없을까? 에이지를 죽인 범인의 법률대리인이라고 하면 유언과 관련된 정보와 모리카와 가문의 일을 이것저것 알아낼 수 있을 거야. 나를 의뢰인이라고 밝힐 수는 없겠지만."

"싫어."

나는 단칼에 거절했다.

"어?"

내가 거절할 줄은 몰랐는지 시노다는 당황한 듯했다.

"물론 사례는 충분히 할게."

"절대 안 해." 나는 단호하게 말했다. "에이지의 유산이 60억 엔이라고 치면, 그중 20억 엔은 무조건 에이지의 부모님이 갖게 돼 있어. 유언 내용이 뭐든 간에."

유언에 뭐라고 쓰여 있든 법정상속인인 에이지의 부모님은 어느 정도의 재산을 상속할 권리가 있었다. 이를 법적으로 '유류분'이라고 한다. 법정상속인이 스스로 포기하면 받을 수 없기는 하지만, 이 정도 금액이면 변호사들이 먼저 유류분반환청구를 하기 위해 달려들 것이다.

"그리고 남은 40억 엔에서 반 이상을 상속세로 내야 하니까 선배가 받을 수 있는 건 기껏해야 20억 엔. 거기서 50퍼센트의 성공보수를 받는다 해도 나한테 들어오는 건 겨우 10억 엔이야. 너무 수지가 안 맞잖아."

이렇게 저속한 사건의 법률대리인이 되면 내 이름은 인터넷에 퍼질 테고, 결국 '그렇고 그런 변호사'라는 낙인이 찍힐 것이다. 그러면 내가 지금껏 상대해온 상장기업의 보수적인 의뢰인들은 더 이상 나를 찾지 않을 것이다.

게다가 보수가 10억 엔이라는 것도 상황이 잘 풀렸을 때의 얘기라, 낙관적으로 생각해봐도 이 사건은 기댓값이 낮은 게임이었다.

10억 엔쯤이야 내가 꾸준히 일하면 언젠가 벌 수 있는 금액이니, 수지타산이 맞지 않는 장사였다. 시노다의 법률대리인이 될 마음은 눈곱만큼도 없었다.

시노다는 내 얼굴을 빤히 들여다보며 물었다.

"하지만 너도 에이지가 왜 그런 유언을 남겼는지 궁금하잖아?"

물론 나도 호기심이 많은 성격이라 궁금했다.

하지만 그보다 돈이 훨씬 중요했다.

"관심 없어."

시노다는 조금 슬픈 표정을 지었다. 나는 시노다가 불쌍하다는 생각을 해버릴 것 같아 '과한 오지랖이야.'라고 속으로 여러 차례 되뇌었다.

그러고 나서 우리는 시시껄렁한 대화를 조금 나누다가 밤늦게 헤어졌다.

둘 다 완전히 녹초가 되어 집으로 돌아갔다.

모리카와 긴지는 꽤 유명한 유튜버였는지, 에이지의 유언은 눈 깜짝할 사이에 화제가 되어 세상을 떠들썩하게 만들었다.

너무 저속한 사건이라서 TV 뉴스와 신문에는 나오지 않았다. 하지만 인터넷 기사에서는 긴지의 영상이 소개되었다.

에이지의 이름을 검색하기만 해도 그의 총자산과 배경을 정리해놓은 여러 웹사이트로 연결되었다.

그런 '정리 사이트'는 놀라울 정도로 내용이 빈약했고, 에이지와 깊은 친분이 없는 내가 읽어도 거짓말임을 뻔히 알 수 있는 내용까지 당당하게 실려 있었다. 나는 점점 화가 났다.

이 따위 기사를 쓰기 전에 대강이라도 조사해볼 양심은 없었나?

차라리 내가 한번 조사해볼까.

그냥 가벼운 마음으로, 찾아만 보자.

에이지가 실제로 얼마만큼의 자산을 갖고 있었는지 궁금했다.

시노다를 만나고 나서 지난 며칠간 집에서 빈둥거리며 외국 드라마만 봤으니 심심하기도 했다.

에이지의 자산을 알아내려면 역시 모리카와 제약부터 조사해야 했다.

모리카와 제약은 상장기업이다. 그렇다면 일단 유가증권보고서를 확인하는 것이 순서였다.

유가증권보고서 대주주 기재란에는 창업주 개인의 보유주식 수가 나와 있으므로, 그렇게 알아낸 보유주식 수에 오늘의 주가를 곱하면 주식 자산이 대략 얼마인지 알 수 있을 것이다.

나는 침대에 배를 깔고 엎드린 채 노트북을 켰다.

유가증권보고서는 인터넷으로 EDINET이라는 금융감독원 전자공시시스템에 접속해 쉽게 열람할 수 있었다. 다운로드 받은 모리카와 제약의 유가증권보고서 PDF파일은 200페이지가 넘을 만큼 길었다. 나는 보고서를 대충 훑어보다가 필요한 부분을 금방 찾아냈다.

모리카와 제약의 발행주식 수는 약 16억 주였다. 오늘의 주가는 4천 5백 엔 정도니까 회사의 시가총액은 단순 계산으로 7조 2천억 엔이었다.

그 다음 대주주 목록을 확인했다.

대주주 목록 제일 위에는 외국계 투자회사인 '리저드 캐피탈 주식회사'가 있었다. 리저드 캐피탈 주식회사가 작년에 자사 직원을 모리카와 제약 부사장 자리에 앉힌 것은 꽤 큰 화제였다. 모리카와 제약에 대한 지배를 서서히 굳히다가 적대적 인수합병을 할 것이라는 소문도 돌았다.

대주주 목록 2위 밑으로는 신탁은행과 투자회사 이름뿐이었고, 개인 주주의 이름은 하나도 없었다. 애초에 이렇게 큰 회사의 주식을 개인이 대량으로 갖고 있기는 힘들었다.

눈에 띄는 이름이 없어 턱을 괸 채 멍한 표정으로 컴퓨터 화면을 들여다보다가, 대주주 목록 9위와 10위에서 시선이 멈췄다.

9. 케이 앤드 케이 합자회사
10. 합자회사 AG

그렇게 쓰여 있었다.

오호라. 이건 눈여겨볼 만한 정보였다.

'합자회사'는 우리가 흔히 접하는 회사 형태인 '주식회사'와 달리 개인의 자산관리회사로 자주 활용되는 회사 형태였고, 무엇보다 '합자회사 AG'는 이름만 봐도 에이지와 관련이 있을 것 같았다.

나는 곧바로 법무부 인터넷등기소에 접속해서 두 합자회사의 법인등기부를 발급받았다. 그리고 두 등기부를 확인하고는 작게 승리의 포즈를 취했다.

케이 앤드 케이 합자회사의 등기부에는 대표이사란에 '모리카와 카네하루', 업무집행이사란에 '모리카와 케이코'라고 적혀 있었다. 이 회사는 틀림없이 모리카와 가문의 자산관리회사였다.

카네하루와 케이코가 누구인지 정확히는 모른다. 하지만 에이지 아버지의 남동생, 즉 에이지의 삼촌 이름이 '긴지(銀治)'인 것을 생각하면 긴지의 형, 즉 에이지의 아버지 이름은 '카네하루(金治)'인 것이 자연스러웠다. 그리고 케이코는 카네하루의 부인이자 에이지의 어머니일 것이라 추측되었다.

합자회사 AG는 에이지와 연관되어 있는 것이 더 확실했다. 대표이사와 업무집행이사가 모두 '모리카와 에이지'였기 때문이다. 이 회사는 에이지가 혼자서 운영하는 곳처럼 보였다. 그러니까 에이지의 개인 자산을 관리하는 1인 주주 회사인 것이다. 예상은 했지만, 역시 에이지라서 회사 이름이 AG인 듯했다. 얼토당토않은 라임에 헛웃음이 나왔다.

그런데 긴지가 했던 말을 생각해보면 에이지는 둘째 아들이니 형이 있을 터였다. 그 형이 등기부 어디에도 등장하지 않는 것은 분명 이상했다. 장남에게는 아무런 재산을 주지 않고, 차남에게만 모든 재산을 주는 집안이 어디 있겠는가. 그러나 나는 내 추측이 들어맞은 것이 마냥 기뻐 에이지의 형은 당분간 신경 쓰지 않기로 했다.

나는 들뜬 기분으로 모리카와 제약의 유가증권보고서를 다시 훑어봤다.

합자회사 AG가 보유한 모리카와 제약 주식의 지분율은 1.5퍼센트였다.

7조 2천억 엔에 지분율 1.5퍼센트를 곱하면 1080억 엔. 그러니까 에이지는 시가총액 1080억 엔의 주식을 보유하고 있었다는 뜻이다.

나는 내 심장소리가 빨라지는 것을 느꼈다.

1080억 엔에서 3분의 1을 유류분으로 에이지의 부모가 가져가면 720억 엔이 남고, 거기서 상속세로 약 50퍼센트를 국가에 납부하면 3백억 엔이 남았다. 거기서 절반을 성공보수로 받으면…?

150억 엔.

나는 크게 숨을 들이마신 다음, 그대로 내쉬었다.

진정하자.

긴지는 왜 60억 엔을 들먹여서 사람을 헷갈리게 한 것일까. 이미 가문에서 쫓겨난 사람이라 정보에 어두웠을 수는 있지만, 그래도 액수 차이가 너무 컸다.

그런데 공개된 정보만으로도 이렇게 쉽게 에이지의 자산을 알아낼 수 있으니, 질 나쁜 놈들—나는 스스로를 그 범주에 넣을 생각은 하지 않았다—이 이 돈을 노리고 몰려들 수도 있었다. 내가 이 건을 맡는다면 그런 놈들을 잘 상대할 수 있을까?

게다가 에이지의 유언은 공서양속 위반에 해당해 무효가 될 가능성이 컸다. 결국에는 법률행위 해석의 문제일 테니, 재판으로 가게 되었을 때 이길 수 있을까.

짧은 순간, 내 승리를 방해할 만한 여러 요소가 머릿속에 떠올랐다. 차분하게 생각해볼수록 리스크가 너무 컸다.

하지만 내 이성이 내린 결론과는 달리, 내 마음속 깊은 곳에서 흐르고 있는 무언가는 내가 가야 할 길을 이미 정해 놓은 듯했다. 그래, 나는 늘 이런 식으로 무언가에 떠밀리듯 나가서 싸워왔다. 그리고…, 항상 승리를 거머쥐었다.

포효에 가까운 자신감이 내 안에서 꿈틀댔다.

나는 시노다에게 전화를 걸어 단도직입적으로 말했다.

"요전에 한 얘기, 받아들일게. 대신 성공보수는 선배가 얻은 경제적 이익의 50퍼센트야."

머뭇거리는 시노다를 무시하고 덧붙였다.

"완벽한 살해 계획을 세워보자. 선배를 범인으로 만들어 줄게."

제 2 장

중도적 살인

이것은 범인에 대한 나의 복수다.

주는 것은 곧 빼앗는 것.

범인은 내가 준 재산으로 일생을 살게 될 것이다. 즉 내 지배하에서, 내 망령에 휘둘리면서 살게 될 것이다.

범인을 꼭 잡아달라는 취지에서, 범인이 잡히지 않으면 내 재산을 국고에 귀속시키기로 했다.

1. 범인 특정방법

예전에 누가 내 할리데이비슨을 훔쳐 가서 경찰에 신고한 적이 있었다. 하지만 경찰은 제대로 수사해주지 않았다. 그뿐인가. "젊어서부터 그렇게 비싼 오토바이를 타니까 그렇죠."라고 말하며 내 성질을 긁었다. 그런 경험이 있어서 나는 애초부터 경찰을 믿지 않는다.

그렇다면 누구를 믿어야 할까. 내가 아는 가장 지혜로운 사람들은 역시 모리카와 제약의 간부들이다.

그래서 ①모리카와 카네하루(대표이사 사장), ②히라이 마사토(부사장), ③모리카와 사다유키(전무이사), 이 세 사람이 범인이라고 인정한 사람을 이 유언에서 말하는 '범인'으로 간주하겠다.

나는 범인이 형사처벌 받기를 원하지는 않는다. 그러니 자신이 범인이라고 주장하는 사람이 많이 나와주면 좋겠다.

보안이 완벽한 모리카와 제약의 본사 회의실에서 임원 세 명이 범인 후보와 면담한 다음 범인을 선출할 것이다. 관계자 전원에게 비밀유지의무를 부여해 경찰이 선출 내용을 모르게 할 테니 범인은 겁내지 말고 나와주기 바란다.

2. 나를 도와준 사람들에 대한 유증(유언에 의한 증여-옮긴이 주)

이와는 별개로 나를 도와준 사람들에게 개별적으로 내 재산을 나눠 주겠다.

이 유증은 완전히 선의로 하는 것이기 때문에 받는 사람들도 가벼운 마음으로 받아 부담 없이 사용해주기를 바란다. 다만, 가능하다면 가끔이라도 나를 떠올리고 그리워해 주면 좋겠다.

① 내가 중고등학교 때 속했던 축구클럽 사람들: 하치오지 토지

② 내가 초등학교 때부터 고등학교 때까지 속했던 각 반의 담임 선생님들: 하마나코 토지

③ 대학 시절에 속했던 행사 동아리 사람들: 하코네 토지

④ 대학 시절에 속했던 경제 학회 사람들: 아타미 토지와 건물

⑤ 나의 전여친들(여기에 이름을 쓰는 것은 부끄러우니 별도로 목록을 작성하겠다): 카루이자와 토지와 별장

⑥ 내 헤어스타일을 관리해주던 미용사 야마다 씨, 나에게

유기농 헤어제품을 소개해준 약사 나카조노 씨, 내가 애
용하던 우유비누를 개발한 비누회사 사장님 사루와타리
씨: (조금 작긴 하지만) 키누가와 토지
⑦ 내 반려견 바커스의 주치의 도죠 선생님, 바커스를 산책
시켜주던 도죠 선생님의 아들 료, 바커스의 교육을 담당
하던 사사키 씨, 바커스의 브리더 이노우에 씨, 바커스를
교육할 땅을 준비해준 나카타 씨, 나카타 씨의 땅을 관
리하던 관리회사 사장 스즈키 씨: 이즈 토지와 건물

　…이런 식으로 길게 이어지는 유언을 읽으며, 시노다와 나는
고개를 갸우뚱했다.

　이런 기묘한 유언장은 태어나 처음 봤다.

　에이지는 간단한 원칙을 적은 제1유언과 상세사항을 담은
제2유언, 총 두 종류의 유언장을 남겼다. 마치 법학에서의 총
칙과 각칙 같았다.

　긴지의 영상이 공개된 지 일주일 후, 유언장 전문이 에이지
의 고문변호사 웹사이트에 공개되었다. 그래서 시노다와 나는
전에 만났던 호텔 라운지에서 급히 만남을 가졌다.

　"에이지가 대체 무슨 생각이었는지 전혀 감이 안 오네."

　나는 태블릿 컴퓨터 화면을 스크롤 하면서 어처구니없다는
말투로 말했다.

에이지는 자신의 인생을 돌아보며 조금이라도 자신에게 도움을 준 사람을 찾아내 제2유언에 담은 듯했다.

멍청한 건지, 사람이 좋은 건지. 어느 쪽이든 사람을 피곤하게 하는 성격이었다.

범인에 대한 복수 어쩌고 하는 부분도 무슨 말인지 알 수 없었다.

"돈을 주는 게 복수가 돼? 내가 범인이었으면 범행에 성공한데다 돈까지 생겼으니 땡잡았다 할 것 같은데?"

시노다도 약간 고개를 가우뚱한 채 말했다.

"흠. 뭐, 굳이 말하자면 범인에게 죄책감을 주는 방법이려나? 돈을 쓸 때마다 자기가 죽인 사람이 떠오를 테니까."

그러나 시노다의 말투에는 자신감이 없었다.

"그런데 증오하는 상대를 죽여서 얻은 돈이면 죄책감보다 통쾌함이 크지 않을까?"

"그러게."

시노다는 팔짱을 꼈다.

나는 찝찝한 기분으로 '범인 특정방법' 항목으로 시선을 옮겼다.

"피해자 본인이 나서서 자신은 범인의 형사처벌을 바라지 않으니 누가 범인인지 경찰에 알리지 않겠다고 한 내용이네."

시노다는 내 말에 고개를 끄덕이며 끼어들었다.

"그럼 범인은 자백해도 형사사건으로 처벌받지 않는 거지?"

법을 모르는 일반인으로서 품을 법한 자연스런 질문이었다.

"응. 에이지는 그런 조건을 깔아 놓았지. 하지만 비밀유지의무는 깨려면 얼마든지 깰 수 있어. 게다가 범인을 숨겨주기 위한 비밀유지의무는 그 자체가 민법 90조 공서양속 위반으로 무효가 될 가능성도 있어."

"변호사로서 보기에는 어때? 이 유언은 유효로 인정받을 수 있을까?"

"음. 법률적으로 여러 견해가 있겠지만, 유효로 만들 수 있을 거야."

나는 지난 일주일 동안 변호사협회 도서관에 틀어박혀 유언의 유효성에 관한 판례와 학설을 찾아봤다. 그중에는 소설 《이누가미 일족》(재벌인 이누가미 사헤가 젊은 시절 자신을 도와준 은인의 손녀와 결혼하는 손자에게 모든 유산을 주겠다고 유언을 남기는 내용의 소설 - 옮긴이 주)에 나오는 이누가미 사헤의 유언마저 유효라고 보는 법학서도 있었다. 에이지의 유언도 그만큼 특이하지만, 그럴싸하게 논리를 만들어내면 유효성을 인정받을 수 있을 것 같았다.

"셀로판테이프랑 논리는 어디에나 갖다 붙일 수 있거든."

내 입에서 무심코 나온 그 말은 로펌 상사인 츠츠이 변호사가 자주 쓰는 말이었다. 나는 츠츠이 변호사의 온화한 미소가 떠올라 열이 올랐다. 화를 억누르며 얼른 에이지의 유언으로 다시 생각을 돌렸다.

"법적인 부분은 어떻게든 될 거야. 그보다 모리카와 제약은 이런 이상한 유언을 정말 진지하게 받아들일 생각일까?"

모리카와 가문은 이미 범인을 자처하는 사람들로부터 상시 지원을 받으면서 범인 선출전을 진행하고 있었다. 유언에 적힌 대로 모리카와 제약의 본사 빌딩이 면담 장소가 되었다.

나는 태블릿 컴퓨터로 모리카와 제약의 웹사이트에 접속했다. 짧은 성명문이 팝업창에 떴다.

요약하자면 모리카와 가문의 유산상속 분쟁은 회사와 아무런 관련이 없다는 내용이었다. '모리카와 가문과 회의실 단기 대여 계약을 맺어 장소를 대여했을 뿐'이라고 강조되어 있었다.

그럴 만도 했다. 긴지의 영상이 공개된 지 일주일 만에 온 국민의 관심은 에이지의 유언으로 쏠렸고, 에이지의 유언장은 전문이 공개되기도 전에 이미 화제의 중심에 있었다.

긴지의 영상이 공개된 후에는 자신이 범인이라고 주장하는 사람들이 끊임없이 나왔다.

SNS에 '내가 모리카와 에이지를 죽였다'는 글을 올렸다가 계정을 정지당하는 사람도 생겼고, 파출소에 가서 자기가 범인이라고 자수한 노숙자도 있었다.

자신이 범인이라고 주장하는 장난전화가 끊이지 않자, 나가노현 경찰이 '장난전화는 이제 그만! 장난으로 자수하는 행위는 위계에 의한 공무집행방해죄에 해당합니다.'라는 경고 성명을 발표할 정도였다.

한편, 경찰이 수사를 개시해야 한다는 목소리도 거셌다. 하지만 나가노현 경찰은 에이지가 병으로 사망한 것이 명백한 이상 다른 사건들과의 균형을 고려할 때 수사를 개시할 수 없다고 입장문을 발표했다.

소동의 불똥은 모리카와 제약에도 튀었다. 주가가 폭락해서 아직도 변동성이 큰 상태였다.

기관 투자자들은 경영진에 공개서한을 보내기도 했다. 모리카와 제약의 주식 담당자와 IR팀이 얼마나 혼란에 빠졌을지 안 봐도 비디오였다.

회사 측이 거부했음에도 불구하고 취재를 강행한 주간지 기자도 있었는데, 그는 모리카와 제약 본사 안내데스크를 뚫고 비상계단으로 15층까지 올라갔다가 결국 건조물침입죄로 경찰에 체포되었다.

인터넷에서 에이지의 유언이 화제가 됐을 때도 공영방송국은 에이지의 유언을 일절 언급하지 않았으나, 이제는 특집 방송을 편성해 내보내기도 했다. 지금까지는 떠도는 소문 수준의 내용만 다뤄왔지만, 이제 유언장 전문이 공개되었으니 취재진들은 유언장에서 거론된 사장, 부사장, 전무에게 달려들어 어떻게든 새로운 정보를 얻어내려고 열을 올릴 것이다.

모리카와 가문의 일원인 사장과 전무는 집안일로 이런 소동에 휘말린 것이니 불평할 여지가 없었다.

하지만 나머지 한 명인 히라이 부사장은 모리카와 제약의 대주주 리저드 캐피탈에서 파견된 '고용 경영자'였다. 그가 이런 일에 엮인 것은 황당할 테지만, 모리카와 제약에 대한 지배를 공고히 하려는 리저드 캐피탈로서는 에이지가 보유한 모리카와 제약의 주식이 어디에 귀속될지 예의주시해야 하므로 에이지의 유언을 무시할 수도 없었다.

그나저나 에이지의 고문변호사도 처지가 딱했다.

나는 제2유언 중 '나를 도와준 사람들에 대한 유증' 부분을 가리켰다.

"이 많은 유산을 이렇게 많은 사람에게 나눠주려면 절차를 밟는 데만 한세월이야. 나였으면 절대 안 맡았을 거야."

에이지의 고문변호사는 나가노현에 있는 '법무법인 삶'이라는 법률사무소에 소속된 '무라야마 겐타'라는 남자였다.

나는 '법무법인 삶'이라는 이름부터 마음에 들지 않았다. 그곳에 가면 서민들이나 경제적 약자의 삶을 돕겠다는 표어가 걸려 있을 것만 같았다. 돈도 안 되는 의뢰만 받는 초라한 법률사무소의 모습이 머릿속에 그려졌다.

"에이지네 아버지도 힘드시겠지만, 형이랑 친척들도 고생이겠다."

시노다가 내 태블릿 컴퓨터를 들여다보며 제2유언의 말미를 가리켰다. 거기에는 '모리카와 가문 사람들 중 세 명 이상이 배석하여 유증을 받을 사람들에게 직접 감사 인사와 재산을 전달하기 바란다.'라고 적혀 있었다. 이대로 하려면 모리카와 가문의 일가친척들이 총출동해도 눈코 뜰 새 없이 바쁠 것이다.

"왜 이렇게 일을 크게 벌이는 거지?"

내가 그렇게 말하자, 시노다는 고개를 갸우뚱하며 말했다.

"에이지는 원래 과한 면이 있었지만, 절대 자기중심적인 사람은 아니었어. 이런 식으로 주변 사람들을 고생시키는 건 에이지답지 않아."

나는 동의의 뜻으로 고개를 끄덕였다. 예전에 지우개를 빌려달라고 했더니, 통 크게 필통째로 빌려주던 에이지가 생각났다. 확실히 에이지는 착한 남자였다. 가끔은 과하다 싶을 정도로.

제2유언장을 다시 살펴보았다.

제2유언은 반듯한 손글씨로 적혀 있었다. 아마 에이지의 자필일 것이다. 글씨체가 원래 이랬는지는 의문이 들었다. 사실 에이지의 글씨체가 어땠는지 전혀 기억나지 않았다. 편지를 주고받지 않는 이상 남자친구의 필체라도 접할 일이 흔치 않으니 기억나지 않는 것도 당연했다.

"레이코, 이거."

시노다가 통통한 손가락으로 유언 말미를 가리켰다.

"유언장 작성 날짜를 좀 봐봐. 제1유언이 올해 1월 27일이고, 제2유언은 그 다음 날인 28일이야. 에이지가 죽은 건 1월 30일 새벽이니까 사망 사흘 전과 이틀 전에 작성한 거야. 타이밍이 너무 절묘하지 않아?"

그러고 보니 시노다의 말대로였다. 에이지는 자신이 죽을 때를 예견하기라도 했다는 말인가.

"독감으로 죽은 거면 사망 이틀 전과 사흘 전에는 이미 열이 심했을 테니까 그대로 죽을 거라고 확신했어도 이상하지는 않아."

"그럼 명백하게 병으로 인한 죽음이니까 범인을 운운하는 유언을 남기는 게 이상하잖아." 시노다가 반박했다.

"살해당할 걸 예상이라도 했단 말이야?"

내가 한 질문이지만 스스로 생각해도 바보 같은 질문이었다. 시노다도 당연히 정답은 모를 것이다.

우리는 여러 가지로 생각해보았지만, 결국 알 수 있는 것은 없었다. 정보가 너무 적어서 이 상태로는 열심히 이야기를 나눠 봤자 무의미했다.

"그나저나 에이지의 사망진단서는 어떻게 됐어?"

에이지의 사인을 확인하기 위해 시노다에게 사망진단서를 구해오라고 했었다.

"사망진단서는 3촌 이내의 친족만 발행할 수 있대. 내가 에이지의 친척한테 가서 '사망진단서를 저한테 빌려주세요.'라고 할 수는 없잖아."

시노다는 그렇게 투덜거리며 사망진단서를 구해올 생각을 하지 않았다.

나는 지난 일주일 동안 수차례 시노다에게 전화를 걸어, 어서 사망진단서를 구해오라고 채근했다.

자신이 범인이라고 주장하는 사람들은 지금 이 순간에도 계속 나오고 있었다. 범인의 조건에 부합하는 사람이 나타나면 범인 선출전은 서둘러 마무리될 가능성이 컸다. 선출위원으로 지명된 세 임원으로서는 이런 우스꽝스러운 일에서 빨리 벗어나고 싶을 테니 말이다.

폭신한 라운지 소파에 몸을 기댄 채 고개를 숙인 시노다의 모습을 보니, 여전히 사망진단서를 구해올 방법은 찾지 못한 듯했다.

"한시가 급하다고! 에이지의 주치의랑은 접촉해봤어?"

시노다는 고개를 끄덕였다.

"에이시의 주치의 하마다 선생님은 곧 병원장 선거가 있으시대. 그래서 만나기가 어려워."

"아무리 어려워도 어떻게든⋯."

설교를 시작하려는데, 시노다가 가방을 무릎 위에 올려놓고 그 안에 손을 집어넣었다.

"이거야."

그러면서 서류 한 장을 꺼냈다. 에이지의 사망진단서였다.

"하마다 선생님은 병원장 선거에 출마할 예정이라 돈이 필요하셨나 보더라고."

시노다가 작은 목소리로 덧붙였다.

"그리고 돈은 우리 집에도 조금 있는 편이니까."

하마다를 돈으로 매수한 것을 내가 나쁘게 생각할까 봐 걱정이 되었는지 시노다는 연신 변명을 늘어놓았다. 하지만 그런 말은 내 귀에 들어오지 않았다.

내 머릿속에는 시노다가 하마다를 돈으로 매수할 수 있었다는 사실 자체만 맴돌았다. 그리고 그 사실 덕분에 나는 이 범인 선출전에서 이길 수 있는 방법을 깨달았다.

"어쩌면 정말 이길 수도 있겠다."

그 말에, 시노다가 의아한 표정으로 내 얼굴을 쳐다봤다.

"사업가들 생각은 다 거기서 거기거든."

나는 점점 빨라지는 심장 소리를 억누르며, 그 자리에서 태블릿 컴퓨터로 범인 선출전에 지원서를 제출했다.

2

닷새 후인 2월 17일 수요일 오후 세 시.

나는 시나가와에 있는 모리카와 제약 본사 빌딩 앞에 섰다.

원래는 정장 차림의 방문객들 정도만 드문드문 왕래할 시간이었다. 그러나 이날은 청바지 차림에 캠코더를 든 사람, 점퍼 차림으로 분주하게 누군가와 통화하는 사람으로 북새통을 이루었다. 범인 선출전에 참가하는 사람들을 촬영하려고 몰려온 기자들인 듯했다.

누가 봐도 노숙자로 보이는 술 취한 노인을 남자 여러 명이 둘러싸고 마이크를 들이댔다. 밝은 플래시가 여러 번 터졌다.

그 모습이 정말 미련해 보였다. 저 노인이 모리카와 제약의 둘째 아들과 무슨 관련이 있겠는가. 그가 범인일 리가 없다는 것을 알면서도 열심히 사진을 찍어 기사를 내는 것이 무슨 의미가 있단 말인가.

거기서 조금 떨어진 곳에는 얇은 점퍼를 입은 여자 한 명이 서 있었다. 아직 30대 중반 정도로 보였으나 볼은 홀쭉하고 등은 굽어 있어 모양새가 초라했다.

기자들은 그 여자를 발견하자마자 달려들어 마이크를 들이댔다.

"범인 선출전에 참가하시는 건가요?"

여기저기서 사람들이 소리쳤고, 카메라의 빨간색 녹화 불빛이 켜졌다.

취재진은 차림새를 보고 '모리카와 제약의 거래처 사람'과 '범인 선출전 참가자'를 구분하기로 한 모양이었다. 차림새가 너저분한 방문자들은 모리카와 제약의 거래처 사람일 리가 없다는 판단이었다. 볼이 홀쭉하고 등이 굽은 여자 역시 초라한 용모 때문에 기자들에게 둘러싸이고 말았다.

나는 아주 평범한 사회인으로서 지극히 평범하게 정장을 입었기 때문에 취재진에게 둘러싸이는 일 없이 인파 속을 뚫고 나갈 수 있었다.

안내데스크에 도달해 방문 목적을 말하자, 빌딩 최상층인 23층에 있는 회의실로 가라는 안내를 받았다. 보안이 매우 삼엄해서 회의실에 도착하기까지 엘리베이터를 두 번 갈아타고 세 종류의 보안시스템을 통과해야 했다.

회의실에는 적어도 스무 명은 앉을 수 있는 타원형 테이블이 있었다. 거기에는 이미 세 남자가 앉아 있었다. 세 남자는 내가 들어왔는데도 일어서거나 인사하지 않고 앞에 놓인 서류를 보고 있었다.

테이블 주변에는 체격 좋은 경호원 네 명이 양복을 입고 서 있었는데, 그중 한 명이 나에게 "앉으십시오."라고 말했다.

나는 앉아 있는 세 남자에게 인사하고는 맞은편 가운데 자리에 앉았다.

미리 신문과 주간지로 예습을 해온 덕에 내 맞은편 가운데에 앉은 사람이 모리카와 카네하루 사장이라는 것을 바로 알수 있었다. 이 사람이 에이지의 아버지이다.

카네하루 사장은 인터넷에 떠도는 사진보다 훨씬 작은 느낌이었고, 비유하자면 작은 불도그처럼 못생긴 남자였다. 에이지와는 조금도 닮지 않은 것을 보니 사모님이 상당한 미인인 듯했다.

카네하루는 무례할 정도로 내 얼굴을 빤히 쳐다보며 말했다.

"내가 대표이사 사장 모리카와 카네하루요."

불도그 같은 인상에 잘 어울리는 걸걸한 목소리였다.

카네하루는 모리카와 가문의 직계장남이었다. 젊은 시절 10년 정도 다른 회사에서 일한 끝에 모리카와 제약에 입사했고, 그 뒤로는 순조롭게 승진하여 사장 자리에 앉았다.

그 다음 사람은 카네하루 누나의 남편, 즉 카네하루의 매형인 모리카와 사다유키였다. 나를 기준으로 카네하루보다 오른쪽에 앉은 남자가 사다유키였다. 사다유키는 여우 같은 얼굴에 이목구비가 흐릿한 사람이었다. 나는 왠지 모르게 오빠 마사토시가 떠올랐다.

"이쪽은 모리카와 사다유키 전무일세."

카네하루가 사다유키를 소개했다.

사다유키는 카네하루를 쳐다보지도 않고 나를 보며 인사했다.

"모리카와 사다유키 전무이사입니다."

카네하루는 걸걸한 겉모습과 달리 신중한 사람이라 되도록 현 상황을 유지하면서 안정적으로 사업을 영위하는 것을 선호했다. 그러나 데릴사위인 사다유키 전무는 신규사업과 신약 개발에 의욕적이었다. 찌라시 정보에 따르면, 모리카와 제약은 카네하루 사장파와 사다유키 전무파로 나뉘어 파벌 경쟁을 벌인다고 했다.

창업주 가족이 상장기업의 임원 자리를 꿰차고 있는 것도 구시대적인데 웬 파벌 경쟁인가 싶었지만, 이사 열 명 중 두 명의 성씨만 '모리카와'인 것을 고려하면 그렇게 심각한 족벌 경영은 아니라는 생각도 들었다.

모리카와 제약은 제2차 세계대전 직후에 설립되어 근 70년 동안 착실하게 사업을 확장해 왔다. 그러나 2010년대에 들어서자 사업에 그늘이 드리우기 시작했다. 제약회사가 의사에게 리베이트를 하지 못하게 하는 부정청탁금지법이 생긴 시기와 딱 맞물렸다. 모리카와 제약의 특기이던 리베이트 위주의 영업이 더는 통하지 않는 세상이 온 것이었다.

그리고 마침내 몇 년 전, 경영난에 허덕이던 모리카와 제약의 경영 상태를 재정비하기 위해 대주주인 외국계 투자회사 리저드 캐피탈이 히라이 마사토 부사장을 파견했다.

나를 기준으로 카네하루보다 왼쪽에 앉아 있는 사람이 히라이 부사장이었다.

히라이 부사장은 언뜻 보기에도 카리스마가 넘쳤다. 통찰력 있어 보이는 얼굴은 까무잡잡했고 눈은 매처럼 예리하게 빛났다. 나이는 마흔 안팎이라 예순을 넘긴 사장과 전무에게는 아들뻘이었다.

"히라이입니다."

히라이는 짧게 자기를 소개하고는 내 눈을 지긋이 쳐다봤다.

히라이에 관한 인터뷰 기사는 인터넷에서 쉽게 찾아볼 수 있었다.

히라이가 사업을 시작한 것은 대학교 1학년 때였다. 홀어머니 밑에서 자란 그는 학비를 벌기 위해 대학교에 다니던 와중에 회사를 차렸다. 타고나기를 장사 수완이 좋았던 것인지, 그때 세운 회사가 빠르게 성장하여 도쿄증권거래소에 상장되었다. 히라이는 자신의 보유지분을 천천히 팔아치웠고 대학교를 졸업할 즈음에는 꽤 큰 재산가가 되어 있었다.

보통 사람은 그 자산으로 평생 놀고먹을 생각을 했을 테지만, 그는 투자회사에 들어가 투자 업무를 보았다. 다양한 회사의 주식을 사들인 다음 적극적으로 경영에 참여해 재무 상태를 개선하고 주가를 높여 장기적으로 이익을 얻는 일이었다.

히라이가 다시 일으킨 회사가 수도 없이 많아서 이제는 특별고문이나 사외이사로 그를 초빙하고 싶어하는 기업도 많은 모양이었다. 그런 그가 자진해서 모리카와 제약을 재정비하겠다고 나서더니 창업 이래 가장 어린 부사장으로 취임했다.

사실 히라이 같은 사람은 여러 회사를 상대로 고문이나 사외이사 역할만 맡아도 연봉 1억 엔은 거뜬하게 벌 수 있었다. 그러나 지금은 거의 전속적으로 모리카와 제약의 사내 업무만 보고 있으니 현저히 적은 연봉만 받고 있는 셈이었다. 나는 그가 왜 그런 짓을 하는지 이해할 수 없었다.

"변호사 켄모치 레이코라고 합니다. 오늘 귀한 시간 내주셔서 감사합니다."

나는 등을 꼿꼿이 편 채 가볍게 인사한 뒤, 자신감에 찬 영업용 미소를 지었다.

카네하루는 조금 의외라는 표정으로 내 얼굴을 보았다.

카네하루와 비슷한 연령대의 남자들은 나처럼 젊고 예쁜 여자가 변호사라고 하면 보통 깜짝 놀라면서 무례할 정도로 이것저것 캐물었다. 나는 그런 반응에 이미 익숙했기에 카네하루의 시선도 딱히 불쾌하지는 않았다.

"이 면담은 어떻게 진행하시나요?"

나는 영업용 미소를 유지하며 물었다.

"저부터 몇 가지 묻겠습니다."

왼쪽에 앉은 히라이 부사장이 먼저 말했다.

"우선 저희 변호사가 꼭 말하라고 한 내용이 있어서 그것부터 전달하겠습니다. 자…, 오늘 나눈 대화의 내용은 우리 임원진과 경호원을 포함해 모든 사람이 비밀로 해야 합니다. 경찰이 묻거나 형사재판이 진행되더라도 오늘 있었던 일을 발설해서는 안 됩니다. 다만, 예외적으로 모리카와 가문 사람들과는 적절한 내용을 공유할 수 있습니다. 가족회의를 통해 결론지어야 하는 것들도 있어서요. 이 부분은 법적으로 약간 애매하기도 하지만, 아무튼 저희는 오늘 대화한 내용을 외부인에게 절대 발설하지 않겠습니다. 그러니 마음 편하게 진실을 말해주세요."

나는 조용히 고개를 끄덕였다.

고문 변호사가 면담 시작 전에 이 내용부터 꼭 말하라고 시킨 모양이었다.

"범인 후보 중에 저희 세 사람 전원이 '명백한 범인'이라고 인정하는 사람이 나오면, 그 시점부터 그 사람이 범인으로 결정되고, 범인 선출전은 그 즉시 중단됩니다. 하지만 범인이 그렇게 금방 잡히지는 않을 테니 저희 세 명 중 두 명 이상이 '범인일지도 모른다'고 생각한 사람을 1차 전형 합격자로 처리할 겁니다. 그 후에 다른 후보와의 균형을 고려해 가장 범인다운 사람을 셋이서 논의하여 결정할 겁니다."

가만히 듣고 있자니 우스웠다.

사업가들은 범인을 정하는 것도 신입사원을 뽑는 채용 면접처럼 진행하는 모양이었다.

나는 어이가 없으면서도 동시에 감탄이 나왔다.

"그래서…, 당신은 모리카와 에이지를 어떻게 죽였나요?"

히라이는 에이지의 사인을 뻔히 알면서 시치미를 떼며 물었다.

"모리카와 에이지를 죽인 건 제가 아니라 제 의뢰인입니다. 저는 오늘 의뢰인의 법률대리인으로 이 자리에 나왔습니다."

"그렇군요. 그 의뢰인이라는 사람은 누구죠?"

히라이가 물었다.

"제 의뢰인은 본인의 이름을 밝히지 않기를 원했습니다. 저는 비밀유지의무에 따라 말씀드릴 수 없습니다."

"하아. 아주 별짓을 다 하는구먼."

카네하루가 이곳을 동네 술집으로 착각할 만큼 격식 없는 말투로 딴지를 걸었다.

"진정하세요."

히라이가 중재하며 다시 내게 물었다.

"그래서 당신의 의뢰인은 에이지를 어떻게 죽였습니까?"

"이걸 봐주십시오."

나는 종이 두 장을 내밀었다.

한 장은 에이지의 사망진단서 복사본이었고, 나머지 한 장은 시노다의 독감 진단서였다. 물론 시노다의 이름은 가려 놓았다.

"제 의뢰인을 A라고 칭하겠습니다. A는 올해 1월 23일, 카루이자와에 있는 별장에서 열린 에이지 씨의 생일파티에 참석했습니다. 에이지 씨는 당시 심각한 우울증을 앓고 있어서 체력과 면역력이 상당히 떨어진 상태였다고 하더군요. A는 독감에서 막 회복된 참이라 자신이 독감 바이러스 보균자라는 것을 알았음에도 에이지 씨를 만나러 갔고, 에이지 씨의 바로 옆에서 식사하며 대화를 나눴습니다. 고의로 에이지 씨에게 독감을 감염시켜 원래부터 몸이 약했던 에이지 씨를 죽이고자 한 것입니다. 그리고 생일파티 다음 날인 1월 24일이 되자, 에이지 씨는 열이 나기 시작했고, 며칠 후 독감 진단을 받았습니다. 계속 고열에 시달리다가 1월 30일, 에이지 씨는 영면하셨습니다."

나는 명료하고 매끄럽게 이야기를 마쳤다.

"흥. 돈에 미친 놈들 같으니라고."

내 바로 앞에 앉은 카네하루가 팔짱을 끼며 거대 기업의 총수답지 않은 거친 말을 뱉었다.

"이놈 저놈 할 것 없이 다들 죽은 남의 아들을 돈벌이 수단으로 취급하고 있구면. 우리 아들은 독감으로 죽었어. 한마디로 병으로 죽었다고! 살해당한 게 아니란 말이오."

그러자 지금껏 잠자코 있던 사다유키 전무가 몹시 난처한 표정으로 입을 열었다.

"사실 이미 독감 진단서와 에이지 씨의 사망진단서를 함께 가지고 온 사람이 아주 많았어요."

나도 많은 사람이 사망진단서를 구해올 것을 예상했다. 시노다가 돈으로 사망진단서를 구할 수 있었다면, 다른 사람들도 틀림없이 사망진단서를 준비해 올 수 있었을 것이다.

사다유키 전무는 진지한 표정으로 말을 이었다.

"이런 범인 선출전을 진행하게 될 줄은 전혀 예상하지 못했지만, 선출위원이 된 이상 최대한 공정하게 판단하려고 합니다. 하지만 이런 상태로는 누구를 범인으로 뽑아야 할지 저희도 갈피를 못 잡겠습니다."

여우 같이 생긴 능구렁이 꼰대 자식.

나는 속으로 욕설을 퍼부으면서도 득의양양하게 웃었다.

사실 나는 저들의 속내를 파악하고 있었다. 저들은 공정한 척하고 있지만 그럴 수 없는 입장이었다. 에이지의 재산이 범인에게 넘어가면, 에이지가 가지고 있던 모리카와 제약의 주식도 범인에게 넘어갈 것이기 때문이다. 경찰이나 제삼자의 개입 없이 임원 셋이서만 범인을 결정하면 되니 세 사람은 회사 경영에 도움이 될 만한 사람을 범인으로 선택할 것이 분명했다.

그러니까 이 범인 선출전은 사실상 '새로운 주주 선출전'인 셈이었다. 나는 그 점을 간파했다.

그러나 세 임원은 뜻을 하나로 모으기 힘들 정도로 사이가 좋지 않았다.

우선 사장과 전무는 대주주로서 차기 회장 자리를 놓고 경쟁하는 관계였고, 부사장은 주주가 아닌 고용된 경영자로서 모리카와 제약을 창업주 일가로부터 독립시키려고 하는 입장이었다. 즉, 히라이 부사장은 무능한 창업주 일가를 회사에서 몰아내 회사를 족벌 경영으로부터 해방시키고자 하는 사람이었다. 그런 의미에서 부사장은 사장과 전무에게 공동의 적이었다.

모리카와 제약은 크게 사장파와 전무파, 그리고 부사장파로 나뉘어 경쟁하는 중이었다.

한쪽 파벌에만 유리한 제안을 하면 다른 파벌이 반대할 것이 뻔했다.

따라서 삼자가 모두 수긍할 만한 최고의 제안을 한 사람이 '범인'으로서 새 주주의 자리를 꿰차게 될 것이다.

에이지는 세 파벌의 대립을 해결하기 위해 특이한 유언을 남긴 것은 아닐까. 사내 분열을 막고 타협점을 찾아내는 인물에게 모리카와 제약의 주식을 맡기고 싶었던 것일지도 모른다.

물론 그것만이 목적이었다면 유언에 살인이나 범인 같은 자극적인 단어를 넣지 않고 조용히 처리할 수도 있었을 테니, 다른 목적이 있었을 가능성이 높다. 살인이나 범인 같은 자극적인 내용이 없었다면 언론이 모리카와 제약 쪽으로 쏠리지도 않았을 것이기 때문이다. 에이지가 그런 단어를 유언에 적는 바람에 임직원들은 상당히 많은 시간을 빼앗기고 있었다. 특히 사장과 부사장, 전무는 지금 사생활을 침해당하면서까지 언론에 시달리고 있었다. 휴일이나 퇴근 후에도 입을 꾹 다문 채 언론을 피해 다니는 세 사람의 영상이 TV와 인터넷에서 흘러나온 다음 날이면 여지없이 모리카와 제약의 주가가 하락했다.

그런 피해를 감수하면서도 세 사람은 범인 선출전의 선출위원 자리를 내려놓지 못했다. 범인 선출전에서 빠졌다가 다른 두 임원의 입맛에만 맞는 사람이 새 주주가 되면 파벌 경쟁에서 밀려나기 때문이었다.

"이 자료를 봐주십시오."

나는 가방에서 또 다른 서류를 꺼내 세 사람에게 나눠주었다.

임원들의 눈빛이 변하는 것이 보였다.

"제 의뢰인이 귀사의 주식을 얻는다면, 아래와 같이 의결권을 행사할 예정입니다. 우선 귀사가 내후년에 출시할 근육 증강제 머슬 마스터 제트에 대해서 말씀드리겠습니다."

임원들은 몸을 앞으로 쭉 내밀고 내가 작성한 자료를 들여다보았다.

나는 세 사람 누구에게도 방해가 되지 않도록 매우 중도적인 경영전략을 짜왔다. 그 계획안을 세 사람에게 요약해서 설명했다.

일단 신약 머슬 마스터 제트는 실적이 저조한 모리카와 제약의 새로운 기대작으로서 사다유키 전무가 주도하는 프로젝트였다. 머슬 마스터 제트는 바이오 벤처기업 게놈제트라는 회사와 공동연구를 한 끝에 개발한 근육 증강제로, 최신 게놈 편집 기술이 도입된 제품이었다. 머슬 마스터 제트를 정맥에 주사한 사람은 유전자 정보가 편집되어 근육이 잘 붙는 유전자로 변이된다.

그 약은 충격적이게도 사람의 유전자를 근본부터 바꿔버리기 때문에 새 유전자로 변이된 사람이 생식 활동을 하면 그 자녀에게도 새 유전자가 전승된다고 한다. 여기에는 어떤 위험이 따를지 알 수 없고, 그밖에도 아직 밝혀지지 않은 위험성이 있을 수 있었다. 그래서 머슬 마스터 제트를 상용화하기까지는 시간이 한참 걸릴 것이라는 소문이 돌았다.

그런데 그 소문과 달리 작년 가을 모리카와 제약이 '고령자용 근육 증강제'로 머슬 마스터 제트를 출시할 예정이라고 발표했다. 자녀를 낳을 가능성이 없는 고령자들의 약해진 근력을 보충하는 목적으로만 게놈 편집을 하겠다고 보건복지부를 설득해 허가를 받은 듯했다.

신약을 출시하겠다고 발표하자 바닥을 치던 모리카와 제약의 주가는 수직 상승하여 역대 최고가를 기록했다. 이것이 경제신문 1면에 크게 보도되기도 했다.

머슬 마스터 제트는 전무파가 차기 사장 후보로서 자신을 어필할 수 있는 강력한 무기이자 큰 공로였다. 전무파의 경쟁자인 카네하루에게는 달갑지 않은 요소였지만, 모리카와 가문의 영향력을 키우는 데에는 도움이 되므로 히라이 부사장을 견제하는 장치로서는 반길 만했다.

히라이 부사장은 모리카와 가문의 힘이 커지는 것을 탐탁지 않게 여기겠지만 회사가 좋은 실적을 내는 것 자체를 싫어할 이유는 없었다.

삼인 삼색의 입맛을 모두 만족시킬 중도적 계획으로서, 나는 히라이 부사장의 산하 부서에 새 조직을 만들어 머슬 마스터 제트 판매부를 두기를 제안했다. 그렇게 되면 히라이 부사장은 돈이 되는 핵심부서를 손에 쥐고 모리카와 가문을 견제할 수 있을 것이다.

카네하루 사장은 전무와의 전면승부를 뒤로 미룰 수 있으니 이득이었다.

한편 전무파는 자신의 공을 빼앗기는 격이긴 했다. 그러나 파벌 경쟁 때문에 신약 출시 자체를 못 하게 되는 최악의 사태는 면할 수 있었다. 그리고 이 프로젝트를 주도한 것이 전무파라는 사실은 변함이 없으니, 사장파와 부사장파에게 생색을 낼 수 있는 좋은 건수가 될 터였다.

나는 이렇게 모리카와 가문이 안고 있는 파벌 분쟁의 불씨를 염두에 두며 내 계획안을 설명했다.

"공식적으로 주주 간 협정을 체결하여 방금 말씀드린 내용을 계약상 의무로 지킬 것을 약속드립니다."

내가 이야기를 마치자 히라이 부사장은 나를 놀리듯 휘파람을 획 불었다.

"과연…, 고심한 티가 나네요." 그러고는 내게 물었다. "이 계획안, 당신이 짠 겁니까?"

나는 표정 변화 없이 대답했다.

"아니요. 제 의뢰인께서 원하신 바입니다."

"변호사라는 작자들은 참 희한해."

히라이 부사장이 호쾌하게 웃었다.

"저는 당신의 의뢰인이 범인이라고 생각합니다."

시원스러운 말투였다.

"잠깐, 아직이야."

옆에서 카네하루 사장이 목소리를 높였다.

"이 건에 대해서는 당장 우리 고문변호사와 얘기를 나눠봐야겠어. 자네, 이름이…?"

"켄모치 레이코입니다."

"레이코 변호사, 시간이 괜찮으면 잠시 다른 방에서 대기해주겠나?"

카네하루 사장은 역시 신중했다. 변호사에게 자문을 구한 다음 내 답변에서 허점을 발견하면 즉시 반대할 생각인 것 같았다.

"물론 저는 괜찮습니다."

나는 그렇게 말하고 자리에서 일어나 검은 양복을 입은 경호원이 안내하는 대로 회의실에서 나왔다.

그러는 동안 사다유키 전무는 뱀처럼 예리한 눈으로 나를 바라볼 뿐, 한마디도 하지 않았다. 나는 텁텁한 뒷맛에 불안감을 느꼈다.

3

다른 층 회의실에 들어가 혼자 30분을 기다렸다.

직원이 내준 차도 벌써 다 마셨다. 이렇게 마냥 기다리게 하니 감금을 당한 것 같다는 생각이 들던 차에 문이 열리며 이 방으로 안내해 주었던 안내데스크 직원이 들어왔다.

그녀는 겸연쩍은 듯 눈인사를 했다.

"조금만 더 기다려주시겠어요? 괜찮으시면 저희 회사 카페테리아에서 사용할 수 있는 식사 쿠폰을 드릴 테니 편하게 드시면서 기다려주세요."

그러면서 지폐만 한 종이 한 장을 건넸다.

나는 몇 가지 할 일이 남아 있었지만 일단 오늘의 고비는 넘긴 상태였다.

그래서 아주 가벼운 마음으로 단것과 커피를 즐기며 한숨 돌리기로 했다. 내가 일하는 로펌에는 식당이나 카페테리아가 없어서 가끔 외근할 때 방문하는 의뢰인의 회사에서 구내식당을 이용할 기회가 생기면 기분이 좋았다.

우리 로펌에는 4백 명이 넘는 변호사가 있다. 그중에는 모리카와 제약과 관련된 일을 하는 변호사도 있을 것이다. 그러나 나는 모리카와 제약을 담당한 적도 없었고, 모리카와 제약 본사 안에 들어온 것도 처음이었다. 카페테리아에 가면 직원들의 분위기도 살필 수 있으니 여러모로 좋을 것 같았다. 나는 직원의 제안을 흔쾌히 받아들이고 카페테리아로 향했다.

모리카와 제약의 본사 빌딩은 12층 전체가 카페테리아였다. 대형 쇼핑몰 푸드코트처럼 식당이 벽 쪽에 종류별로 죽 늘어서 있었다.

그 중앙에 자리한 좌석들은 모리카와 제약의 브랜드 컬러인 연두색을 베이스로 해서 통통 튀는 색으로 통일되어 있었다.

나는 귀를 쫑긋 세운 채, 늦은 점심 혹은 이른 저녁을 먹으며 가벼운 미팅을 하는 직원들 사이를 돌아다녔다.

직원들의 대화는 대부분 4월에 있을 부서 이동이나 이번 분기 보너스´ 예상액, 상사 뒷담화 같은 시시껄렁한 내용이었다.

그때…, 주변의 소음을 뚫고 내 귀에 들어온 익숙한 목소리가 있었다.

"그럼 난 갈게. 이따 봐."

에이지의 목소리였다.

그럴 리가 없었다. 에이지는 죽었다.

그러나 에이지로 착각할 정도로 그와 똑같은 중저음의 미성이었다.

나는 서둘러 주위를 둘러봤지만, 목소리의 주인은 찾지 못했다.

심장이 요란스럽게 방망이질 쳤다.

갑자기 들려온 에이지의 목소리에 깜짝 놀라 심장이 내려앉을 뻔했다. 그리고 이렇게까지 놀란 나 자신에게 한 번 더 놀랐다.

몇 년이나 못 봤고, 보고 싶다는 생각을 한 적도 없었다. 하지만 이렇게 목소리를 들으니 갑자기 에이지를 만났던 때의 기억이 선명하게 되살아났다.

에이지는 두 학년 위 대학교 선배였다.

선배였지만, 2년 연속 필수과목 학점을 못 딴 에이지는 재재수강생으로 나와 같은 수업을 들었다. 수업을 들었다고는 하나 그저 자리에 앉아 있을 뿐이었고 수업 시간에는 보통 잠을 잤다. 당연히 수업 내용도 전혀 모르는 것 같았다.

그러다 시험 직전에, 이번에도 학점을 못 따면 유급이라며 가까운 자리에 앉은 내게 노트를 빌려달라고 울면서 사정했다. 내가 어쩔 수 없이 노트를 복사해 준 이후 우리는 조금씩 친해졌다.

처음에는 에이지의 열렬한 구애가 당황스러웠다. 큰 키 때문인지 말투 때문인지는 모르겠으나, 보통 남자들은 나를 무서워하며 피했다. 아주 가끔, 내가 괴롭혀주기를 기대하며 접근해오는 소심한 남자들이 있긴 했다.

하지만 에이지처럼 한없이 긍정적이고 자기애가 강한 남자가 내게 멀쩡한 관심을 보이는 일은 드물었다. 대화를 나눠보니 에이지는 배려심도 있고 말이 잘 통하는 사람이었다.

"자꾸 내가 좋다고 그러는데, 내가 왜 그렇게 좋아?"

에이지에게 물어본 적이 있었다. 그때 에이지는 천연덕스럽게 대답했다.

"착해서."

이상한 얘기지만, 나는 이 말 때문에 에이지와 사귀기로 결심했다.

에이지의 대답이 묘하게 내 마음에 스며들었다. 기뻤다.

착하다는 말, 흔해 빠진 칭찬일 수도 있다. 하지만 나는 그제 까지 20년 동안 단 한 번도 '착하다'는 말을 들어본 적이 없었다.

예쁘다, 세련됐다, 똑똑하다, 몸매도 좋다, 운동도 잘한다. 그런 칭찬만 들어왔다. 다들 내 외모나 능력만 치켜세웠고, 내 안에 있는 미덕이나 선량함에 주목해주는 사람은 없었다.

그래서 착하다는 말이 아니라, 정직하다든가 우직하다든가 겸손하다든가-나와는 전혀 어울리지 않는 말들이지만-그런 칭찬이 었어도 기뻤을 것이다.

"에이지가 더 착하잖아."

그러자 에이지는 고개를 저으며 말했다.

"아니야. 레이코 같은 사람이 제일 착한 거야."

그런 에이지가 이제 이 세상에 없다는 것을 퍼뜩 깨닫자, 내 머릿속은 뒤통수를 맞은 듯 멍해졌다.

누군가가 에이지의 어디가 좋았냐고 묻는다면 잘생긴 얼굴과 목소리밖에 대답할 것이 없었다.

따지고 보면, 사건 지 3개월 차에 잘 알지도 못하는 술집 여자와 바람이 난 개자식이었다. 그런데도 나는 에이지가 싫지 않았고, 왠지 미워할 수가 없었다. 역시 깊은 내면 어딘가에서 무언가 끌리는 데가 있었나 보다.

좋은 남자는 아니었지만, 그래도 에이지가 죽었다는 것을 실감하니 조금 슬프긴 했다.

그럼에도 눈물이 나오지 않는 이유는 그와 내 인생은 아주 잠깐 맞물렸을 뿐이기 때문이었다. 나는 그의 죽음을 깊이 슬퍼할 자격도 없었다.

나는 멍한 상태로 카페테리아를 돌아다니다가 근처 가게에서 커피를 사 가까운 자리에 앉았다. 평소라면 도넛도 같이 샀을 테지만 지금은 어쩐지 그럴 기분이 아니었다.

커피를 한 손에 든 채 몇 분 동안을 더 멍하니 있었을까.

주머니 속에 든 핸드폰이 울리는 바람에 다시금 정신을 차렸다.

핸드폰을 확인해 보니 모르는 번호로 전화가 오고 있었다. 의아하게 생각하며 전화를 받았다.

"여보세요? 레이코 씨?"

젊은 여자 목소리였다.

"저 유카예요."

유카, 유카. 어디서 들어본 것 같기도 하고, 아닌 것 같기도 했다.

"왜, 얼마 전에 만난 마사토시 씨 약혼자요."

"아아, 유카 씨."

갑자기 기억이 떠오른 나는 유카의 말이 끝나기도 전에 반응했다.

완전히 잊고 있었으나, 며칠 전 본가에서 소개받은 오빠의 약혼자 유카였다. 잘 빚은 찹쌀떡처럼 밋밋한 외모였지만 성격은 퍽 좋아 보이던 그 사람이었다.

"유카 씨, 제 연락처 어떻게 알았어요?"

나와 유카는 며칠 전에 한 번 만난 것이 전부였다. 연락처를 교환한 적도 없었다.

"제가 마사토시 씨한테 물어봤어요. 곧 있을 아버님 환갑잔치 때문에 레이코 씨한테 연락해야 한다고 했더니 가르쳐 주더라고요."

"아버지 환갑은 아직 몇 달이나 남았잖아요."

내가 의아해서 물었다.

"사실 진짜 할 말은 그게 아니에요. 레이코 씨, 지금 잠깐 시간 있어요? 저 정말 어떻게 해야 할지 모르겠어요."

유카는 내게 정말 시간이 있는지 확인할 생각은 없는지 대답할 틈도 주지 않고 속사포처럼 말했다.

"마사토시 씨가 바람피우는 것 같아요."

예상치 못한 유카의 말에 나는 나도 모르게 웃음이 터질 뻔했다.

그렇게 밋밋하고 재미없는 오빠가 바람이라니, 있을 수 없는 일이었다.

"요즘 좀 이상해요. 집에도 늦게 들어오고, 갑자기 출장이 늘었어요. 얼마 전에는 주머니에서 제국호텔 영수증이 나온 거 있죠. 무슨 일이냐고 물어봐도 그냥 일이나 야근 때문이라고만 해요. 레이코 씨도 좀 알아봐 주실 수 없을까요?"

유카가 심각하게 말했다.

둘은 아직 결혼 전이었지만, 이미 동거 중이었나 보다.

유카의 말을 듣고 있자니, 조금 전까지 에이지 때문에 감성에 젖었던 나 자신이 한심하게 느껴질 정도로 기분이 밝아졌다.

"에이, 그럴 리가요. 유카 씨, 이런 말은 좀 그렇지만, 오빠는 바람피울 위인이 못 돼요. 괜한 걱정이에요."

유카를 위로하면서도 웃음이 터지려는 것을 겨우 참았다. 마사토시에게는 연애나 결혼 같은 단어조차 어울리지 않는다. 하물며 바람이라니 가당치도 않다.

유카와 수화기 너머로 대화하면서 이성을 되찾은 나는 손목시계로 시간을 확인했다. 벌써 오후 네 시 반이었다.

카페테리아에 온 지는 30분째. 임원 면담에서 나온 지는 한 시간이 지난 시각이었다. 슬슬 관계자가 나를 찾을 때도 되었고, 오빠 약혼자의 말도 안 되는 고민을 잠자코 듣고 있을 만큼 내가 한가하지도 않았다.

마침 그때, 내 앞에서 거의 포효하는 듯한 목소리가 들렸다.

"당신이 켄모치 레이코지?"

나는 놀란 나머지 유카의 전화를 끊어버렸다.

볼품없는 어린 여자 하나가 내가 앉은 자리 바로 앞에 장승처럼 우뚝 서 있었다.

그래. 볼품없다. 그 말이 딱 어울렸다.

그 여자는 나보다 약간 어린 20대 중반으로 보였다.

길게 늘어뜨린 머리는 늘어진 라면처럼 컬이 잡히다 말았고, 깡마른 몸은 옅은 분홍색 원피스 속에서 삐걱거렸다. 과한 인조 속눈썹 때문에 쌍꺼풀 없는 동양적인 얼굴이 더 두드러져 보여서 나도 모르게 그 여자의 얼굴을 빤히 쳐다보게 되었다.

여자는 내 대답을 기다리지도 않고 따져 물었다.

"당신도 에이지 오빠의 전여친이지?"

'당신도'라면 이 여자도 에이지의 전여친인가?

하지만 이 여자도 에이지의 전여친이라면, 에이지의 취향은 상당히 통일성이 없는 듯했다.

나는 원래 전여친이 어떤 여자인지 신경 쓰는 성격이 아니었다. 하지만 나 말고 다른 전여친이 별로라는 것을 알게 된 경우라면 얘기가 달랐다. 내가 그런 여자와 똑같은 취급을 받았다는 말 아닌가. 나는 그런 생각이 들어 불쾌해졌다.

손에 쥔 핸드폰이 울렸지만, 어차피 유카일 것이 뻔해서 일단 무시했다.

"음…. 누구시죠?" 내가 물었다.

"난 모리카와 사에. 에이지 오빠의 사촌이야."

여자는 가슴을 쫙 펴며 대단한 선언이라도 하듯 자기소개를
했다.

"내가 그쪽이랑 할 얘기가 좀 있어."

사에라는 여자의 목소리가 너무 커서 주변 직원들이 이쪽을
힐끔거리며 우리를 구경했다. 나는 그것이 부담스러워 우선 그
상황에서 벗어나고자 여자에게 내 옆자리를 권했다.

"사에 씨, 여기 앉아요."

이 여자를 세워두면 계속 큰소리로 떠들 것 같았다. 그래서
내 옆에 앉혀두고 도란도란 대화를 나눠보기로 했다.

"'앉아요'는 무슨! 우리 회사는 당신네 안방이 아니거든요."

사에는 툴툴거리면서도 나의 정중한 태도를 보고 한풀 꺾인
듯 순순히 내 오른쪽 옆자리에 앉았다.

성씨는 모리카와이고 에이지의 사촌이라고 했으니 사에는
모리카와 카네하루의 조카였다. 카네하루에게는 누나와 남동
생이 있었고, 남동생 긴지는 내 기억에 미혼이었다. 그렇다면
이 요란스러운 여자는 카네하루 누나의 딸이자 방금 만난 사
다유키 전무의 딸이었다.

"아까 카네하루 삼촌한테 연락이 와서 토미하루 오빠랑 같
이 급하게 왔거든. 타쿠미 오빠는 못 왔지만 어쩔 수 없지."

초면인 나에게 말하는 말투를 보아하니, 아무리 꾸미고 멋을

부려도 철이 없는 것은 감춰지지 않는 모양이었다.

토미하루는 카네하루의 장남이자 에이지의 형이었다. 모리카와 제약의 경영에 일절 관여하지 않는 장남으로 주간지에 소개된 적이 있었다.

타쿠미라는 이름은 처음 듣지만, 문맥상 사에의 오빠이자 사다유키 전무의 아들인 듯했다.

"카네하루 삼촌은 엄청 급한 용건이 있는 것 같더라고. 에이지 오빠의 유산 문제 때문에 얘기할 게 있다나?"

누구에게랄 것도 없이 혼자 떠드는 사에를 곁눈질로 보면서, 이렇게 입이 가벼운 여자는 잘만 활용하면 이용 가치가 있을 수도 있겠다는 생각이 들었다. 물론 누구에게나 입이 가볍다면 양날의 검이 되어 나에게 불리한 말을 퍼뜨릴 가능성도 있지만.

"그래서 사에 씨는 왜 여기에?"

나는 시치미를 떼고 물었다.

"내가 여기에 왜 왔든 무슨 상관이야!"

사에가 갑자기 큰소리로 외치는 바람에 주위 사람 몇 명이 우리를 돌아보았다. 나는 부드럽게 미소 지으며 아무 일도 없는 척 온화한 분위기를 만들었다.

"카네하루 삼촌한테서 범인의 법률대리인으로 왔다는 여자의 이름을 듣고 깜짝 놀랐지 뭐야. 당신, 에이지 오빠의 전여친이지? 에이지 오빠가 전여친들한테 토지랑 별장을 준다는 유언을 남겼잖아."

사에가 빠르게 말했다.

나는 사에의 기세에 눌려 고개를 끄덕였다. 그런 내용은 있었지만, 시노다의 법률대리인을 하기로 한 직후였으므로 크게 신경쓰지 않았다.

"에이지 오빠를 홀린 여자들이 대체 어떤 사람들인지 궁금해서 내가 무라야마 변호사님이 한눈판 사이에 에이지 오빠의 '전여친 목록'을 복사해놨거든. 자, 여기."

사에는 A4 용지 한 장을 꺼내서 테이블 위에 올려놓았다.

거기에는 대충 열몇 개의 여자 이름이 적혀 있었다.

쿠스다 유코, 오카모토 에리나, 하라구치 아사히, 고토 아이코, 야마자키 치에, 모리카와 유키노, 타마데 히나코, 도죠 마사미, 이시즈카 아케미….

목록에 에이지처럼 성이 '모리카와'인 여자가 있어서 순간 시선이 멈췄으나, 이름이 '유키노'인 것을 보면 내 앞에 있는 여자와는 다른 인물인 듯했다.

"자, 여기 봐봐. 켄모치 레이코. 당신이지?"

사에는 종이의 한 부분을 가리켰다.

거기에 정말 내 이름이 있었다.

나는 그 사실에 적잖이 놀랐다.

나는 겨우 3개월 만난 남자를 공공연하게 전남친이라고 말한 적도 없고, 전남친 수를 셀 때도 에이지를 그 안에 포함시킨 적이 없었다.

그런데 에이지는 아주 잠깐이라도 만났으면 기간과 상관없이 '모두 나의 전여친'이라고 생각한 모양이었다. 그런 점이 너무 천진난만해서 어이가 없으면서도 조금 우스웠다.

"당신한테 꼭 한마디 해주고 싶어서 일부러 가족회의까지 빠지고 당신이 있다는 카페테리아로 온 거야."

사에가 가지고 있는 전여친 목록에는 전여친들의 이름만 나열되어 있었다. 그런데도 이 넓은 카페테리아에서 나를 바로 찾아낸 것을 보면 사진을 구해 내 생김새를 미리 조사한 듯했다. 하긴 요즘 시대에는 SNS만 파도 어느 정도 정보를 캐낼 수 있으니, 이 여자의 저돌적인 성격으로 보아 내 얼굴을 알아내는 것쯤이야 누워서 떡 먹기였을 것 같다.

"원래 난 돈이 어쩌고 하는 데에는 관심이 없어. 가족회의는 항상 귀찮기도 하고."

그렇게 말하더니 사에가 뚱한 표정으로 나를 쳐다봤다.

"당신 같은 사람, 용서 못 해."

그 순간 사에의 눈동자에서 빛이 번쩍였다. 변함없이 볼품없는 얼굴이었지만, 나는 그 작고 검은 눈에서 절대 변하지 않을 것 같은 굳은 심지를 보았다.

"에이지 오빠의 전여친이면 에이지 오빠가 죽었으니까 슬퍼해야 하잖아. 근데 대리인이라는 둥 변호사라는 둥 에이지 오빠를 돈벌이로 삼을 궁리만 하고!"

사에의 눈이 뜨겁게 젖었다. 하지만 내 앞에서 우는 모습을 보이기는 싫은지 쏟아지려는 눈물을 꾹 눌러 참는 것 같았다.

나는 사에의 말이 도덕적으로는 옳다고 생각하면서도 내 가치관과는 맞지 않는다고 생각했다.

나도 나름대로 에이지의 죽음을 슬퍼하고 있었다. 하지만 일하거나 돈을 버는 것은 그런 감정과는 다른 별개의 동력으로 움직인다. 에이지의 죽음이 슬퍼서 그것과 관련된 일을 할 수 없다는 생각은 들지 않았다.

"이것도 일이라서."

나는 내가 자주 하는 대답을 내놓았다.

형사 사건에서 피고인의 변호인이 되면 종종 이런 상황을 만나곤 했다.

피해자와 그 가족들은 나를 사탄의 앞잡이 취급하면서 '뻔뻔하게 그런 나쁜 놈을 변호하면서 돈을 버냐'고 비난했다.

"가깝게 지내던 사람이 죽었잖아. 제정신 박힌 사람이면 아무리 일이어도 못 하지."

"하아…, 그렇긴 하지."

사에의 말을 들으면서 나는 정말 제정신 박힌 사람이 아닐지도 모른다는 생각이 들었다.

나는 평범한 사람들과는 다르고, 바로 그렇기 때문에 평범한 사람이 못하는 일을 할 수 있었다. 그렇다고 그것이 나의 강점이라고 자기합리화할 생각은 없었다. 또 타고나길 이러니 어쩔 수 없다고 핑계를 댈 생각도 없었다.

사에 같은 사람을 두고 너무 감정적이라고 깎아내릴 생각도 없었다. 오히려 나는 그런 사람들이 조금 부럽기도 했다.

"당신, 설마 이번 카루이자와에 있는 별장 증여 때 올 건 아니지?"

"별장 증여?"

나는 무슨 말인가 싶어 되물었다.

"하아. 당신 정말 몰라?"

사에는 따지듯이 물으면서도 내가 모르는 정보를 자신이 안다는 것이 기뻐 보였다.

"다음 주 토요일에 카루이자와 부동산을 유증하는 절차를 밟을 거야. 무라야마 변호사님 웹사이트에 공지 뜬 거 못 봤어?"

사에가 구체적인 지명을 언급해준 덕분에 그동안 멈추어 있던 내 머릿속 기억 회로가 빠르게 돌아가기 시작했다. '법무법인 삶' 웹사이트에는 각각의 재산에 대한 유산 증여 날짜가 기재되어 있었다. 거기에는 전여친들의 모임 일정도 있었다. 그 모임에 참여하면 카루이자와 부동산의 공유 지분을 받을 수 있다고도 되어 있었다. 웹사이트를 봤을 때 나도 유언장에 언급된 부동산들의 가치를 전부 조회해본 적이 있었다. 카루이자와 소재 부동산의 자산가치는 토지와 건물을 합쳐 대략 1억 엔 정도였다.

만약 내가 전여친 명단에 포함되어 있고, 모임에 참여하는 전여친이 열 명이라면, 한 사람당 천만 엔을 받게 되는 것이었다. 세금, 절차 비용, 현금으로 환산할 때 드는 수고비 등을 빼면 실제 수입은 기껏해야 5백만 엔 정도였다.

소소한 수입은 되겠지만 시노다의 법률대리인으로서 유산을 받는 것이 훨씬 효율적이었다. 그래서 시노다의 법률대리인 일을 수행하는 데 방해가 될 것 같으면 전여친 모임은 참여할 필요가 없다고 판단했다.

"아직 결정 안 했는데…."

일단은 그렇게 말하며 고개를 들다가 나를 바라보는 사에와 눈이 마주쳤다.

사에의 가느다란 눈을 보자, 뱀 같은 사다유키 전무의 눈이 떠올랐다.

범인 선출전에서 히라이 부사장은 이미 내 의뢰인을 범인으로 선택하겠다고 했다. 카네하루 사장은 야단을 떨고 있지만 조금만 있으면 내 의뢰인에게 찬성표를 던질 것이다.

그렇게 되면 내가 해야 할 일은 사다유키 전무를 설득하는 것이었다. 그리고 때마침 내 눈앞에는 약간 머리가 비어 보이는 전무의 딸, 사에가 있었다. 이 사람을 파고들면 전무의 약점을 알아낼 수 있을지도 모른다.

나는 신중하게 말을 골랐다.

"사에 씨는 다른 전여친들과는 달리 에이지의 편인 거지?"

사에의 자그마한 코가 움찔했다.

사에의 언행을 보면, 사에가 에이지에게 친척 관계 이상의 특별한 감정을 품고 있는 것은 확실했다. 하지만 근친이기에 에이지와의 거리를 좁힐 수 없었을 것이다. 그래서 나 같은 에이지의 전여친을 이렇게까지 미워하는 것이리라.

"카루이자와에 있는 별장을 증여할 때, 사에 씨가 모리카와 가문 측을 대표해 참여하는 거야?"

사에는 그런 생각은 해보지 않았는지 순간 놀란 표정을 지었다가 아무렇지 않은 듯 말했다.

"뭐, 그렇지. 에이지 오빠를 홀린 여자들, 아니, 에이지 오빠와 잠시 인연이 닿았던 여자들에게 나도 감사 인사를 해야 하니까."

나는 가볍게 고개를 끄덕였다.

"그럼 나도 가야겠네. 사에 씨가 나타나면 질투심을 느낀 에이지의 전여친들이 사에 씨를 괴롭힐 수도 있잖아. 걱정돼서 가야겠어."

나는 태연하게 마음에도 없는 말을 했다.

"음, 그건 그렇네. 듣고 보니."

"내가 말싸움은 자신 있으니까 이상한 여자가 사에 씨한테 시비 걸면 말해요. 내가 대신 상대해 줄게."

"뭐, 그럼…, 잘 부탁해요."

사에는 내 기세에 눌린 듯 작게 고개를 끄덕였다.

제 3 장

포틀래치의 예감

1

그날 나는 한참을 기다린 끝에, 히라이 부사장과 카네하루 사장이 내 의뢰인이 '범인일 가능성이 크다'고 했다는 결론을 전해 들었다. 하지만 사다유키 전무가 이의를 제기해 판단이 보류되었다고 했다.

결론만 전달할 생각이었으면 나를 왜 모리카와 제약에 붙잡아 놓은 것인지 의문이 들었지만, 원래 경영진들은 아랫사람의 시간을 뺏는 데 망설임이 없는 법이다.

아무튼 지금까지는 내 예상에서 벗어나는 일이 없었으므로 일단 마음이 놓였다.

우선 세 명 중 두 명에게 인정을 받았으니, 히라이 부사장이 말한 '1차 전형'은 통과한 셈이었다.

그로부터 열흘 뒤인 2월 27일 토요일, 나는 카루이자와로 향했다.

맑은 하늘에 태양이 높이 떠 있었다. 공기는 건조했고 날은 꽤 쌀쌀했다.

나는 역 앞에서 택시를 잡아 주소 하나를 말했다. 운전기사는 목적지를 듣자마자 잘 아는 곳이라는 듯, "아, 모리카와네 저택이군요."라고 말했다.

"그 저택은 언제 가도 장관이죠. 동쪽으로 난 별장 건물 현관에 스테인드글라스가 있거든요. 이른 시간에는 햇빛이 비쳐서 정말 예뻐요. 한번은 열두 살 난 우리 딸을 태우고 그 앞을 지나가니까 딸애가 '나도 저런 성에서 살고 싶다'고 하더라고요."

운전기사의 혼잣말을 배경음악 삼아 좁은 산길을 15분 정도 달린 다음, 산에서 빠져나오니 드넓은 논밭이 펼쳐진 분지가 나왔다.

밭 하나하나가 상당히 넓었다. 지금은 겨울인 탓에 주변 풍광이 대부분 갈색빛이었고 쓸쓸한 분위기가 감돌았지만, 여름이 되면 커다란 초록 카펫이 아름답게 넘실거릴 듯했다.

"곧 도착합니다." 운전기사가 말했다.

그 뒤로 15분 정도 더 달리자, 에이지가 유산으로 남긴 별장이 나왔다.

철제 대문 너머에는 양쪽으로 고즈넉한 정원이 펼쳐져 있고, 그 가운데 돌길이 나 있었다. 정원의 잔디와 나무를 관리하기가 꽤 어려울 것처럼 보였다.

2층짜리 석조 주택이라 정말 성처럼 보이기도 했다. 20세기 중반에 지어진 듯한 고풍스러운 건물이었다. 건물이 앉혀진 부지 면적만 해도 2백 평이 조금 넘을 것 같았다.

주변에는 부자들의 휴식을 위한 고급 별장들이 늘어서 있었다. 그중에는 은둔 생활이나 제2의 인생을 위한 별장도 있는 듯했다.

모든 별장마다 넓은 정원이 있었고, 부지 간의 경계는 정원 수로 구획 지어져 있었다. 이렇게 넓은 토지가 있으면 옆집이 경계를 넘든 말든 그다지 신경 쓰이지 않을 터이니 경계를 명확하게 그을 이유도 느끼지 못하는 모양이었다.

택시가 별장 대문 근처에 다가가자, 정말로 별장 건물 현관 입구 위에 높다란 스테인드글라스 장식이 웅장하게 펼쳐져 있는 것이 보였다. 스테인드글라스에는 묘한 아름다움을 내뿜는 주황색 꽃이 자리하고 있었다. 다만, 나는 꽃 이름을 잘 몰라 그것이 어떤 꽃인지는 알 수 없었다.

이윽고 나는 택시에서 내려 정원으로 연결된 별장 대문을 열었다.

"월월월!"

엄청난 기세로 짖는 반려견 소리가 들렸다.

소리가 나는 정원 구석 쪽을 보니, 거기에는 가난한 대학생이 자취방으로 써도 될 정도로 널찍한 오두막이 있었고, 그 오두막 입구에 큰 개 한 마리가 묶여 있었다. 무슨 종인지는 알 수 없었으나, 풍성한 밤색 털에 그림 같은 풍채를 보니 족보가 있는 명견인 듯했다.

개는 열심히 짖어댔다. 물론 나를 향해 짖는 것이었지만, 나는 동물들에게 미움받는 것에 익숙해서 아무렇지 않게 정원을 가로질러 갔다. 개는 당장이라도 나를 덮칠 듯이 발을 굴렀지만 딱하게도 오두막 입구에 단단히 묶여 있었기에, 나는 무탈

하게 현관에 도착할 수 있었다.

초인종을 누르자 사에가 나를 마중하러 나왔다.

문밖에서 건물 안을 들여다보니 현관 너머에는 짙은 갈색 마룻바닥이 깔려 있었다. 윤기 나는 마루 위에는 클래식한 붉은 카펫이 깔려 있었다.

"바커스는 레이코 씨를 싫어하는구나."

사에가 쿡쿡 웃으며 말했다.

개의 호감도를 두고도 나와 경쟁하고 싶은 모양이었다. 속으로 혀를 차며 신발을 벗고 있을 때, 이번에는 앞쪽에서 누군가가 외치는 소리가 들렸다.

"바커스, 산책 가자!"

네다섯 살 정도의 남자아이가 나를 향해 돌진해왔다.

나는 신발을 벗느라 한쪽 다리를 약간 들고 있었으므로, 남자아이가 달려와 내 어깨와 부딪치자 뒤로 넘어지고 말았다.

나는 아무 소리 없이 넘어졌으나, 옆에서 보고 있던 사에가 외마디 비명을 질렀다.

그 소리에 저택 안에서 옷차림이 단정한 40대 초반의 남자가 급하게 달려 나왔다.

"죄송합니다."

트위드로 짠 정장을 훌륭하게 소화한 그 남자의 옷차림은 사냥을 나가는 귀족처럼 세련되어 보였다.

"료, 어서 사과드려." 남자가 엄하게 꾸짖었다.

'료'라고 불린 남자아이는 주눅 든 눈으로 나를 보면서 아주 작은 목소리로 말했다.

"죄송합니다."

그러면서 슬금슬금 뒷걸음질치며 나에게서 멀어졌다.

나는 원래 아이들에게도 미움받는 타입이었다. 내가 가만히 있어도 아이들은 나를 무서워했다. 평소 잘 울지 않는 아기도 내가 안으면 격렬하게 울어 젖혔다. 그래서 남자아이가 뒷걸음질치는 정도로는 아무렇지도 않았다.

사에는 아이가 나를 무서워하는 것이 재미있었는지 놀리듯 말했다.

"저 아줌마는 변호사라 엄청 무서워! 료, 고소당할지도 몰라!"

"아줌마라니!"

나는 바로 받아쳤다. 그러나 료는 사에의 말을 진지하게 받아들여 "고, 고, 고소하지, 말아 주떼요!"라고 간절하게 말했다.

나는 이래서 애들이 싫다.

그런데 울먹이는 료의 얼굴에서 왠지 에이지의 얼굴이 겹쳐 보였다. 예전에 에이지와 시시한 B급 영화를 보러 갔다가 에이지가 별것도 아닌 장면에서 통곡하는 것을 보고 황당했던 적이 있었는데, 그때의 에이지 얼굴이 떠올랐다.

"죄송합니다."

정장 차림의 남자가 현관에 널브러진 내 가방을 주워 손잡이와 옆면에 묻은 먼지를 털어낸 다음 내게 건넸다.

"도죠 선생님, 신경 안 쓰셔도 돼요."

사에가 불쑥 끼어들었다.

"레이코 씨, 이쪽은 바커스를 봐주시는 수의사 도죠 선생님이고, 이 아이는 선생님의 아들인 료야. 도죠 선생님은 바로 옆집에 살아서 매일 바커스를 산책시켜주고 돌봐주러 오셔. 레이코 씨보다 훨씬 오랫동안 에이지 오빠와 교류하던 사이지."

별로 특별한 것도 없는 정보였지만, 사에는 그런 사소한 것들을 활용해서라도 나보다 자신이 에이지와 더 가까운 존재라는 것을 확인하고 싶은 듯했다.

도죠는 붙임성 좋아 보이는 얼굴로 웃으며 "그렇지도 않습니다."라고 말하고는 사에와 나에게 고개 숙여 인사한 뒤 밖으로 나갔다.

잠시 후 바커스가 짖는 소리가 점점 멀어져 갔다. 료가 말한 대로 산책을 나갔나 보다.

"도죠 선생님은 멋있고 인성도 좋아. 항상 옷차림도 단정하고, 성격도 다정하고."

사에의 뺨이 핑크빛으로 물들었다. 에이지의 이야기를 할 때만큼 열정적이지는 않았지만 도죠에게도 상당히 좋은 감정이 있는 듯했다.

"근데 선생님의 부인, 이름이 마사미였는데, 그 사람은 진짜 별로였어. 맨날 나를 못살게 굴었어."

사에는 나에게 동조를 구하는 듯한 말투로 말했다.

"마사미 씨는 중병에 걸려서 4년 전에 죽었거든. 그 이후론 나도 그 여자 욕을 실컷 할 수가 없어서 답답해."

사에는 불만스러운 듯 입을 삐죽였다.

망자를 욕보이고 싶지는 않아 나름대로 선을 지키고 있는 것 같았다. 철이 없으면서도 묘하게 올곧은 데가 있구나 싶어 나는 사에가 조금 달리 보였다.

별장의 현관 안으로 들어가니 32평쯤 되는 널찍한 거실이 나왔다.

층고가 높아 천장이 탁 트인 느낌을 받았다. 구석에 히터가 있었고, 중앙에는 커다란 밥상 같은 커피 테이블이 있었다. 커피 테이블을 감싸듯 가죽 소파 세 개가 놓여 있었고, 거실에 깔린 얇은 카펫 아래에는 전기장판이 깔려 있는지 발을 통해 온기가 느껴졌다.

거실과 하나로 연결된 네모난 부엌에는 주방 도구가 놓여 있었다.

히터에서 가장 먼 자리에 검은 바지 정장을 입은 여자가 허리를 꼿꼿이 세운 채 앉아 있었다.

"이 사람이 하라구치 아사히 씨."

사에는 손바닥으로 바지 정장을 입은 여자를 가리키고는 다시 나를 돌아보았다.

"그리고 이쪽이 켄모치 레이코 씨. 싸우고 싶으면 마음껏 싸우시길."

그러고는 자리를 떴다.

나는 히터와 가까운 소파에 앉아 아사히라는 여자를 힐끗 봤다. 아사히도 나를 봤다. 우리의 시선이 잠시 맞부딪쳤다.

검은 단발에 동그란 얼굴, 동그란 눈, 동그란 코. 무척 사랑스럽게 생긴 여자였다.

키는 그리 크지 않았지만, 자세가 좋아서인지 독특한 건강미가 느껴졌다. 정장을 입었는데도 탄탄한 어깨와 허벅지가 감춰지지 않았다. 트레이닝을 제대로 받은 몸 같았다.

'아침 해'를 뜻하는 '아사히(朝陽)'라는 이름이 잘 어울리는 발랄하고 건강한 여자였다.

"안녕하세요. 하라구치 아사히입니다. 에이지 씨의 전담 간호사였습니다."

아사히는 조금 갈라진 목소리로 말했다.

에이지의 전여친 중 한 명인 줄 알았으나 간호사였던 것이다. 하지만 이내 아사히가 덧붙였다.

"에이지 씨가 죽기 직전에는 에이지 씨의 여자친구이기도 했어요."

나중에 사에가 보충해서 설명해준 바에 따르면, 아사히는 원래 신슈종합병원에서 파견된 간호사였는데 언제부터인가 에이지와 사귀고 있었다고 했다. 여자를 밝히던 에이지라면 전담 간호사에게 손을 대고도 남았으리라.

나도 아사히에게 자기소개를 했다. 그러고 나자 딱히 할 말이 없어서 우리는 조용히 앉아 있었다. 남자들은 전여친들끼리 만나면 싸울 것이라는 이상한 상상을 하곤 하지만, 사실은 그렇지 않다. 서로 경계하는 시선을 주고받기는 해도 모두 성인이니 아무 일도 일어나지 않는다. 물론 사에처럼 사나운 여자가 끼어 있다면 다를 수도 있지만.

내가 조용히 히터에 손을 녹이고 있을 때 부엌과 연결된 다이닝룸 쪽에서 작고 왜소한 남자가 다가왔다.

나이는 30대 중반 정도로 보였다.

얼굴은 마맛자국투성이에, 안색은 흙빛인 데다가 묘하게 퍼렇기까지 해서 건강이 나빠 보였다. 이목구비는 어쩐지 카네하루 사장과 비슷했다.

병약한 불도그 같은 인상이라, 연약함과 듬직함을 동시에 지닌 느낌이었다. 때로는 내가 보호해주다가도 때로는 내가 보호받고 싶을 것 같은 남자였다.

내가 소파에 앉은 채 고개 숙이며 자기소개를 하자, 그는 얼굴과 어울리지 않는 미성으로 말했다.

"저는 모리카와 토미하루입니다. 에이지의 형이에요."

에이지와 몹시 비슷한 목소리였다.

"저기, 혹시 지난 수요일에 모리카와 제약 카페테리아에 계셨나요?"

내가 나도 모르게 묻자 토미하루가 대답했다.

"네. 사촌인 사에와 함께 회사에 갔어요. 저는 아버지를 뵐 일이 있어서 바로 위층으로 올라갔지만요."

들으면 들을수록 에이지 목소리와 똑같았다.

그날 내가 카페테리아에서 들은 목소리는 토미하루의 목소리였나 보다.

토미하루는 히터를 가운데 두고 내 맞은편 소파에 앉았다.

"마리코 고모와 무라야마 변호사님은 다른 방에서 대화 중이니까, 이제 유키노 씨만 오면 되는군요."

유키노?

어디서 본 적이 있는 이름 같았다. 나는 기억을 더듬다가 갑자기 생각이 났다.

전여친 목록에 있던 모리카와 유키노였다.

전여친이 워낙 많아서 일일이 기억나지는 않았지만, 에이지와 똑같은 '모리카와' 성을 가진 여자가 있었던 것은 선명하게 기억났다.

태어날 때부터 모리카와 가문 사람인 것일까. 아니면 모리카와 가문 사람과 결혼한 적이 있어서 남편 성을 따라 '모리카와'가 되었다가, 이혼한 뒤에도 모리카와로 사는 경우일까.(일본에서는 법적으로 부부가 같은 성을 써야 한다. - 옮긴이 주)

짧은 순간에 이리저리 머리를 굴려보았지만 나 혼자서 열심히 생각해봤자 답이 나올 리가 없으니 그 문제는 잠시 접어두기로 했다.

슬쩍 손목시계를 보니, 이미 약속 시각인 오후 한 시였다. 그로부터 다시 5분이 지나고, 10분이 지났다. 우리는 말없이 기다렸으나 유키노라는 사람은 나타나지 않았다.

사에가 쿵쾅거리며 거실로 나왔다.

"어휴, 이 언니는 아직도 안 왔어?"

토미하루가 나에게 변명하듯 말했다.

"유키노 씨는 항상 조금 늦어요."

사에가 허리에 손을 올린 채 거실 창문에 달린 낡은 레이스 커튼을 열며 밖을 보았다.

"그 여자는 상식이라는 게 없다니까."

아사히와 나는 꿰다놓은 보릿자루처럼 얌전히 앉아 있었다. 사에는 이따금씩 우리가 있는 거실로 돌아와 유키노 욕을 하고는 다시 어딘가로 사라졌다.

그러는 사이 토미하루도 너무 지루했는지 내게 "범인 선출전 얘기, 아버지께 들었어요."라고 말을 걸었다.

"훌륭한 계획안을 짜온 법률대리인이 있었다면서 흥분하시더라고요. 아버지는 원래 쉽게 흥분하시는 성격이지만 일에 관해서는 냉정하고 신중하신 편이라, 그런 아버지를 보고 저도 깜짝 놀랐어요."

"그런 말씀을 해주시니 영광입니다."

나는 일할 때의 태도로 대답했다.

"그나저나 그렇게 특이한 유언이 발표되는 바람에 토미하루 씨도 언론에 많이 시달리시겠어요?"

나는 토미하루의 근황을 떠보려고 적당한 화제를 던졌다.

"사실 저한테는 별로 영향이 없어요. 아버지와 고모부는 사석에서도 언론에 쫓기느라 힘드신 것 같지만요. 저는 제 몫의 모리카와 제약 주식도 없고 경영에도 일절 관여하지 않거든요. 언론도 저를 쫓아다닐 가치가 없다고 판단한 거겠죠."

토미하루는 자조하듯 말하면서도 크게 신경 쓰는 기색 없이 호쾌하게 웃었다.

"그보다는 에이지의 부동산을 여러 사람에게 증여하느라 매주 주말마다 정신없이 바빠요."

그러고 보니 예비조사차 봤던 유가증권보고서에도 에이지의 자산만 나와 있고, 형인 토미하루의 보유지분에 관한 기재는 전혀 없던 것이 떠올랐다.

그 이유만큼은 꼭 알고 싶어서 기회를 놓치지 않고 물었다.

"토미하루 씨는 무슨 일 하세요?"

"교수예요. 대학교에서 문화인류학을 가르쳐요. 전공은 미대륙 원주민이고요."

나는 경청하려고 몸을 앞으로 내밀다가 갑자기 날아든 예상 밖의 대답에 눈을 동그랗게 뜨고 말했다.

"문화인류학이면, 여러 민족의 풍습 같은 걸 조사하고 비교하는, 그거요?"

"네, 맞아요."

토미하루는 내 질문이 반가웠는지 얼굴이 밝아졌다.

문화인류학은 머리만 아프고 돈이 안 되는 학문이라 나는 관련 지식이 거의 없었다. 그러나 토미하루와 친해지기 위해 필사적으로 기억을 더듬었다.

"아, 그, 베네딕트가 쓴《국화와 칼》은 읽은 적이 있어요."

일본인 특유의 관습과 행동양식을 미국인 연구자가 독특한 시점에서 서술한 책이라 재미있게 읽은 기억이 있었다.

"아, 베네딕트요. 사실 요즘에는 베네딕트의 연구 방법에 대한 비판도 많지만, 그래도 하나의 이정표 같은 연구죠."

토미하루는 팔짱을 낀 채 진지하게 말했다. 목소리가 좋으니 토미하루의 강의라면 학생들도 기분 좋게 들을 것 같다는 생각이 들었다. 지금 상황에서는 아무 영양가 없는 생각이지만.

"제가 추천하는 책은 마르셀 모스의《증여론》이에요. 그 책을 만나면서 제 인생이 바뀌었다고 할까요? 그 책을 계기로 연구자가 됐다고 해도 과언이 아니거든요."

토미하루는 호기심 많은 아이처럼 눈동자를 반짝이며 나를 바라봤다. 이 주제로 더 많은 질문을 던져달라는 듯한 눈빛이었다.

남자들은 왜 이렇게 자신의 눈부신 과거 이야기를 늘어놓고 싶어하는 것일까. 그것도 자기가 하고 싶어서가 아니라 남이 하도 조르니까 어쩔 수 없이 해준다는 태도로 말이다. 남자들의 그런 태도는 항상 귀찮았다.

하지만 토미하루와 친해지기에 이보다 좋은 방법은 없을 것이다.

"그 책을 계기로 연구자가 됐다고요? 무슨 일이 있었던 거예요?"

나는 진심으로 궁금한 척 달뜬 목소리로 말하며 몸을 앞으로 기울였다.

토미하루는 갑자기 자세를 고쳐 앉으며 물었다.

"'포틀래치'라는 말 아세요?"

나는 고개를 갸우뚱했다.

"직역하면 '경쟁적 증여'라는 말이에요. 이웃한 두 부족의 예시를 들어 간단히 설명해 볼게요. 두 부족이 선물을 주고받는데 규칙을 하나 지켜야 해요. 규칙은 아주 간단해요. '받은 것보다 좋은 것으로 보답할 것!'이라는 거죠. 그 규칙대로 선물을 주고받다 보면 점점 선물 규모가 커져서 어느 한쪽이 더는 보답할 수 없게 되고, 결국 보답하지 못한 부족은 망하게 되죠."

"네? 왜 그런 짓을 하는 거죠?"

"이유는 간단해요. 상대를 망하게 하기 위해서예요. 선물을 받으면 보답하는 게 규칙이니까, 일부러 큰 선물을 줘서 옆 부족이 그 이상의 답례를 못 하게 하는 거예요. 그러면 답례를 하지 못한 부족은 규칙을 위반한 것이니까 상대 부족이 그걸 이유로 전쟁을 일으키기도 하고, 규칙을 깬 부족의 수장을 죽이기도 했어요."

"네? 정말 기묘한 풍습이네요."

이 반응은 진심이었다.

그런 비효율적인 짓을 해서 뭘 어쩌겠다는 것인가. 순수한 호기심이 생겼다.

"그런데 신기하게도 이런 풍습은 세계 각지에서 발견돼요. 미국 북서부와 북부, 멜라네시아, 파푸아뉴기니, 아프리카, 폴리네시아, 말레이반도, 남아프리카, 북아프리카 등등. 물론 경쟁의 정도는 저마다 달라요. 하지만 전세계적으로 오래전부터 이런 관습이 있었다는 건, 이것이 인간의 본성과 관련이 있다는 얘기죠."

"음, 그렇군요. 포틀래치 풍습의 발생 지역이 제각각이라면, 정말로 어딘가에서 전승돼서 퍼져나갔다기보다는 세계 각지에서 자연 발생한 풍습이라고 봐야겠네요."

이야기 자체가 흥미로워 그의 말을 요약하면서 맞장구를 쳐줬다. 하지만 이러다가는 토미하루가 연구자를 꿈꾸게 된 계기는 날이 저문 후에나 들을 수 있는 것 아닌가 하는 불안감이 들었다.

내 반응에 토미하루는 만족한 듯 크게 고개를 끄덕이고는 이야기를 이어나갔다.

"문화인류학적으로 관측할 수 있는 포틀래치는 부족과 부족, 집단과 집단 사이에서 일어났어요. 하지만 저는 포틀래치라는 현상이 개인과 개인 사이에서도 자주 일어나고 있다고 생각해요."

그때 나와 토미하루 옆을 지나가던 사에가 잠시 대화에 끼려고 했으나, 어려운 얘기라는 것을 눈치채고는 서둘러 어딘가로 사라져 버렸다.

"예를 들어, 발렌타인데이에 회사 여직원이 저한테 초콜릿을 줬다고 해보죠. 그러면 저는 받은 초콜릿보다 비싼 사탕을 화이트데이에 돌려줘야겠다는 생각을 할 거예요. 그 후에 실제로 화이트데이에 사탕을 주면 괜찮겠지만, 깜빡 잊었다가는 저의 회사생활이 상당히 힘들어지겠죠."

이 예시는 조금 전보다 쉽게 이해할 수 있었다. 적어도 두 부족이 선물을 주고받다가 적의 수장을 죽이는 이야기보다는 훨씬 공감되었다.

"물론 상대가 '나는 줬는데 너는 왜 안 주냐'는 얘기를 저한테 하지는 않을 거예요. 하지만 저는 왠지 모를 부채의식을 느끼겠죠. 받은 게 있으니 더 크게 갚아야 한다는 부채의식이요. 그렇게 되면 저는 그 여직원이 업무 실수를 했을 때 도와준다든지, 혹은 다른 형태로라도 보답을 해야 마음이 편해질 거예요. 다시 말하자면 그 여직원은 저한테 초콜릿을 줌으로써 저를 지배할 수 있게 된 거죠."

"뭐, 의리 있는 사람들끼리는 그럴지도 모르죠." 내가 끼어들었다. "하지만 저 같은 사람은 받으면 그만이지, 뭔가를 꼭 돌려줘야 한다는 생각은 안 해요."

실제로 남자들에게 수많은 선물 공세를 받았지만, 나는 한 번도 답례를 한 적이 없었다.

"아마 레이코 씨는 자기 자신에게 자신감이 있어서 본인이 타인에게 선물을 받을 자격이 있다고 믿는 성격일 거예요."

토미하루가 너무 진지하게 말해서 나도 모르게 웃음이 터졌다.

"지금 내가 공주병이라고 험담하는 거예요?"

토미하루도 멋쩍은 듯 웃다가 곧 진지한 얼굴로 돌아왔다.

"이것도 정도의 문제예요. 초콜릿 정도면 신경 쓰지 않을 사람도 목숨을 빚지면 어떻게 은혜를 갚아야 할지 몰라 쩔쩔맬 거예요. 적어도 저는 그랬거든요."

"저요?"

갑자기 토미하루의 사적인 이야기로 대화의 흐름이 바뀌었다. 뭔가가 있다. 나는 이야기에 집중하며 몸을 앞으로 기울였다.

"제가 안색이 좀 안 좋죠? 선천적으로 백혈구를 만들지 못하는 난치병이 있었어요. 어릴 때는 몸이 너무 약해서 힘들었어요. 매주 병원에 가서 수혈을 받았죠. 매일 밤 주사도 맞아야 했는데, 부작용이 심해서 주사를 맞을 때마다 매스껍고 속이 안 좋았어요. 저희 어머니는 그때 생긴 트라우마로 지금도 주사기만 보면 기절하세요. 좀 황당하게 들리시겠지만."

안색이 나쁜 데에 그런 이유가 있었다니…. 하지만 백혈구를 만들지 못하는 난치병이 있는 사람치고는 건강해 보였다.

"증상을 완화하려면 골수이식밖에 방법이 없었어요. 그런데 골수이식에 적합한 HLA형 기증자를 찾기는 하늘의 별 따기였죠. 그래서 저희 부모님은 기증자를 직접 만들자는 생각을 하셨어요."

"기증자를 만든다고요?"

"소위 말하는 '구세주 아기'요. 의학적으로는 착상 전 진단이라고 하나요? 체외 수정란 몇 개 중에 골수이식에 적합한 HLA형을 가진 체외 수정란 하나를 선별해서 모체에 이식한 뒤 출산하는 거예요. 요즘은 미국이나 영국에서 흔하게 사용되는 기술이지만, 당시에는 최첨단 기술이었어요."

나는 이 이야기의 결말을 어렴풋이 예상할 수 있었다.

그것도 뒷맛 씁쓸한 새드엔딩을.

"부모님은 미국으로 건너가서 그 신기술로 아기를 만들었고, 그렇게 태어난 게 제 동생 에이지예요. 에이지가 태어나자마자 탯줄에서 혈액을 만드는 세포를 추출해서 제 골수에 이식했어요. 제가 일곱 살 때 있었던 일이에요."

토미하루는 거기까지 말하고는 잠시 입을 다물었다.

옛날을 회상하는 것인지 눈빛이 아련했다.

"그때 제 인생은 완전히 바뀌었어요. 날개가 달린 것처럼 몸이 가볍더군요. 매일 아침에 감염병 예방약만 먹으면 평범하게 생활할 수 있게 됐어요."

"다행이네요. 정말 잘됐어요."

나는 이야기가 너무 어두운 방향으로 흘러가지 않아서 내심 안도했다. 만약 토미하루가 시한부라는 얘기가 나왔으면 어떻게 반응해야 할지 몰라 진땀을 흘렸을 것이다.

"하지만 진짜 괴로운 건 그 다음부터였어요. 에이지는 태어날 때부터 제게 구세주였어요. 그래서 저도 힘이 닿는 데까지 에이지를 아끼며 여러모로 도움을 줬어요. 생명의 은인이니까 어떻게든 보답해야 한다고 조바심을 냈죠. 주변 어른들도 에이지를 떠받들어 키웠고요. 덕분에 녀석이 그런 응석받이로 크고 말았지만요."

나는 작게 웃음이 터졌다.

토미하루의 말대로 에이지는 주변 사람들이 수발들어주는 것을 느긋하게 받고만 있는 경향이 있었다. 자신은 남의 시중을 받을 만한 가치가 있는 사람이라고 믿어 의심치 않는 느낌이었다.

"저는 에이지에게 뭘 해줘도 후련하지가 않았어요. 계속 부채의식을 느끼며 살았죠. 그때는 제 고민의 정체가 뭔지 몰랐어요. 그러다 대학교에 들어가 포틀래치라는 개념을 배웠을 때, 수수께끼가 풀렸어요. 저는 에이지에게 너무 큰 선물을 받았지만 그에 합당한 보답을 할 수 없었기 때문에 망가져가고 있었어요."

"그 깨달음을 계기로 문화인류학에 흥미를 갖게 됐군요."

더는 기다릴 수 없어서 내가 선수를 쳤다.

"그, 그렇죠. 그렇게 된 겁니다."

토미하루는 가장 중요한 대사를 내게 빼앗겨 조금 시무룩한 표정을 지었다.

그 표정을 보니 괜히 미안해져 이야기를 조금 더 들어주기로 했다.

"그 부채의식이라는 건 결국 해소됐어요?"

나는 어느새 친구를 대하듯 편안한 말투와 태도로 토미하루를 대하고 있음을 깨달았지만, 그래도 괜찮을 것 같다는 생각이 들었다.

"저의 재산, 상속권, 회사 지분, 그런 것들을 전부 에이지에게 줘버렸어요. 꽤 큰 금액이었죠. 그쯤 하니 저도 후련해지더라고요."

"그렇군요. 그래서 모리카와 제약의 주식을 하나도 안 갖고 있었구나."

궁금증이 해결되어 속이 시원해진 나머지 마음의 소리가 입 밖으로 나와버렸다.

"하지만 지금은 후회해요. 재산을 넘겨준 뒤부터 에이지의 건강이 나빠졌거든요. 에이지는 모리카와 가문의 후계자로서 자신이 부족하다고 고민하는 것 같았어요. 저희 사촌 중에 타쿠미라는 놈이 있는데, 그 녀석이 수완가에 야심가라서 타쿠미가 에이지보다 모리카와 제약의 차기 대표에 어울린다는 얘기가 많이 돌았거든요. 그러는 와중에 에이지가 우울증에 걸려서…."

"토미하루 씨 탓이 아니에요." 나는 확실하게 말했다. "우울증은 그냥 질병이에요. 누구의 잘못 때문에 걸리는 게 아니에요."

나는 업무 특성상 우울증에 걸린 사람을 볼 기회가 많았다. 요즘에는 대기업 클라이언트들만 상대해서 우울증 환자를 그다지 많이 보지는 못했지만, 예전에 노동법 위반을 전문으로 다루는 소규모 법률사무소에서 연수하던 시절에는 내가 만나는 의뢰인 중 3분의 1이 우울증 환자였다. 그런 상황을 보면서, 우울증은 누구의 탓으로 생기는 것이 아니라 인간의 의식이 사회에 깃든 병리 현상에 잠식되었을 때 나타나는 결과라는 생각을 했다.

"고마워요."

토미하루는 눈물을 참으려는 듯 손으로 눈가를 눌렀다.

"아, 죄송합니다."

나는 낑낑거리는 강아지를 보는 기분이 들어 엄마 미소를 지은 채 턱을 괴며 토미하루를 바라보았다.

"그건 그렇고, 유키노라는 분은 언제 오실까요?"

그렇게 말하면서 거실 입구를 돌아보았을 때, 기모노를 입은 여자가 우두커니 서 있어서 화들짝 놀랐다. 여자의 피부가 너무 새하얘서 순간 유령인 줄 알았기 때문이다. 여자가 문을 여는 소리나 들어오는 인기척도 전혀 듣지 못했다.

토미하루가 환하게 웃으며 인사했다.

"유키노 씨, 오셨어요?"

"제가 조금 늦었나요?"

유키노라는 여자가 태평하게 말했다.

현재 시각은 오후 1시 20분. 조금이 아니라 많이 늦었다. 그러나 유키노는 미안한 기색도 없이 태연하게 토미하루의 옆자리에 앉아 히터에 손을 녹였다.

20대 후반이나 30대 초반쯤으로 보였지만, 어쩐지 나이를 알 수 없는 묘한 분위기가 감돌아서 그 사람 주변만 시간이 멈춘 듯한 느낌이 들었다. 유키노는 틀어 올린 흑발과 대비를 이루듯 새하얀 피부를 갖고 있었고, 그 두 색을 잇듯 회색빛이 도는 기모노를 입고 있었다. 몹시 수수한 기모노였지만 오로지 그녀만을 위해 지어진 옷처럼 유키노와 잘 어울렸다.

유키노는 수묵화에서 튀어나온 것 같은 미인이었다.

나처럼 이목구비가 뚜렷한 서양식 미인이 아니라, 열심히 찾아주지 않으면 파묻힐 듯, 지켜주지 않으면 밟힐 듯한 들꽃 같은 미모였다.

"이제야 왔네!"

다른 방에서 사에의 큰 목소리가 들렸다.

유키노는 눈썹 하나 꿈쩍하지 않고 새하얀 손을 비비며 "춥네요."라고 말하더니, 토미하루를 보고 미소를 지어 보였다.

　예쁜 여자의 미소를 본 토미하루의 얼굴이 밝아짐과 동시에 붉어졌다.

2

"제집인 양 맘대로 들어오고…, 진짜 정떨어져."

사에가 볼을 부풀리며 말했으나, 전혀 귀엽지 않았다.

"이 별장은 항상 문이 열려 있는걸요."

유키노가 대답했다.

시골이라고는 하나 요즘 같은 시대에 문을 잠그지 않는 집이 있다는 것이 놀라웠다. 하지만 산으로 둘러싸인 전원에 별장이 덩그러니 서 있으니 문을 잠그지 않아도 도둑이 들 걱정은 없을 것 같았다.

"아가씨도 바쁘실 텐데, 시끄럽게 초인종을 누르기는 미안해서요."

유키노는 부드럽지만 단호한 말투로 이야기를 끝내 버렸다.

그때 계단을 내려오는 발소리가 들리더니 두 사람이 거실로 들어왔다.

한 사람은 분홍색의 화려한 샤넬 정장을 입은 마른 여자였다. 나이는 60대 같았지만, 옷과 화장을 통해서 어떻게든 50대처럼 보이기 위해 애쓴 티가 났다.

"우리 엄마야."

사에가 그 여자를 나에게 소개했다.

"모리카와 마리코예요. 카네하루의 누나이자 에이지의 고모

되는 사람입니다."

마리코는 쌀쌀맞게 말하고는 바로 소파에 앉았다. 과연 사에의 엄마다웠다.

마리코와 함께 온 다른 한 명은 머리가 희끗하고 주름이 자글자글한 정장을 입은 남자였다.

"저는 모리카와 에이지 씨의 고문변호사 무라야마라고 합니다."

평균 키에 평균 체격. 특징 없는 몸이 커다란 재킷과 셔츠 속에서 너풀거렸다. 조금 꺼벙한 인상에 전형적인 동네 변호사 같은 느낌이었다. 기업을 상대하는 변호사였다면 빳빳하게 풀먹인 와이셔츠에다가 몸에 꼭 맞는 정장을 입었을 것이다.

나는 일본변호사협회 웹사이트에서 무라야마의 변호사등록정보를 미리 조사해두었다. 변호사등록 연차로 보아 50대일줄 알았으나, 외모는 그보다 더 늙어 보였다. 단순히 노안인지, 아니면 사회에서 다른 일을 하다가 변호사가 된 것인지는 알수 없었지만, 어느 쪽이든 상관은 없었다.

"모두 오셨군요. 자, 오늘은 에이지 씨의 전여자친구 분들을 모셨습니다. 사실은 몇 분 더 계시지만 연락이 닿지 않아서 여기 계신 분들이 전부입니다."

무라야마는 그 자리에 서서 느릿느릿 말을 시작했다.

마리코가 불쾌한 듯 미간을 찌푸리며 끼어들었다.

"그 애는 내 동생 긴지를 닮아서 여자를 밝혔어요. 긴지 그

녀석은 가정부를 임신시켜서 집안을 발칵 뒤집어놓은 적도 있으니 말 다 했지."

결국 가정부는 모리카와 가문에서 쫓겨났고, 거기에 불만을 품은 긴지는 친척들과 거리를 두게 되었다고 했다.

"에이지가 긴지를 많이 닮아서 비슷한 또래의 딸을 가진 사람으로서 걱정이 많았답니다."

마리코는 사에의 마음도 모른 채 아무렇지도 않게 말했다.

"에이지 씨가 워낙 좋은 남자였으니 인기도 많았던 거겠죠."

무라야마는 눈치도 없이 에이지를 두둔했다.

"여자친구는 많았는데 막상 중요한 순간에 연락이 안 된다니, 다들 참 매정한 건지…"

그는 이야기를 빨리 마무리 지을 생각이 없는지 느긋하게 덧붙였다.

"자, 그럼 일단 한 분씩 호명하겠습니다."

무라야마는 거실에 앉은 사람들을 죽 둘러보았다.

"우선 하라구치 아사히 씨."

아사히가 가볍게 손을 들었다.

"그리고 켄모치 레이코 씨."

내 이름을 듣고 나도 아사히를 따라 작게 손을 들었다.

무라야마가 만족스러운 듯 고개를 끄덕였다.

"그리고 다음은 모리카와 유키노 씨."

유키노는 손도 들지 않고 가만히 미소만 지었다.

"지금 여러분이 계신 이 건물과 토지를 받으실 분은 이 세 분입니다. 그리고 모리카와 가문 측 입회인은 에이지 씨의 고모 마리코 씨와 사촌 사에 씨, 형 토미하루 씨입니다. 이쪽도 세 분으로 정족수를 채웠습니다."

무라야마는 머리를 긁적이며 "아아, 그러고 보니."라고 말하면서 손바닥으로 유키노 쪽을 가리켰다.

"유키노 씨는 타쿠미 씨의 부인이죠. 에이지 씨에게는 사촌 형수입니다."

사에가 불만스러운 듯 콧방귀를 뀌었다.

"그런 의미에서 유키노 씨도 모리카와 가문의 일원이기는 합니다. 하지만 에이지 씨의 전여자친구이기도 해서 오늘은 재산을 받는 쪽으로 오셨습니다."

무라야마는 변함없이 느긋한 말투로 말했다.

"그래서 이번에는 유키노 씨를 모리카와 가문 사람으로 간주하지 않았습니다. 유키노 씨를 제외하고도 정족수 조건은 충족했기 때문에 이 부분은 이의 없으시리라 생각합니다."

이것으로 일단락되었는지 무라야마는 절차에 필요한 서류를 나눠주기 시작했다.

어느새 내 머릿속에는 모리카와 가문의 가계도가 서서히 완성되어 갔다.

우선 에이지의 가족은 아버지 카네하루, 어머니 케이코, 형 토미하루로 구성되어 있다.

그리고 카네하루의 누나 쪽 일가가 있다. 에이지의 고모가 마리코, 고모부가 사다유키 전무, 사촌은 나이 순으로 타쿠미, 사에.

사에는 에이지의 사촌이지만 아무래도 에이지에게 특별한 감정이 있는 것 같다.

그리고 유키노는 에이지와 사귄 과거가 있지만 결과적으로는 타쿠미와 결혼했다. 사에 입장에서는 좋아하는 남자를 건드린 여자가 친오빠까지 빼앗았으니 어지간히 속이 상했을 것이다. 사에가 유키노에게 심술을 부리는 것도 이해할 수 있었다.

그나저나 시어머니와 시누이가 동석하는 가운데 당당하게 '에이지의 전여친'으로 온 유키노는 겉보기와는 달리 상당히 당찬 여성인 듯했다. 나였다면 어떻게 했을까. 내가 유키노였어도 받을 것은 받으러 왔을 테니 유키노의 태도에 이의는 없었다. 하지만 내가 할 법한 행동을 다른 사람이 하는 걸 볼 때면 나 역시 놀랍기는 했다.

우리는 유증을 위한 서류 작업을 마친 다음 무라야마의 인도하에 별장 주변을 한 바퀴 돌아야 했다. 옆의 토지와 내 토지의 경계를 확인하는 '경계 확인'이라는 절차였다.

이 별장 건물은 폭이 좁은 대신 현관에서부터 안쪽이 긴 구조였다. 우리는 정문에서 시계 방향으로 한 바퀴를 돌며 토지 경계표를 확인하기로 했다.

그런데 토지 가장자리에 나무와 잡초가 무성해서 경계표를 찾기가 어려웠다. 무라야마가 손에 든 비닐봉지에서 목장갑을 꺼내 우리에게 건넸다.

"여러분, 풀을 뽑읍시다."

바지 정장 차림의 아사히는 잠자코 목장갑을 받아들며 고개를 끄덕였다.

아사히는 불평 한마디 없이 수풀을 헤치고 들어가 잡초를 뽑기 시작했다.

기특하게도 사에 역시 조용히 수풀 속으로 들어갔다.

나는 원피스 차림에 값비싼 쇼트 부츠를 신고 있었다. 풀을 뽑기 좋은 복장은 아니었다.

하지만 무라야마가 당연하다는 듯 목장갑을 내밀었으므로 이것도 업무의 연장선이라고 생각하며 참고 목장갑을 꼈다. 풀 뽑기라니…, 초등학교 실습시간 이후로 처음이었다.

그런데 유키노는 목장갑과 자신은 아무런 상관이 없다는 듯 멀뚱히 서 있었다. 그런 유키노를 본 토미하루가 말했다.

"유키노 씨는 기모노가 더러워지니까 제가 대신할게요."

그러면서 토미하루가 목장갑을 집어 들었다.

아무리 비단으로 만든 기모노라도 내 부츠가 훨씬 비싸다고 한소리 해줄까 하다가, 그래 봤자 나만 비참해질 것 같아 입을 다물었다.

우리는 경계표가 있을 법한 곳에 난 잡초를 뽑으며 주변을 샅샅이 확인했다.

그러는 동안 유키노는 조금 멀찍이 서서 "거기 있으려나?"라고 중얼거리며 우리를 구경했다. 경계표가 나올 때마다 "어머, 대단해요!"라고 환호하면서 풀 뽑기는 완전히 남의 일인 양 굴었다.

사에가 엄청난 기세로 풀을 뽑으며 말했다.

"저 언니는 항상 자기는 아무것도 모르는 척하면서 상황을 제멋대로 끌고간다니까."

아사히는 부정 같기도 긍정 같기도 한 애매한 표정으로 사에에게 대답했다.

"뭐, 유키노 씨니까요."

사에는 나를 보며 호소하듯 이야기했다.

"저 언니, 에이지 오빠가 우울증에 걸리니까 바로 에이지 오빠를 버리고 타쿠미 오빠로 갈아탄 사람이야. 약아가지고. 우리 집에는 기생충 같은 존재야!"

사에의 말에 따르면 유키노는 모리카와 가문과 오랜 교류가 있던 옷감 도매상집 딸이었다. 유키노네 가업이 기울면서 가족들이 뿔뿔이 흩어지게 되자, 아직 학생이던 유키노를 불쌍히 여긴 모리카와 가문이 유키노를 카네하루의 개인 비서로 채용했다. 하지만 유키노는 사무 업무에 소질이 없었고, 결국 잔심부름이나 하면서 아르바이트비를 받는 정도로만 일했다.

그러던 와중에 유키노와 에이지가 사귀게 되었고 결혼한다는 소문까지 돌았으나, 에이지가 갑자기 우울증에 걸렸다. 그러자 유키노는 바로 에이지와 헤어지고 예전부터 열렬하게 구애하던 타쿠미와 사귀다가 결혼했다. 에이지와 타쿠미는 후계 구도에서도 라이벌 관계였으니, 유키노는 둘 중에 이기는 패를 선택한 것일지도 모른다.

그런 이야기를 하면서도 사에는 풀 뽑는 손을 멈추지 않았다.

사에는 모리카와 제약의 자회사에서 사무직으로 일한다고 들었다. 흔히들 말하는 낙하산이지만 재빠르게 잡초를 뽑는 손놀림을 보니 의외로 일은 잘할 것 같았다.

"뭐, 유키노 씨는 예쁘니까요."

아사히가 달관한 말투로 말했다.

"어! 여기 또 경계표가 있어요!"

아사히도 솜씨 좋게 잡초를 뽑아 손에 묻은 흙을 털어가며 경계표를 척척 찾아냈다. 그리고 경계표가 나올 때마다 하얀 이를 드러내 보이며 햇살처럼 환하게 웃었다.

그 웃음을 보니 병상에 누운 에이지가 아사히에게 반한 이유를 알 것 같았다. 아사히가 자신은 여자로서 매력이 부족하다는 듯 "유키노 씨는 예쁘니까요."라고 말할 때마다 "당신도 충분히 매력적이야."라고 말해주고 싶었으나, 내가 할 말은 아닌 것 같아서 관두었다.

그 사이 도죠와 료, 바커스가 산책에서 돌아왔다. 별장 입구 근처에서 쪼그리고 앉아 풀을 뽑는 우리를 향해 바커스가 세차게 짖어댔다.

"이상하네. 바커스가 나랑 아사히 씨한테는 안 짖는데…. 아, 레이코 씨 때문인가?"

사에가 기회를 놓치지 않고 나에게 시비를 걸었다.

무라야마가 산책에서 돌아온 도죠에게 말을 걸었다.

"도죠 씨, 에이지 씨 유언 때문에 잠시 할 얘기가 있습니다."

그러더니 둘만 별장 안으로 들어가 버렸다.

나는 사에를 보며 물었다.

"도죠 씨랑 료도 바커스를 돌봐준 공로자로 유언에 이름이 있었지?"

유언 내용이 전체적으로 터무니없어서 세세한 부분까지 기억나지는 않았다. 하지만 분명 반려견을 돌봐준 사람들의 이름을 봤던 기억이 있었다.

"맞아. 그쪽도 유증 절차를 밟아야 해. 무라야마 변호사님도 참 고생이 많으시지."

사에가 한숨을 쉬었다.

"모리카와 가문 사람이 동석해야 한다는 규칙만 없었어도 좋았을 텐데…. 친척들이 다 바쁘니까 안건이 있을 때마다 어린 나 아니면 토미하루 오빠가 입회해야 해서 피곤하거든. 토미하루 오빠도 힘들지?"

토미하루는 말없이 고개를 끄덕였다.

토미하루의 안색이 나쁜 이유는 선천적인 지병 때문이 아니라 최근 쉴 새 없이 유증 절차에 끌려다닌 탓인지도 모르겠다.

"사에 씨의 오빠 타쿠미라는 사람은 아무것도 안 해?"

모리카와 가문의 정보를 조금이라도 더 캐낼 생각으로 말을 꺼내자, 사에는 그 질문을 기다렸다는 듯 미소를 지었다.

"그게 말이야, 우리 오빠는 모리카와 제약 경영기획부에서 신규사업과 과장을 맡고 있거든? 원래도 항상 바쁘지만 요즘은 특히 신약 출시를 준비하느라 바빠."

오빠를 자랑스러워하는 것이 느껴지는 말투였다.

나는 모리카와 제약의 신약인 머슬 마스터 제트를 떠올렸다. 사다유키 전무가 주도하는 프로젝트이니 아들 타쿠미가 적극적으로 관여해도 이상하지 않았다.

우리가 대화하는 동안, 료가 익숙한 손놀림으로 바커스를 오두막에 묶었다.

"료, 멋지다."

아사히가 웃으며 말하자, 료는 매우 뿌듯한 표정으로 가슴을 폈다.

"나는 이제 다섯 살이니까 어른이거든. 나도 아빠처럼 동물의사 선생님이 될 거야."

나한테는 울먹이면서 "고소하지 말아 주떼요!"라고 하더니, 이렇게 태도가 다를 수 있단 말인가.

나와는 가장 멀고 아사히와는 가장 가까운 곳에 료가 자리를 잡더니, 나뭇가지로 땅에 그림을 그렸다. 처음에는 왼손으로 나뭇가지를 잡고 사람 얼굴인지 개 얼굴인지 모를 요상한 그림을 그렸다.

"아! 왼손은 쓰면 안 되지."

료는 그렇게 말하며 나뭇가지를 오른손으로 바꿔 들더니, 아까보다 더 정체를 알 수 없는 그림을 그리기 시작했다.

"왼손은 쓰면 안 되는 거야?"

아사히가 다정한 목소리로 묻자, 료는 진지한 얼굴로 말했다.

"아빠가 오른손을 써야 된다고 했어."

왼손잡이를 오른손잡이로 교정하는 것뿐이었으나, 료는 무슨 대단한 임무라도 맡은 듯이 말했다.

"그래서 힘들지만 왼손이랑은 바이바이했어."

료가 눈꼬리를 내리며 슬픈 표정으로 왼손을 쥐었다 폈다.

"나는 이제 다섯 살 어른이니까 어쩔 수 없어…."

그 모습을 보고 사에와 나는 동시에 웃음이 터졌다.

뒤에서 멀찍이 보고 있던 유키노도 작게 웃었다.

"에이지 씨도 비슷한 말을 했는데, 남자들은 다 똑같구나."

유키노가 대화에 끼며 말했다. "원래 왼손잡이인 걸 부모님이 억지로 오른손잡이로 교정해서 엄청 트라우마가 됐다나?"

그러고 보니 에이지가 정말 그런 말을 했던 것 같았다.

"그래서 자기 집에서만큼은 왼손을 쓴다고 했죠?"

내가 덧붙이자 아사히가 생긋 웃으며 고개를 끄덕였다.

그런데 내 말을 들은 유키노가 갑자기 놀란 표정을 지은 채 얼어붙었다. 에이지가 다른 전여친들에게도 똑같은 얘기를 했다는 데에 충격을 받은 것일까. 사에와 달리 유키노는 다른 여자와 경쟁하는 데에 관심이 없을 줄 알았는데, 그렇지도 않은 모양이었다.

"에이지 씨는 그 이야기를 하면서 대단한 비밀이라도 털어놓는 것처럼 굴었죠."

아사히가 환하게 웃으며 말했다.

정말이지 남자들은 왜 자신이 과거에 얼마나 많은 고민을 했는지, 얼마나 상처받았는지를 과장하며 무용담처럼 늘어놓는 것일까. 심지어 에이지는 똑같은 이야기를 여러 여자에게 하고 돌아다닌 모양이다.

"에, 에이지 오빠가 왼손잡이였다고?" 사에가 놀란 듯 목소리를 높였다. "우리 집에 있을 때는 오른손을 썼는데?"

그러자 토미하루가 끼어들어 설명했다.

"우리 집 밖에서는 아무리 친척 집이어도 오른손을 썼어. 부모님이 그 부분에서는 엄격했으니까."

자기가 모르는 에이지의 모습을 다른 여자들이 알고 있었으니 사에가 화를 낼 수도 있겠다고 생각했지만, 사에는 화가 났다기보다는 충격이 큰 듯 말없이 입을 삐죽이며 잔디를 바라봤다. 그 얼굴은 전혀 귀엽지 않았으나 왠지 애처로워 보였다.

나는 사에를 위로해주고 싶었지만 역시나 내가 그녀를 위로할 입장은 아닌 것 같아서 가만히 있었다.

그러는 동안에도 정원에 수상한 사람이 있는 것이 마음에 안 드는지 바커스는 우리를 향해 연신 짖어댔다.

"이 별장, 지금은 빈집인 거죠? 그런데 개는 왜 여기에 그대로 있어요?"

바커스가 짖는 소리에 질린 내가 물어보니 토미하루가 사정을 설명해 줬다.

"바커스가 별장을 떠날 생각을 안 해요."

근처에 사는 타쿠미와 유키노의 집으로 여러 번 보내봤지만, 바커스는 매번 그 집을 탈출해 이 별장으로 돌아왔다. 다행히 별장 바로 옆에는 수의사 도죠의 가족이 살고 있으니 소소한 사례를 하며 먹이와 산책을 부탁했다고 한다.

그때 무라야마와 도죠가 함께 돌아왔다. 갑자기 전화가 왔는지 무라야마는 주머니를 뒤적였다.

"잠시 실례합니다."

그는 핸드폰을 한 손에 들고 바커스가 짖는 소리를 피하듯 현관을 통해 실내로 들어가더니 몇 분이 지나서 돌아왔다.

"레이코 씨, 이따 저희 법률사무소에 들르시겠어요? 일이 좀 복잡해졌습니다."

"무슨 일이에요?"

"카네하루 사장님과 그분의 고문변호사가 유언장 원본을 보러 저희 법률사무소에 오신답니다. 에이지 씨 유언의 유효성을 따져보겠대요. 그 유명한 법리…."

무라야마와 나의 시선이 맞부딪쳤다.

"공서양속 위반에 따른 무효."

우리는 같은 말을 내뱉었다. 역시 법률가들의 생각은 늘 똑같았다.

"게다가 카네하루 사장님은 그 저명한 야마다 카와무라&츠츠이 로펌에 의뢰를 했답니다. 아시죠? 마루노우치에 있는 일본 최고의 로펌이요."

나는 갑자기 옛 보금자리의 이름을 듣고는 마른침을 꿀꺽 삼켰다.

3

도죠 가족이 집으로 돌아간 뒤, 우리는 30분 정도 더 풀을 뽑고 서류 작업을 대강 마친 다음 해산했다. 이미 해가 기울어 하늘이 붉게 물들었다.

"그나저나 레이코 씨가 야마다 카와무라&츠츠이 로펌 출신일 줄이야."

무라야마가 경차를 운전하며 흥분 섞인 목소리로 말했다.

"대학 성적도 우수한 명문대 출신에다가, 사법시험도 당연하다는 듯이 한 방에 패스한 사람들만 다니는 곳이잖아요."

"그런 사람이 많지만 다 그렇지는 않아요."

나는 적당히 얼버무렸다.

무라야마처럼 의뢰인이 주로 개인인 개업 변호사들 중에는 기업을 의뢰인으로 두고 있는 대형 로펌 변호사를 '돈의 노예'라고 부르며 탐탁지 않게 보는 사람이 많았다. 아무리 머리가 좋아도 심장이 없으면 못 쓴다고 설교하는 꼰대 변호사들의 말도 지긋지긋하게 들었다.

"큰 로펌은 바빠서 힘들죠? 그래도 여자로서는 개인보다 기업을 상대하는 게 안전해서 좋을 것 같네요."

조수석에 앉은 나는 예상과 다른 반응에 놀라 곁눈질로 무라야마를 힐끔 봤다.

차는 막 평지를 벗어나 울창한 숲속으로 들어가고 있었다. 차 안이 어두워 무라야마의 표정은 잘 보이지 않았다.

"내가 아는 사람 중에 원한을 사서 살해당한 변호사가 있어요."

"살해당했다고요?"

나는 반사적으로 되물었다.

"네. 여자 변호사였어요. 대학교 동문이었는데, 머리도 좋고 당당한 데다 예쁘기까지 했어요. 말하자면 내 우상 같은 존재였죠. 어찌나 똑똑했던지 대학교를 다니는 도중에 사법시험에 합격했고, 그대로 변호사가 됐어요. 그 당시의 나는 뭐 보잘것 없는 학생이었으니 그 친구를 좋아하는 마음을 조용히 묻어뒀죠. 고백을 했어도 친구 이상으로 발전하지는 못했을 거고요."

무라야마는 한 손을 핸들에서 떼고 쑥스러운 듯 머리를 긁적였다.

"20대 후반, 딱 레이코 씨 나이 때였나? 어느 날 갑자기 그 친구의 부고를 들었어요. 믿을 수가 없었지. 그렇게 똑똑한 여자가 그 젊은 나이에 죽다니…"

무라야마는 한 마디 한 마디 조심스럽게 말을 고르며 이야기했다.

그 여자는 어떤 이혼 사건에서 남편의 가정폭력을 피해 집을 나온 여성의 소송대리를 맡았다고 했다. 무사히 이혼이 성립되어 의뢰인 여성은 새로운 곳에서 새 출발을 할 수 있게 되었다.

그런데 가정폭력을 행사하던 전남편이 여기에 원한을 품었다.

전남편은 '아내와 나는 잘 지내고 있었는데 그 변호사가 아내를 꼬드겨서 우리 사이를 갈라놓았다.'라고 생각한 것이다.

전남편은 변호사 사무소에 쳐들어와 칼을 들이밀며 전부인이 있는 곳을 말하라고 협박했다.

"그런데 그 친구는 말하지 않았어요. 새 주소지를 알려주면 의뢰인의 삶이 다시 망가질 테니까요. 협박을 당하면서도 끝까지 입을 열지 않다가 그대로 칼에 찔려 사망했어요."

무라야마는 가볍게 코를 훌쩍였다.

"그 친구는 총명했지만 사실 다른 사람을 돕는 데 열정적인 성격은 아니었어요. 그래서 나는 궁금했어요. 그런 친구가 목숨을 걸면서까지 직업적 사명을 다하려 했던 변호사라는 직업은 대체 뭘까 하고 말이죠. 그 일을 계기로 저는 심기일전해서 열심히 공부했고, 겨우겨우 변호사가 됐어요. 사법시험에 합격하기까지 만 5년이 걸렸지만."

어쩐지 변호사 연차에 비해 나이가 많아 보이는 인상이었는데, 그런 사정이 있을 줄은 몰랐다.

그런데 변호사라는 직업이 그렇게 의미 있는 것일까. 목숨까지 걸어야 하는 일일까. 나는 열정적으로 일하는 편이었지만, 누군가가 눈앞에 칼을 들이미는 상황에서까지 변호사로서의 사명을 다할 자신은 없었다.

"그래서 어떠세요? 변호사가 돼보니까." 내가 무라야마에게 물었다.

"아직 모르겠어요. 그냥 눈앞에 있는 일을 처리하는 것만으로도 벅차서. 난 그 친구가 바라보던 무언가에 아직 도달하지 못한 것 같아요."

20대 후반. 딱 내 또래의 여자 변호사. 하고 싶은 일도 할 수 있는 일도 많았을 것이다. 참 원통한 죽음이었으리라. 만약 내가 그런 결말을 맞았다면 나는 악령이 되어 구천을 떠돌며 계속 이 세상을 저주했을 것이다.

"그래서 에이지 씨에게 레이코 씨 얘기를 들었을 때, 죽은 그 친구가 떠오르더군요."

차가 산길을 빠져나와 탁 트인 거리로 들어섰다.

"에이지가 제 얘기를 한 적이 있어요?"

"에이지 씨의 건강이 많이 안 좋아졌을 때, 방금 본 그 별장을 유증하려고 에이지 씨와 둘이서 전여친 목록을 만들었거든요. 그때 에이지 씨가 전여자친구를 한 명 한 명 꼽아가며 성격이나 당시에 있었던 일화 같은 것을 자주 말해줬어요. 콜록콜록대면서도 열심히."

무라야마와 나는 작게 웃었다.

남자는 전여친을 미화해서 영원히 보존하려 한다던데, 정말 그 말대로였다. 하지만 목록에 있는 전여친 대부분과 연락이 닿지 않은 것을 보면, 여자들은 남자들과 달리 과거는 과거일 뿐이라고 잊고 사는 모양이다.

"아, 그렇지. 레이코 씨, 프린터로 스캔할 줄 알아요?"

무라야마가 갑작스럽게 물었다.

"할 줄 알죠. 왜요?"

"내가 기계치에다 정말 손재주가 없거든요. 웹사이트에 올린 유언장도 사실 사에 씨가 스캔해 준 거예요. 사무실에 도착하면 유언장 스캔 좀 도와줘요. 유언의 유효성을 가지고 싸우게 되면 봉투 외관에 있는 봉인 흔적까지 증거로 남겨두는 게 좋을 거예요."

"그렇군요."

나는 작게 고개를 끄덕였다.

유언의 유효성을 부정하려면 당연히 유언장의 내용이 공서 양속 위반이라고 주장해야 한다. 하지만 그것 외에도 유언장이 위조됐다거나 누군가 유언장을 개봉해 내용을 바꿔치기했다는 주장이 나올 수도 있었다.

나는 상속 전문 변호사가 아니라 그 점까지는 생각하지 못했지만, 무라야마는 역시 개인 의뢰인의 업무를 주로 다루는 개업 변호사답게 이런 싸움에 익숙한 듯했다.

우리는 더 할 이야기가 없어서 몇 분 동안 침묵했다.

그러는 사이 차가 구카루이자와에 들어섰을 때, 무라야마가 툭 한 마디를 뱉었다.

"레이코 씨, 일을 열심히 하는 것도 좋지만, 오래 살아요. 죽은 그 친구 몫까지…. 내가 이런 말을 하면 부담스럽겠지만."

나는 왠지 삼촌과 대화하는 것 같은 기분이 들어 대답했다.

"욕을 많이 먹으면 오래 산다니까 저는 괜찮을 거예요."

그러자 무라야마가 진지한 말투로 이렇게 말했다.

"미인박명이라는 말도 있으니까요."

구카루이자와에 있는 '법무법인 삶' 앞에 도착했을 때는 시간이 오후 다섯 시였음에도 해가 거의 저물어 어둑어둑했다. 원래 겨울철 고원의 밤은 빨리 찾아오는 법이었다.

무라야마의 거친 운전 스타일과 진동을 흡수하지 못하는 저렴한 경차 탓에 멀미가 난 나는 재빨리 차에서 내려 심호흡을 했다.

뒤따라 내린 무라야마는 법률사무소 건물로 다가가다가 2층을 올려다보고는 "어?"라고 목소리를 높이더니 외쳤다.

"건물 오른쪽 창문이 깨졌어요!"

건물 전면부 쪽 창문에는 이상이 없었다.

이 건물은 오른쪽 옆 건물과 2미터 간격으로 떨어져 있어서, 이 건물과 옆 건물 사이 통로가 아주 좁았다. 나는 무라야마가 있는 곳으로 다가가 건물의 오른쪽 벽면을 올려다보았다. 정말로 2층 창문 일부가 깨져 있었다.

이 건물은 오래되어 각 층의 층고가 낮았다. 그래서 생활용품점에서 파는 사다리만 가져와도 창문에 손이 닿을 것 같았다.

"단순 좀도둑일까요?"

내가 핸드폰을 꺼내 당장이라도 경찰에 전화할 태세를 갖추며 말했다.

"일단 안을 확인해 보죠."

무라야마는 건물 왼쪽으로 돌아가서 열쇠를 꺼낸 다음 사람한 명이 겨우 지나갈 만큼 폭이 좁은 셔터를 열고는 그 뒤로 연결된 계단을 올라갔다.

나도 무라야마의 뒤를 따라갔다.

이런 상황은 재작년에 우리 집에 들어온 속옷 도둑을 잡았을 때 이후로 처음이었다. 그때가 떠올랐지만 나는 의외로 크게 동요하지 않았다.

무라야마의 사무실은 조금 전까지 머물던 별장의 거실보다도 좁았다. 다섯 평쯤 되어 보이는 좁고 긴 사무실 앞쪽에는 단출한 손님용 소파가 있었고, 뒤쪽에는 책상이 하나 놓여 있었다.

비서도 사무직원도 없이 무라야마 혼자 이런저런 일을 처리하는 사무실이라는 것을 알 수 있었다. 전속비서와 법률사무보조원을 두고 일하던 나와는 매우 다른 환경이었다.

"누가 사무실을 뒤졌어요."

무라야마는 그렇게 말하며 사무실 안쪽으로 걸음을 옮겼다. 나도 그 뒤를 따랐다.

사무실 양옆에는 붙박이 책장이 있었고, 책과 오래된 잡지가 천장까지 꽉 들어차 있었다. 책장 일부에서 빠져나온 서류철들이 바닥에 나뒹굴었다. 다가가 들여다보니 사건 기록을 보관하는 서류철이었다.

책상 서랍도 열린 채 방치되어 있었다.

무라야마는 쭈그려 앉아 사건 기록들을 일일이 살펴보았다.

"없어진 게 있나요?"

내 말에 무라야마는 고개를 가로저었다.

"누군가가 이곳을 뒤진 건 맞지만 없어진 기록은 없어요. 어떻게 된 거지?"

무라야마는 일어서서 허리에 손을 올리고 사무실 안을 죽 둘러보았다.

나의 시선은 책상 위에서 멈췄다.

검은 액체가 반쯤 채워진 머그컵 세 개와 담배꽁초가 잔뜩 쌓인 재떨이가 있었다. 그 옆에 있는 담뱃갑에서는 담배 한 개비가 몇 센티쯤 튀어나와 있었다. 어딘가의 기념품으로 보이는 골프공 모양의 문진 한 개. 아직 두 달 전에 머물러 있는 탁상용 달력.

그런 잡동사니 사이에 서류가 아무렇게나 흩어져 있었고, 그 위에 겹겹이 쌓인 서류철들이 쓰러질 듯 쓰러지지 않은 채 절묘한 균형을 이루고 있었다.

"책상도 엄청 어지럽혔네요."

내가 책상 위를 보며 말하자, 무라야마는 내가 그쪽을 못 보도록 팔을 벌리고 내 앞을 막아섰다.

"이건 원래 이래요."

무라야마는 민망한지 나와 눈을 못 맞추었다.

이렇게 더러운 책상에서 업무가 가능하다니 충격적이었다. 나는 정리벽이 있는 것은 아니었지만 비효율적인 것은 싫어했다. 책상 위는 정리되어 있어야 효율이 오른다고 믿는 사람이었다.

"아! 그러고 보니, 여길 제일 먼저 확인했어야 했어요."

무라야마는 책상 안쪽으로 들어가 책상 아래를 보았다.

"금고가 없어졌어요."

무라야마가 그렇게 말했으나, 나는 금고 안에 두어야 할 정도로 값어치 있는 물건이 이곳에 있었다는 것이 더 놀라워 물었다.

"안에 뭐가 있었어요?"

무라야마가 내 쪽을 돌아보며 대답했다.

"에이지 씨의 유언장 원본 전문이요. 그밖에 자잘한 서류도 조금 들어 있었어요. 금고에는 다섯 자리 비밀번호 두 개가 설정돼 있어서 당장은 풀 수 없으니 일단 가지고 나간 것 같아요."

나는 곧바로 경찰에 신고했다.

그러나 시내에 큰 연쇄 추돌 사고가 발생해서 경찰관 대다수가 그쪽으로 간 모양이었다. 전화를 받은 경찰관이 다른 경찰서에서 지원을 받아 출동시킬 테니 잠시 기다려달라고 했다.

내가 무라야마 쪽으로 몸을 돌리며 물었다.

"뭔가 짚이는 데가 있으세요?"

"글쎄요." 무라야마는 고개를 가로저으며 말했다. "에이지 씨의 유언은 이미 인터넷에 공개됐잖아요. 같이 있던 서류도 아주 소수의 사람에게만 의미 있는 서류이고⋯."

"금고는 크기가 어땠어요?"

"대략 가로세로 30센티였어요. 무겁긴 하지만 가지고 나갈 수 없을 정도는 아니었어요."

나는 곧바로 내 발밑을 확인했지만 사무실 바닥에 깔린 카펫에 금고를 끌고 지나간 흔적은 없었다. 애초에 털이 짧고 오래된 카펫인 탓에 무거운 것을 끌고 지나갔어도 흔적이 남지 않았을 것이다.

하지만 사무실 입구로 가서 현관문 아래 문지방을 자세히 살펴보니, 30센티쯤 되는 금속이 스치고 지나간 흔적이 있었다.

"끌고 지나간 흔적이 있어요."

나는 뒷걸음질로 계단을 내려가면서 계단 모서리에 붙은 미끄럼방지 고무와 계단 곳곳에 흠집이 있는 것을 확인했다. 2층에서 1층으로 금고를 끌고 내려가면서 생긴 흠집일지도 모른다.

계속 뒷걸음질로 내려가다 1층에 한쪽 발을 내디딘 순간, 내 등에 무언가가 부딪혔다.

"이런, 실례."

익숙한 목소리에 가슴이 섬짓했다.

살짝 웅크린 채 돌아보니 남성용 검은 가죽구두가 눈에 들어왔다. 언뜻 보기에도 질 좋은 고급 구두 같았지만, 한동안 닦지 않아 조금 지저분해 보였다.

고개를 들자 깔끔한 양복을 입은 푸근한 남자가 서 있었다.

주변이 어두워서 그 남자의 얼굴은 잘 보이지 않았다. 하지만 나는 그 능구렁이 같은 말투와 푸짐한 실루엣을 통해 그 남자가 누구인지 바로 알아차렸다.

"츠츠이 변호사님."

내가 중얼거렸다.

츠츠이 바로 뒤에서 "변호사님, 무슨 일입니까?"라고 말하는 카네하루 사장의 굵은 목소리가 들렸다.

"왜 여기 계세요?"

나는 나도 모르게 뻔한 질문을 해버렸다.

츠츠이는 내 얼굴을 보고 그 달걀 같은 얼굴에 주름을 만들며 유쾌하게 웃었다.

"그건 내가 묻고 싶은 말이군요. 그동안 잘 지냈어요, 레이코 변호사?"

츠츠이와 카네하루가 사무실 안으로 들어오자 원래도 좁은 사무실이 더 좁아졌다.

"소개가 늦었습니다. 모리카와 카네하루 사장님의 법률대리인 츠츠이 변호사입니다."

츠츠이 변호사가 예의를 갖춰 말하고는 크로커다일에서 나온 고급 명함 지갑에서 명함을 꺼내 무라야마에게 건넸다.

무라야마는 그것을 정중하게 양손으로 받았다.

"저는 명함이 다 떨어져서… 아, 지갑에 한 장 남아 있을 겁니다."

무라야마가 지갑 안에서 끝이 꼬깃꼬깃 접힌 명함을 꺼내 내밀었다.

나는 무라야마와 츠츠이 사이에 서서 그 광경을 보고 있었다.

지금 여기에는 변호사가 세 명 있었지만, 목표하는 바는 저마다 조금씩 달랐다.

무라야마는 에이지의 법률대리인이니 에이지가 남긴 유언을 집행해야 했다.

나는 시노다의 법률대리인이라 에이지가 남긴 유언을 토대로 시노다가 살인범으로서 에이지의 유산을 받을 수 있게 만들어야 했다.

다시 말하면 에이지의 유언이 유효라고 주장한다는 점에서 무라야마와 나는 같은 편에 서 있었다.

츠츠이는 카네하루의 법률대리인이다. 따라서 에이지의 유언이 집행되면 에이지의 재산이 카네하루의 코끝에 냄새만 풍긴 채 고스란히 살인범의 손으로 들어가기 때문에, 유언의 유효성을 부정하는 것이 츠츠이의 임무였다.

츠츠이가 짧게 설명한 바에 따르면, 카네하루는 범인 선출전에 심사위원으로 참여하게 되긴 했지만 사실 가장 바라는 것은 유언의 유효성을 부정하는 것이라고 했다.

유언이 무효화되면 에이지는 아무런 유언도 남기지 않은 것이 되니 에이지의 유산은 전부 법정상속인에게 넘어갈 것이다. 배우자와 자녀가 없는 에이지의 법정상속인은 부모인 카네하루와 케이코였다.

카네하루는 만에 하나 유언이 유효가 될 때를 대비해 모리카와 제약에 악영향을 끼치지 않을 만한 '범인'을 새 주주로 뽑아놓으려고 범인 선출전 심사위원으로도 참여해 신중을 기하고 있다고 했다. 과연 신중을 거듭하기로 유명한 카네하루다운 대응이었다.

"범인 선출전에서 레이코 변호사가 보여준 활약을 보고 카네하루 사장님이 몹시 감명을 받으셨다고 하더군요."

츠츠이가 나를 놀리듯 말했다.

"그대로 손을 놓고 있으면 레이코 변호사가 주장하는 대로 유언이 유효가 돼 버릴까 봐 지금껏 쓰던 고문변호사를 해임하고 저에게 자문을 의뢰하셨어요. 레이코 변호사 덕분에 저는 큰 손님을 얻었군요. 이제껏 레이코 변호사를 키운 보람이 있어요."

츠츠이는 미소를 유지하며 카네하루 쪽을 힐끔 보았다.

'이 아이를 가르친 사람이 저니까 이 아이가 저를 뛰어넘을 일은 없을 거예요. 안심하세요.'라고 말하고 싶은 것 같았다.

나는 츠츠이를 똑바로 쳐다봤다. 츠츠이도 무표정하게 나를 보았다.

그때 침묵을 깨듯 무라야마가 입을 열었다.

"유언장 원본을 확인하러 여기까지 오셨는데, 유감스럽게도 조금 전에 유언장을 금고째로 도난당했습니다."

"도난당했다고?" 카네하루가 물었다.

"네. 누군가가 금고째로 훔쳐 갔습니다."

무라야마는 남의 일인 양 태평한 말투로 말했다.

"이 타이밍에 딱 맞춰 도난을 당하다니! 당신들, 우리가 보면 안 되는 게 있으니까 숨긴 거지?"

카네하루는 금방이라도 달려들 기세로 무라야마와 나에게 다가왔다.

"그 반대입니다." 내가 끼어들었다.

"유언장 원본이 없어지면 가장 곤란해지는 건 무라야마 변호사님과 접니다. 원본이 없으면 유언의 유효성을 따질 수도 없게 되죠. 반대로 유언장 원본이 없어졌을 때 가장 이득을 보는 건 카네하루 사장님 아닌가요?"

내가 말하자, 원래는 가장 강하게 반론해야 할 무라야마가 "워워."라고 말하며 나를 진정시켰다.

츠츠이가 헛기침을 한 번 하더니 손님용 소파에 앉았다. 츠츠이의 무게 때문에 소파가 삐걱거렸다.

"레이코 변호사, 그 유언이 유효라는 주장에 승산이 있다고 보나요?"

내 속을 떠볼 심산이었다.

"내 눈에는 도저히 유효로 보이지가 않아서요. 내가 정말 딸 같아서 하는 말이에요. 이런 말도 안 되는 사건을 수임하는 바람에 레이코 변호사의 눈부신 경력에 흠이 생기면 안타깝잖아요."

나는 콧방귀를 뀌었다. 웃기지도 않았다.

평범한 변호사였다면 이 정도 도발에도 흔들렸을지 모른다.

하지만 나는 츠츠이의 말을 듣자 강풍이 불수록 더 타오르는 불꽃처럼 온몸에서 힘이 솟아올랐다.

"어머나, 걱정해주셔서 감사합니다." 나는 밝게 받아쳤다.

"그런데 저는 츠츠이 변호사님이 더 걱정이에요. 본인이 키우던 변호사한테 지면 일본 최고의 로펌 파트너 변호사로서 체면을 구기실 것 아니에요?"

나는 바닥에 던져뒀던 내 가방을 집어 들며 말했다.

"공서양속 위반에 따른 무효. 재미있는 논점이죠. 많은 민법학자가 관심을 보이더라고요."

나는 가방에서 두툼한 서류들을 꺼내 보였다.

츠츠이의 낯빛이 변했다.

"그건 설마…."

"네, 법학교수들이 작성한 의견서예요."

재판에서는 법률해석 문제로 분쟁이 생기면, 학자의 의견서에 따라 승패가 갈리기도 했다.

사실 법률해석은 논리로 간단히 답을 낼 수 있는 것도 있지만, 몇 시간을 토론해도 답이 나오지 않는 것도 꽤 있다. 재판도 마찬가지이다. 양측 변호사가 아무리 토론을 해도 결론이 하나로 좁혀지지 않는 경우가 있다. 그렇게 되면 판사도 판단을 내리기가 어렵다. 그럴 때 도움이 되는 것이 학자의 의견서였다. 판사들이 법대에서 공부할 때 사용하던 교과서를 집필한 중진 학자의 의견서라면 더더욱 효과적이었다.

의견서는 '그 교과서를 쓴 교수님이 이쪽을 지지하시니까 이게 맞겠지.'라는 판사의 판단을 유도하기에 아주 좋은 도구였다.

"전국 각지의 대학교 민법학자에게 의뢰했거든. 유명한 중진 학자부터 젊은 신진 학자까지, 제 의견에 동의한 학자가 꽤 있었죠."

츠츠이는 순간 눈이 휘둥그레졌으나 바로 평온한 표정을 지어 보였다.

"어설픈 허풍은 관둬요. 이러니저러니 해도 대학교수라는 작자들은 보수적 성향을 가지고 있습니다. 이렇게 저속한 사건에 의견서를 낼 학자는 없어요."

나는 서류 뭉치를 천천히 가방에 집어넣었다.

"그렇게 생각하신다면 어쩔 수 없고요."

"의견서를 받으려면 돈이 꽤 많이 필요했을 텐데, 돈은 어떻게 냈나요? 교수들은 돈을 아주 좋아하잖아요."

그렇다. 의견서를 받으려면 상당한 돈을 들여야 했다. 원래 대학교수는 돈을 많이 버는 직업이 아니어서 부업으로 의견서 비즈니스를 하는 것이 오랜 관행이었다.

"물론 냈죠. 변호사님이 주신 쥐꼬리만 한 보너스가 조금은 도움이 되더라고요."

이때다 싶어 부당하게 보너스를 깎인 억울함을 표출했다. 하지만 이 정도로 분이 다 풀릴 리 없었다.

츠츠이는 콧방귀를 뀌더니 팔짱을 꼈다.

"뭐, 상관없습니다. 우리 쪽도 의견을 내줄 학자를 찾아보면 되니까. 저는 이 업계에 오랫동안 몸담았으니 교류가 깊은 대학교수도 적지 않거든요."

나는 츠츠이의 구두 쪽으로 시선을 옮겼다.

"그나저나 츠츠이 변호사님, 이런 사건을 처리하기에 앞서 사모님 걱정을 하셔야 하는 것 아닌가요?"

"그게 무슨 말이죠?"

츠츠이가 의아한 표정을 지으며 말했다.

"말 그대로예요. 번쩍번쩍한 정장을 쫙 빼입으셨는데 구두만 더럽잖아요. 사모님이 관리를 안 해주시나 봐요. 혹시 가정에 불화가 있으신 것 아닌가요?"

츠츠이가 벌떡 일어섰다.

"쓸데없는 걱정 말게!"

츠츠이가 갑자기 큰 목소리로 외치더니, 삶은 문어처럼 벌건 얼굴로 나를 노려보았다.

나는 츠츠이가 감정을 드러내는 것을 처음 목격했다. 평소에 풍기는 온화한 분위기와 사뭇 달라 주눅이 들 뻔했다. 하지만 내가 먼저 건 싸움이었다. 밀릴 수는 없었다. 나도 따라서 츠츠이를 노려보았다.

츠츠이는 제 페이스를 되찾으려는 듯 헛기침을 한 번 하고는 말했다.

"카네하루 사장님, 시간을 허비했군요. 우리는 바쁜 몸입니다. 이제 가시죠."

카네하루도 말없이 고개를 끄덕이고는 츠츠이의 뒤를 따라 사무실을 떠났다.

무라야마는 어안이 벙벙해져 나를 쳐다봤다.

"레이코 변호사, 사고를 치고 말았군요." 무라야마가 제 머리를 마구 헝클며 말했다. "남자의 자존심을 건드리면 후세까지 저주받아요."

"네?"

무라야마의 말이 무슨 뜻인지 몰라 되물었다.

"츠츠이 변호사가 안됐네요. 나였으면 못 참았어요. 좀 우스운 얘기지만 어떤 남자든 가슴 속 깊은 곳에 자존심을 간직하고 있는 법이에요. 그건 돈이나 목숨보다도 중요한 것이기 때문에 누가 그걸 건드리면 살 수가 없다고요. 본인이 죽든 상대가 죽든 이판사판으로 진흙탕 싸움이 시작될 거예요."

나는 여전히 그 말의 의미를 알 수 없어 머리가 어지러웠다.

"네? 무슨 말씀을 하시는 거예요?"

무라야마가 몸서리를 치며 말했다.

"가정의 불화, 특히 아내의 바람 같은 건 말이죠, 절대 그 누구에게도 들키고 싶지 않은 법이에요. 기껏해야 술집 마담한테나 하소연하지, 이렇게 일로 만나는 남자들 사이에서는 절대 들키면 안 되는 것이라고요. 자신이 지켜왔던 이미지가 무너지니까."

나는 머리를 싸쥐었다.

자신이 지켜왔던 이미지?

"잠깐만요. 무슨 말인지 하나도 모르겠어요. 사적인 일을 폭로 당하면 당연히 기분이 나쁘겠지만, 그게 누구 하나가 죽어야 끝날 정도로 엄청난 일은 아니잖아요?"

무라야마는 고개를 저었다.

"아니요, 남자들한테는 큰 문제예요. 나처럼 딱 봐도 보잘것없는 남자는 그나마 낫죠. 애초에 지킬 체면도 없으니까. 그런데 츠츠이 변호사는 가진 것도 많고 자존심도 세잖아요. 그런데 그동안 자신이 지켜왔던 이미지가 망가졌고, 심지어 자기 의뢰인 앞에서 체면을 구겼으니 속으로 칼을 갈 겁니다."

물론 나도 일부러 얄밉게 성질을 긁은 것이었지만, 이렇게 일이 커질 줄은 몰랐다.

"아무튼 츠츠이 변호사는 죽을힘을 다해 레이코 씨를 무너뜨리려고 할 거예요. 온 나라를 뒤져서라도 학계의 의견을 모으겠죠."

나는 피식 웃으며 무라야마의 말을 부정하듯 손을 내저었다.

"그건 괜찮아요. 이렇게 난잡한 사건에 의견서를 써줄 학자는 없거든요."

무라야마가 놀란 표정으로 나를 쳐다보았다.

"그럼 아까 그 서류들은…?"

"당연히 허풍이죠. 이제 츠츠이 변호사님은 구할 수도 없는 의견서를 찾으러 다니느라 시간을 낭비할 거예요. 그러는 동안 우리는 우리가 준비해야 할 것들을 착착 준비하면 돼요."

무라야마가 내 얼굴을 보고 씨익 웃었다.

"레이코 씨, 이렇게 대담한 수에 능한 걸 보면 얌전한 대형 로펌 변호사보다 의외로 동네 개업 변호사가 적성에 맞을 것 같은데요?"

무라야마는 그렇게 말하면서 책상에 놓인 담뱃갑에서 조금 삐져나온 담배 한 개비를 꺼내 불을 붙였다.

나는 길게 숨을 내쉬며 소파에 몸을 기대어 앉았다. 소파 팔걸이에 팔꿈치를 내려놓고 편안한 자세를 취했다.

"경찰은 언제 오는 걸까요? 오늘은 하루가 참 기네요."

내가 그렇게 말하자, 무라야마는 담배 연기를 내뿜으며 대답했다.

"아, 정말 그렇군요."

그 말이 끝나자, 무라야마가 갑자기 심하게 기침을 하기 시작했다.

나는 벌떡 일어나 "물 드실래요?"라고 물었지만, 이미 무라야마는 목을 부여잡고 바닥에 웅크린 상태였다.

나는 당황해서 무라야마에게 달려가 그의 등을 두드렸다. 무라야마가 입에 문 담배가 바닥에 떨어졌다. 나는 불이 붙을까 봐 얼른 담배를 발로 비벼 껐다.

"괜찮으세요?!"

무라야마의 얼굴은 점점 창백해졌다. 전혀 괜찮지 않아 보였다.

"레이코, 씨…."

무라야마가 괴로워하며 말을 쥐어짜냈다.

"이, 법률, 사무소…, 레이코 씨한테, 줄게요."

무라야마의 얼굴이 괴롭게 일그러졌다. 눈은 반쯤 풀렸고 입가에서는 침이 흘렀다.

"네? 그게 무슨…. 왜 그래요?"

나는 영문을 몰라, "이런 허접한 법률사무소 필요 없어요!"라고 외치며 무라야마의 등을 마구 두드렸다.

"저기요! 무라야마 변호사님, 정신 차려요!"

무라야마가 다시 무슨 말을 하려고 입을 달싹였다.

나는 그제야 구급차를 불러야 한다는 생각이 들었다.

핸드폰을 꺼내려고 주머니를 뒤졌지만 손이 떨려 마음처럼 되지 않았다.

"나, 랑, 그 친구…, 변호사…, 버헉! 콜록콜록! 컥!"

무라야마가 무슨 말을 하면서 격렬하게 기침을 토했다.

"그 친구, 못, 오래 살아, 줘, 요."

쥐어짜듯 한 말을 끝으로 무라야마는 더 이상 움직이지 않았다.

무라야마는 잠든 고양이처럼 등을 둥글게 말고 한쪽 어깨를 바닥에 붙인 채 누워 있었다. 치수가 커 헐렁한 양복에 주름이 져 있었다.

나는 그의 등에 손을 댄 채 얼음처럼 굳어 버렸다. 조금이라도 움직였다가는 내 앞에 있는 모든 것들이 부서져 버릴 것만 같았다.

"실례합니다! 절도 사건이 발생했다고 신고하신 게 여기 맞나요?"

1층에서 누군가가 외치는 목소리가 이명처럼 아득하게 들려왔다.

"경찰입니다. 지금 올라가겠습니다. 괜찮으신가요?"

곧이어 우렁찬 목소리와 함께 계단을 오르는 발소리가 들렸다.

제 4 장

알리바이와 바람 사이

1

　경찰서에서 풀려났을 때는 이미 해가 저물어 버스도 지하철도 다니지 않는 한밤중이었다.

　나는 내가 경험한 일을 하나도 빠짐없이 경찰에 털어놓았다.

　전여친들의 모임, '법무법인 삶'에서 발생한 절도 사건, 츠츠이 변호사와 나눈 대화, 그리고 무라야마의 죽음에 대하여.

　놀랍게도 무라야마가 피운 담배의 흡입구에는 독극물이 묻어 있었다고 했다. 물론 경찰은 자세히 알려 주지 않았지만, 사망 후 몇 시간 만에 독극물을 특정한 것을 보면 쉽게 구할 수 있는 흔한 독극물이 사용된 것이라고 추측할 수 있었다.

　물론 사망시각에 피해자와 함께 있던 최초발견자인 내가 가장 유력한 용의자였다.

　하지만 담뱃갑에서 내 지문은 발견되지 않을 것이고, 지문을 감출 만한 장갑 따위의 도구를 내 소지품과 현장 어디에서도 찾아볼 수 없을 것이다. 게다가 나는 직접 경찰에 연락해 '법무법인 삶'으로 와달라고 한 사람이었다. 여러 정황을 고려하면 나는 곧 용의 선상에서 제외될 터였다.

　경찰은 만일에 대비해 나를 일단 경찰서 내 구치소에 잡아두려 했으나 안타깝게도 상대를 잘못 만났다.

　흥분한 나머지 아드레날린이 솟구친 덕분인지 나는 머리가 팽팽 돌아 형사소송법 조문과 판례를 정확히 인용하며, 경찰관이 과잉 수사를 통해 위법수사를 했다는 사실이 밝혀지면, 그 경찰관의 경력이 어떤 결말을 맞이하는지 막힘없이 떠들어 댔다. 수사관들은 그런 나를 보며 학을 뗐다.

억척스럽게 얻어낸 석방이었지만, 막상 경찰서를 나와 보니 가로등도 없고 차도 없는 추운 시골길에 홀로 내던져진 것에 불과했다.

갈팡질팡하다가 역까지 가면 호텔이 있을 것 같아 택시를 부르려고 핸드폰으로 택시 회사를 검색하고 있을 때, 멀리서부터 자동차 라이트가 다가오는 것이 보이더니 차 한 대가 내 앞에 멈춰 섰다.

차의 조수석 창문이 열리더니, 유키노가 새하얀 얼굴을 쏙 내밀었다.

"오늘은 늦었으니 우리 집에서 묵고 가요."

그녀의 말투는 오래 알던 친구에게 놀러 가자고 말하는 사람처럼 태연했다.

나는 순간 무슨 함정이 있는 것 아닌가 싶어 긴장했지만, 제안을 거절하고 호텔을 찾아가기에는 너무 지친 상태였으므로 유키노의 말을 따르기로 했다.

"내가 여기 있는지 어떻게 알았어요?"

차 뒷좌석에 올라타 유키노에게 물었다.

"경찰서에서 전화가 왔어요. 레이코 씨 진술이 사실인지 확인하는 것 같았어요. 오늘 있었던 일을 이것저것 묻더라고요. 공식적인 조사는 나중에 따로 할 모양이지만요."

조수석에서 앉은 유키노는 나를 향해 가볍게 돌아보며 말했다.

경찰 쪽에서도 유력한 용의자가 없어 광범위하게 관련자들을 조사하는 단계인 듯했다.

운전석에는 유키노의 남편, 그러니까 에이지의 사촌이자 사에의 오빠인 타쿠미가 있었다.

"집이 좁아서 불편하시겠지만, 필요한 게 있으면 사 올 테니 뭐든 편하게 말씀하세요."

타쿠미는 그 말만 하고는 조용히 운전에 집중했다.

뒤에서만 봐도 근육질의 체형이 짐작되는 덩치 큰 남자였다.

차 안은 어둑어둑했지만 눈에 힘을 주고 룸미러 너머로 타쿠미의 얼굴을 훔쳐봤다. 예상대로 얼굴도 운동선수처럼 우락부락하게 생겼다. 잘생긴 얼굴은 아니었고 굳이 따지자면 감자같이 생긴 얼굴이었으나, 어딘가 사람 좋은 쾌남 같은 인상을 풍겼다. 유키노가 하자는 대로 다 해주고 받아주는 모습이 쉽게 상상되었다.

타쿠미와 유키노의 집은 인프라가 부족한 교외에 있었지만, 결코 집주인이 말한 것처럼 좁지는 않았다. 콘크리트로 된 네모난 단층집으로, 좌우로 넓어 현대 건축물 느낌이 강하게 풍기는 세련된 구조였다. 에이지가 요양하던 레트로풍 서양식 저택과 비교하면 차가운 화려함이 묻어나는 건물이었다.

집주인이 죽은 뒤 시간이 멈춘 에이지의 별장과 한창 활발한 상태인 타쿠미의 집이 대비되자, 나는 왠지 모를 서글픔을 느꼈다.

젊은 나이에 죽은 에이지는 얼마나 억울했을까. 무슨 생각을 하며 세상을 떠났을까. 그런 당연한 질문이 이제서야 머릿속에 갑자기 떠올랐다.

아무튼 타쿠미의 집에 도착해 중앙에 있는 큰 문을 열자, 현관은 바닥에 드러누워 잘 수도 있을 만큼 넓었고, 현관 너머에는 대리석이 깔려 있었다. 밝은 LED 조명이 달린 집 안은 벽과 바닥이 모두 새하얀색이었다.

나는 폭신한 슬리퍼를 얻어 신고 복도를 지나다가, 찻길과 접하지 않은 쪽 벽면을 덮은 커튼 쪽으로 눈길을 던졌다. 커튼 사이로 보이는 넓은 통창 너머로 어마어마하게 넓은 정원이 살짝 엿보였다.

거실 소파는 해외 명품 가구 브랜드 것이었고, 그 위에 놓인 쿠션 네 개도 벨루어의 소재감이 아름다운 것을 보니 명품이었다. 정원으로 연결된 문 앞에 아무렇게나 놓인 실외용 슬리퍼마저 유명 브랜드 제품이었다.

나는 유키노가 추천한 대로 제트스파 욕조에서 목욕을 했다. 달콤한 입욕제 향기와 새하얀 거품에 둘러싸인 채 욕조에 몸을 기대자, 머릿속이 멍해졌다.

갑자기 사람이 죽는 것이 얼마나 무서운 일인가 하는 두려움이 느껴졌다.

처음 에이지의 부고를 들었을 때는 두려움도 슬픔도 느껴지지 않았다.

하지만 에이지의 주변 사람들을 만나면서 조금씩 에이지의 죽음을 실감함과 동시에 슬픔이 느껴졌다.

그러나 무라야마의 죽음을 바로 앞에서 목도하자, 내가 에이지의 죽음을 실감하며 느낀 감정 따위는 장난 같은 것이었다는 생각이 들었다. 연신 기침을 쏟아내던 무라야마의 얼굴이 순간 머릿속을 스치자, 나는 바로 그 잔상을 의식 저편에 묻어버렸다.

'그 친구 몫까지 오래 살아줘요.'

무라야마는 마지막 순간에 그 말을 하고 싶었던 것 같다.

"아무리 그래도 말이죠," 속마음과는 달리 내 입에서는 태평한 목소리가 나왔다. "그런 허접한 법률사무소 필요 없다고요."

하지만 그 말을 뱉은 순간, 갑자기 눈에서 눈물이 흘러 뺨을 적셨다.

내가 울다니, 몇 년 만이더라?

마지막으로 운 것이 언제였는지 기억나지도 않았다.

나는 눈물이 흐르는 대로 내버려 두고 입을 반쯤 벌린 채 새하얀 천장을 바라보았다.

담배에 독극물이 묻어 있었다는 것은 무라야마가 자살이나 사고로 죽은 것이 아니라 살해당했다는 뜻이었다. 그 사무실에 처음 들어갔을 때부터 담뱃갑은 책상 위에 놓여 있었다. 그러니까 우리가 사무실에 들어가기 직전에 그 공간에 있었던 사람, 즉 '법무법인 삶'에서 금고를 훔친 인물이 범인일 가능성이 높았다.

재떨이가 담배꽁초로 가득했으니 그 법률사무소를 처음 방문한 사람도 무라야마가 골초라는 것을 알 수 있었을 것이다. 책상 위에 놓인 담뱃갑에서 담배를 한 개비 꺼내 흡입구에 독을 묻힌 다음 도로 담뱃갑에 넣었을 것으로 추측되었다. 독이 묻은 담배를 밖으로 약간 삐져나오게 넣어두면 무라야마는 자연스럽게 독이 묻은 담배를 가장 먼저 피우게 될 터였다. 지극히 간단한 수법이었다.

문제는 누가 그 금고를 훔쳤냐는 것이었다.

에이지의 유언 원본이 사라졌을 때 가장 득을 보는 것은 틀림없이 카네하루 부부였다. 그러나 당시 카네하루의 반응을 생각해보면 그 사람이 한 짓 같지는 않았다.

그 다음으로 득을 보는 것은 에이지의 형인 토미하루이다. 유언장 원본이 사라지면 에이지의 재산은 법정상속인인 카네하루 부부에게 넘어가겠지만, 그들 부부가 사망한 후에는 재산이 다시 토미하루에게로 상속될 것이기 때문이다. 하지만 포틀래치에 대해 그렇게 일장 연설을 늘어놓으며 에이지에게 재산을 증여한 이유를 설명하던 사람이 그 재산을 되찾으려 할 것 같지는 않았다.

그렇다면 카네하루의 남매인 마리코와 긴지는 어떨까. 그 두 사람은 원래부터 에이지의 재산을 받을 수 있는 법정상속인이 아니었다. 그래서 에이지의 유언이 없어진다고 해도 특별히 득을 볼 일은 없었다.

사다유키는 어떤가. 에이지의 유언이 집행되어 모리카와 제약 경영에 부적합한 인물이 새 주주가 되면 사다유키는 곤란해진다. 유언을 없던 것으로 만들어버리면 그런 걱정은 사라질 것이다. 그러나 자신이 범인 선출전 선출위원인 이상 탐탁지 않은 새 주주 후보가 나타나면 '범인으로 인정할 수 없다'고 하면 그만이었다. 반면에 에이지의 유언이 무효화되면 에이지의 주식 지분은 적대 관계에 있는 카네하루 부부에게 돌아간다. 그것은 사다유키에게 더 좋지 않은 전개였다.

그렇다면 타쿠미는 어떨까. 에이지가 죽는 바람에 가장 득을 본 사람이 타쿠미인 것은 확실하다. 토미하루는 경영에 관심이 없으니 후계구도에서 유일한 라이벌이던 에이지가 사라졌기 때문이다. 하지만 그렇게 된 이상 모리카와 제약의 차기 수장은 자신으로 정해진 것이나 다름없었다. 그렇다면 타쿠미가 에이지의 유언을 빼돌려서 득을 보는 일은 딱히 없을 것이다.

사에는? 에이지의 자필문을 기념품으로 갖고 싶어서 훔쳤을 수도 있지 않은가? 얼토당토않은 추리지만 사에라면 못할 것도 없을 것 같아 헛웃음이 나왔다.

여러 가능성을 대강 추리해 봤지만 역시 답은 나오지 않았다.

어쩌면 범인이 정말 노리던 것은 에이지의 유언장 원본과 함께 들어 있던 다른 서류였을지도 모른다. 그런 추리가 맞는다면, 그 서류가 무엇인지 모르는 나로서는 누가 범인인지 짐작도 할 수 없으니 속수무책이었다.

어느새 목욕물도 미지근해졌고 계속 멍한 상태로 있다가는 욕조에서 잠들 것 같아, 나는 방으로 돌아가기로 했다.

잠옷으로 갈아입고 거실로 나가니, 유키노가 고개를 숙인 채 소파에 앉아 있었다. 원체 투명한 피부여서 그런지 그녀의 얼굴은 하얀색을 넘어서 푸른빛까지 돌았다.

유키노는 뭔가를 고민하는 듯 보였다. 그것도 상당히 심각하게 고민하는 듯 보였다.

나는 보지 말아야 할 것을 본 것 같아 조용히 내 방으로 돌아가려고 발길을 돌렸다.

"아, 레이코 씨. 있었어요?"

바로 유키노에게 들켰다.

"할 얘기가 있는데, 잠깐 괜찮아요?"

유키노가 나를 불러세웠다.

나는 유키노와 할 이야기가 없었다. 하지만 하룻밤 신세를

지는 처지라 유키노 맞은편에 있는 의자에 얌전히 앉았다.

유키노는 가운 차림에 민낯인 것 같은데도 아름다웠다. 청순미가 더해져 화장했을 때보다 오히려 더 아름다워 보였다.

유키노는 가늘고 긴 속눈썹이 난 눈을 내리뜨고 천천히 깜박이며 입을 열었다.

"1월 29일 밤에 뭐 했어요?"

갑작스러운 질문에 곧바로 대답이 나오지 않았다.

"그런 걸 왜 물어요?"

내가 받아쳤지만 유키노는 물러서지 않았다.

"그냥 대답해요."

그 무렵의 일은 이미 전생의 일처럼 까마득하게 느껴졌으나, 1월 31일은 당시 사귀던 노부오와 데이트를 하다가 그의 프러포즈를 거절한 날이었다. 그때가 일요일이었으니 29일은 금요일이었다.

"금요일 밤이니까 일하고 있었을 거예요."

"남자들은 항상 일 핑계를 대죠." 유키노는 내 얼굴을 쏘아보며 말했다. "당신은 여자이지만요."

무엇을 캐내려는 것인지 알 수가 없었다.

나는 에이지가 사망한 때가 30일 새벽이라는 것을 떠올렸다. 1월 29일 밤이면 사망 직전이었다. 하지만 에이지는 한참 전부터 독감에 시달렸으니 에이지와는 관련이 없는 질문일 수도 있었다.

"그럼 이건 뭘까요?"

유키노가 화면에 사진을 띄운 핸드폰을 내게 들이밀었다. 일정표 한 페이지를 핸드폰 카메라로 찍은 것이었다.

"이건 우리 남편의 일정표예요. 여기 좀 봐요."

유키노는 1월 29일 금요일 란을 가리켰다.

그리고 거기에는, '20시, 제국호텔. 켄모치 씨.'라고 적혀 있었다.

나는 나도 모르게 새된 소리를 내면서 고개를 들어 유키노를 멀뚱히 바라보았다.

"나 아니에요, 이거."

내가 부정했지만 목소리가 갈라지는 바람에 오히려 잡아떼는 듯한 느낌을 풍기고 말았다.

"물론 '켄모치'가 흔한 성은 아니지만, 세상에는 수천 명의 켄모치 씨가 있어요."

내가 변명했지만, 유키노에게는 씨알도 먹히지 않았다.

"하지만 내가 아는 켄모치 씨는 당신 하나예요."

유키노는 나를 삐딱하게 보며 서늘한 말투로 말했다.

"솔직하게 말해줘요. 화내지 않을게요."

유키노는 나를 빤히 쳐다봤다.

촉촉한 눈동자가 애처로웠지만, 거기에 속아 넘어갈 수는 없었다. 무엇보다 나는 '화내지 않겠다'고 해놓고 정말 화내지 않는 여자를 본 적이 없었다.

"아니, 아니. 정말 아니라니까요. 전 그때 사무실에서 일하고 있었어요."

"금요일 밤인데?"

유키노는 나를 의심하고 있는 것이 분명했다. 쿨한 여자처럼 보이지만 의외로 남편이 바람을 피울까 봐 마음을 졸이는 성격인 듯했다.

"평범한 샐러리맨 기준에서 보면 금요일 밤은 불타는 시간일지도 모르겠지만, 우리 업계에서는 평소처럼 정신없이 일할 시간이에요. 원래 매일 새벽 한두 시까지 일한다고요. 평소에도 밤 열두 시 이전에 퇴근하는 법이 없어요. 크리스마스 때도 마찬가지죠. 그래서 크리스마스 때 로펌 주변 거리에 무슨 조명을 장식하고 그러는 것도 한 번도 본 적이 없어요. 조명도 밤 열두 시에는 꺼버리니까 내가 퇴근할 때는 온 세상이 깜깜하다고요."

흥분하는 바람에 괜한 얘기까지 떠벌리게 되었고, 그 때문에 오히려 거짓말처럼 들릴 것 같았다.

그러고 보니 유키노가 나를 집에 데려온 것도 어쩌면 이것을 캐묻기 위해서였는지도 모르겠다는 생각이 들었다.

"다른 일정은 볼펜으로 쓰여 있었는데 이 일정만 연필로 쓰여 있었어요. 뭔가 수상해서 사진을 찍어놓고 얼마 후에 다시 확인해봤더니 그 일정만 지워놨더라고요. 누가 봐도 수상하지 않아요?"

남편의 일정표를 훔쳐보는 아내가 정말 있다는 데에 소름이 돋았다. 게다가 유키노는 그런 행동을 자못 당연하게 생각하는 표정이었다. 그 뻔뻔함에 나는 혀를 내둘렀다.

"그런 걸 따지기 이전에 남의 일정표를 함부로 훔쳐보는 건 잘못된 거예요. 찌질하게 굴지 말고 얼른 씻고 잠이나 자요."

나는 나도 모르게 엄마처럼 훈계를 늘어놨다.

유키노는 목소리를 낮게 깔고 말했다.

"그렇지 않아요. 이건 나랑도 관련 있는 일이에요. 요즘 누가 우리 집에 전화를 건 다음 말없이 끊어버리기도 하고, 우편으로 칼을 보내기도 한단 말이에요."

"내가 그렇게 구차한 짓을 할 리가 없잖아요!"

내가 딱 잘라 말하자, 유키노는 자기 자신을 타이르듯 연신 고개를 끄덕이며 중얼거렸다.

"그렇죠. 내 생각이 지나친 거겠죠…?"

"경찰에 신고는 했어요?"

유키노는 고개를 가로저었다.

"신고는 아직 안 했어요. 동네 경찰에 섣불리 알렸다가 모리카와 가문의 평판에 악영향을 줄 수도 있으니까."

대기업 재벌가에 시집온 이상 남편의 바람이나 내연녀의 괴롭힘 따위로 섣불리 소란을 일으킬 수는 없다는 말이리라.

"이 일, 타쿠미 씨는 알아요?"

"말하지 않았어요. 그 사람은 계속 도쿄에 있었으니 모를 거예요."

유키노의 말에 따르면, 카루이자와 분지에는 커다란 모리카와 제약 공장이 있다고 했다. 신혼 초에는 타쿠미가 공장에 갈 일이 많았기 때문에 공장과 가까운 이곳에 신혼살림을 차렸다. 그런데 요즘은 타쿠미가 신약 출시를 준비하느라 바쁘다며 도쿄에 가서 며칠씩 돌아오지 않는 일이 허다하다고 했다.

"한 번만 더 물어볼게요. 여기 적힌 켄모치 씨는 레이코 씨가 아닌 거죠?"

유키노는 눈에 잔뜩 힘을 주고 나를 쳐다보았다.

"답답하네, 정말! 그 켄모치 씨는 제가 아니라고요. 경찰에 신고를 못 하겠으면 사설탐정이라도 고용해서 알아봐요. 난 그만 잘 테니까."

나는 하룻밤 신세를 지는 처지라는 것도 잊고 성큼성큼 내 방으로 돌아와 퀸사이즈 침대에 대자로 드러누웠다.

나는 유키노가 한 이야기를 되새기며 타쿠미의 감자 같은 얼굴을 떠올렸다. 성실하고 정직한 인상이라 바람피울 사람으로 보이지는 않았다. 그러나 타쿠미의 빠릿빠릿한 몸놀림과 전신에서 뿜어져 나오는 에너지를 생각해보면 야심가 기질이 엿보이는 것도 사실이었다. 그리고 이상하게도 일에 열정적인 남자는 여자들이 가만두지를 않아서 자연스럽게 바람피울 기회가 많았다. 그것만큼은 확실했다.

그런데 요즘 시대에도 장난전화나 칼이 든 우편물 따위를 보내는 고전적인 테러를 일삼는 여자가 있을까?

정말 바람 때문일까?

타쿠미의 일정표에서 지워진 일정.

제국호텔, 켄모치….

그 단어들을 떠올린 순간, 내 머릿속에서 어떤 생각이 번개처럼 번득이며 지나갔다.

이건 뭔가가 있다. 물론 우연의 일치일 수도 있었다.

하지만 의구심이 생긴 이상, 확인해야 했다.

나는 친분이 있는 탐정사무소에 메일을 한 통 보냈다.

그리고 핸드폰을 내려놓고 나서야 몸이 서서히 침대 속으로 빨려드는 느낌이 들었다. 나는 나도 모르는 사이에 깊이 잠들어버렸다.

2

수면은 참 좋은 것이다. 잠을 자고 일어나면 전날 나에게 붙었던 악령이 모두 떨어져 나간 것처럼 홀가분한 기분이 들었다.

포근한 침대에서 하룻밤 자고 일어나니 거짓말처럼 온몸에 활기가 돌았다.

쌀쌀한 카루이자와의 아침 공기를 한껏 들이마시자 머리가 맑아졌다. 유키노가 준비해 준 바삭한 베이컨과 롤빵, 스크램블드 에그를 곁들인 서양식 아침을 깔끔하게 먹어치운 다음 식후 블렌디드 커피까지 마셨다. 사소한 일에 끙끙 앓지 않는 낙천적인 성격을 타고난 사실에 감사해야겠다는 생각이 들었다.

나는 떠날 준비를 마친 다음 카루이자와역까지 타쿠미의 차를 얻어 탔다. 유키노는 원래 나를 따라올 필요가 없었지만 함께 차에 탔다. 나를 데려다주고 돌아가는 길에 경찰서에 들러 조사를 받을 것이라고 했다. 아사히는 이미 어젯밤에 조사를 받은 모양이었다. 어제 무라야마를 만난 모든 사람은 대강이나마 경찰 조사를 받을 것이다.

경찰은 지금쯤 내가 어제 탄 기차의 예약 기록과, 내가 별장에 갈 때 이용한 택시 이용 내역을 조회하고 있을 것이다. 다양한 진술과 증거가 모이면 모일수록 내 진술이 정확하다는 것이 밝혀질 테니, 내가 무라야마를 살해한 혐의를 벗기 위해서라도 경찰이 열심히 일해줘야 했다.

기차를 타려고 승강장으로 나가자, 고원 지대를 둘러싼 2월의 찬 공기가 스쳐 뺨이 얼얼했다. 이른 아침 시간이라 승강장에는 사람이 적었다. 그때 멀리서 황급히 뛰어오는 소리가 들려왔다. 그 소리가 점점 가까워지더니 누군가가 내 뒤에서 말을 걸었다.

"켄모치 레이코 씨죠?"

내가 돌아보자 정장에 체스터 코트를 입은 중년 남자 두 명이 서 있었다. 한 명은 머리를 반삭으로 밀었고, 다른 한 명은 투블럭컷에 가까운 머리를 하고 있었다.

둘 다 키는 그다지 크지 않았지만 가슴이 떡 벌어져 무술을 배운 사람처럼 보였다.

"저희는 이런 사람들입니다."

두 사람 중 투블럭컷을 한 남자가 경찰 신분증을 꺼내 보였다.

나는 휘둥그레진 눈으로 반삭 머리 남자를 돌아보았다. 그러자 반삭 머리 남자도 마지못해 경찰 신분증을 꺼내 보였다.

둘 다 어제 사건 조사를 받을 때는 본 적이 없는 사람들이었다.

"나가노현 경찰서의 형사님들이 무슨 일이시죠?"

나는 조심스럽게 말을 골랐으나, 무라야마에게 아무 짓도 하지 않았으므로 무슨 질문을 받든 곤란할 일은 없었다.

"도쿄로 돌아가시기 전에 추가로 몇 가지 질문할 게 있습니다. 경찰서까지 같이 가 주시죠."

나는 왠지 불길한 예감이 들었다. 추가로 물어볼 것이 있으면 어제 조사 때 가르쳐 준 번호로 전화하면 됐을 것이다. 굳이 이렇게 찾아왔다는 것은 연락을 하면 내가 도주할 가능성이 있다고 판단했다는 뜻이었다.

한 마디로, 나는 의심받고 있었다.

"이야기는 여기서 하시죠."

나는 분명한 말투로 대답했다. 경찰서까지 가면 일이 복잡해질 것이라는 직감이 들었다.

형사 둘은 서로 의사를 확인하듯 슬쩍 시선을 교환했다. 어제 경찰서에서 조사가 어떻게 진행되었는지는 들었을 테니, 내가 경찰들이 상대하기 까다로운 사람이라는 것도 알고 있을 것이다.

"그럼 여기서 간단하게 여쭤보겠습니다."

투블럭컷 남자가 입을 열었다.

나는 무라야마가 죽기 전에 있었던 일들을 떠올리며 마음의 준비를 했다. 그러나 날아온 질문은 예상과는 너무 다른, 그것도 이미 한 번 들은 적이 있는 질문이었다.

"1월 29일 밤부터 30일 새벽까지 어디서 뭘 하셨습니까?"

나는 어제 유키노와 똑같은 주제로 대화했기 때문에 이 질문에 바로 대답할 수 있었다. 하지만 너무 곧바로 대답하면 오히려 부자연스러워 보일 것 같았다.

나는 내 다이어리를 펼치며 잠시 생각하는 척했다.

"음, 금요일이니까…, 일하고 있었어요. 도쿄 마루노우치에 있는 법률사무소에서요."

형사들은 그것을 증명할 수 있는 사람이 있는지, 그리고 그 사람의 연락처를 알려줄 수 있는지 물었다.

내가 같은 사무실을 쓰는 후배 후루카와와 함께 밤늦게까지 일했다고 대답하자, 형사들은 만족스러운 듯 고개를 끄덕였다. 그리고 한 박자 쉬고는 투블럭컷 남자가 말했다.

"레이코 씨는 모리카와 에이지 씨를 살해한 범인을 뽑는 선출전에 범인의 법률대리인으로 참여하셨다죠?"

나는 숨을 삼켰다. 어디서 어떻게 경찰의 귀에 들어간 것일까. 비밀유지의무가 있네 마네 해놓고 결국 이렇게 된 것을 보면 역시 아마추어들이 하는 일은 믿을 수가 없었다.

나는 당황했지만 얼른 감정을 숨기며 무표정하게 형사들을 바라보았다. 여기서 동요하는 티를 낼 수는 없었다.

"직무상의 일은 사건 수임 여부를 포함해 아무것도 말할 수 없습니다."

투블럭컷 남자와 나의 시선이 허공에서 부딪쳤다.

"형사님도 아시잖아요. 저는 변호사라 직무상 비밀유지의무가 있어서 아무것도 말할 수가 없고, 형사님들은 저한테 정보를 캐물을 권한이 없어요. 그래도 구태여 캐묻고 싶으시다면 법원에서 영장을 받아오세요."

그때 열차가 들어온다는 안내방송이 흘러나왔고, 곧 굉음과 함께 기차가 승강장으로 들어왔다.

나는 형사들에게 등을 돌리며 열차에 올라탔다.

등 뒤에서 외치는 소리가 들렸다.

"사람이 죽은 사건이라고요!" 고개만 돌려 돌아보니 반삭 머리의 남자가 얼굴이 벌게져서 씩씩대고 있었다. "이렇게 협조하지 않아도 되는 겁니까? 변호사는 돈만 받으면 뭐든 하는 겁니까?"

그 말을 듣고 나는 속에서 무언가가 끓어오르는 것을 느꼈다.

당연히 뭐든 하지.

그게 뭐가 나빠?

경찰관이 범죄자를 잡으려고 필사적으로 뛰어다니는 것처럼, 변호사는 의뢰인을 지키려고 필사적으로 입을 다물 뿐이다.

나는 어느새 몸 전체를 돌려 열차 출입문을 사이에 둔 채 형사들을 똑바로 보고 있었다.

"당연하죠." 나는 반삭 머리 형사의 눈을 보고 힘주어 말했다. "그게 제 일이니까요."

발차를 알리는 음악이 흐르며 열차 문이 경쾌하게 닫혔다.

나는 다시 형사들에게 등을 돌리고 걸어가서 내 좌석에 앉았다.

출발하는 열차의 진동을 느끼면서 심호흡을 했다.

상황이 귀찮아졌다.

어디선가 범인 선출전 정보가 새어나갔다. 게다가 지금까지 '모리카와 에이지는 질병사'라며 관여하지 않던 경찰이 뒤늦게 움직이기 시작했다.

에이지의 사망시각은 1월 30일 새벽이었다. 경찰이 1월 29일 밤부터 30일 새벽에 내가 무엇을 했는지 물은 이유는 내가 에이지를 살해했을 가능성이 있는지 알리바이를 확인하기 위해서였을 것이다.

어떻게 된 것일까. 나는 고개를 갸웃했다.

에이지가 질병으로 죽었다는 사실은 사망진단서가 증명해주었다. 물론 일부러 독감을 옮겨 질병으로 죽게 만드는 것도 하나의 살인으로 볼 여지는 분명히 있다. 그러나 정신없이 바쁜 경찰이 그러한 애매한 병사 사건을 굳이 살인사건으로 키울 리는 없었다.

무언가 새로운 정보가 세간에 떠도는 것인가 싶어 인터넷 뉴스를 대충 훑어봤지만 눈에 띄는 기사는 없었다.

'나가노현 코모로시에 거주하는 50대 남성 변호사 사망. 체내에서 독극물 검출. 타살로 의심되어 조사 중.'이라는 짧은 기사가 있을 뿐이었다.

무라야마의 일그러진 얼굴, 괴롭게 기침을 토하던 소리, 고양이처럼 굽은 등의 모습이 순간 머릿속을 스쳤다.

나는 그 잔상을 떨쳐내듯 고개를 흔들었다. 약하게 두통이 일었다. 그러나 지금은 쉴 상황이 아니었다. 나는 관자놀이를 누르며 억지로라도 생각을 쥐어짜내기 위해 나 자신을 다그쳤다.

내 신상 정보가 경찰에 유출됐다면 어제 발생한 무라야마 사망사건으로 내가 조사를 받았기 때문일 것이다. 내가 어제 경찰에 말한 내용을 되짚어 보았지만 있었던 일들을 그대로 이야기했을 뿐, 에이지에 관한 정보를 입 밖에 꺼낸 적은 없었다.

나 외에 경찰과 접촉한 사람은 어젯밤 조사를 받은 아사히뿐이었다.

아사히가 무언가 중요한 정보를 알고 있고, 그것을 경찰에 밝힌 것일까?

그래서 경찰이 타살가능성을 심각하게 고려하게 된 걸까?

그러고 보니, 조금 전 경찰은 나에게 내가 범인 선출전에 참여한 사실을 확인했다.

그렇다면…, 경찰은 내가 에이지를 살해한 범인을 알고 있다고 판단한 것이 분명했다.

나는 문득 내 의뢰인 시노다를 보호해야겠다는 생각이 들었다. 원래 변호사는 의뢰인과 상황을 공유하고 지시에 따라야 하지만, 지금 시노다를 만나러 가는 것은 위험했다. 형사들이 경찰청의 협력을 얻어 도쿄에 도착한 나를 미행하면 내 의뢰인을 찾아낼 수 있을지도 모른다. 문자메시지나 전화로 연락할 수도 없었다. 만에 하나 경찰이 내 핸드폰을 압수한다면, 형사와 접촉한 직후에 연락한 대상을 의심할 것이기 때문이다.

의뢰인을 지키려면 어떻게 해야 할까. 나는 머리를 싸쥐고 고민했다. 어제부터 계속해서 사건에 휘말린 통에 현기증이 났다.

그때 곧 타카사키역에 도착한다는 안내방송이 흘러나왔다.

안내방송의 목소리가 사근사근해 그나마 마음이 차분해졌다. 천천히 고개를 들고 심호흡을 몇 번 했다.

괜찮아. 나는 켄모치 레이코다.

이 정도 일로 무너지지 않는다.

열차의 속도가 점점 줄어들더니, 차창 너머로 타카사키역 승강장 표지판이 보였다.

하지만 나는 다시 카루이자와로 돌아가 아사히와 얘기를 나눠봐야겠다고 결심했다. 지금 내가 할 수 있는 일은 되도록 많은 정보를 모아서 상황을 파악하는 것이었다.

기차가 정차함과 동시에 나는 짐을 챙겨 일어났다.

내가 카루이자와로 돌아와 아사히의 직장인 신슈종합병원에 도착했을 때는 정오쯤이었다. 아사히가 오늘 일하는 날인지는 알 수 없었지만, 집 주소나 연락처를 몰라 직장으로 올 수밖에 없었다.

병원 1층 접수대에 명함을 주고 면회를 신청하자, 접수대 직원이 말하기를 아사히는 점심시간에 맞춰 나올 것이라고 했다.

나는 접수대에서 일하는 중년의 여직원이 권한 대로 병원의 중정으로 나가, 볕이 잘 드는 벤치에 앉아 아사히를 기다렸다.

중정이라고는 하나 병원 바깥쪽과 여러 통로로 연결된 모양인지 바람이 잘 통했다. 통로를 가리기 위해서 주변에 다양한 나무가 심어져 있었는데, 겨울이라 초록을 입은 가지는 하나도 없었다.

10미터 정도 떨어진 통로에서는 등이 심하게 굽은 할머니가 휠체어를 타고 있었고, 젊은 남자 간호사가 그 휠체어를 천천히 밀고 있었다. 그 둘에게 쏟아지는 부드러운 햇살을 보고 있으니, 세상의 다른 한편은 우리와 달리 평화롭게 돌아가고 있음을 느꼈다.

나는 매 순간 분주하게 살아가지만, 나라는 사람이 세상에 미치는 영향력은 깃털처럼 가벼운 것이라는 생각이 들었다. 무거운 마음을 내려놓고 나니 갑자기 마음이 편해졌다. 폐에 공기가 가득 들어차는 것이 느껴지자, 느긋한 상쾌함마저 느껴졌다.

나는 병원 안으로 들어가 매점에서 커피를 산 다음 다시 벤치로 돌아왔다. 그렇게 여유롭게 시간을 보내다 보니 드디어 평소의 나로 돌아온 느낌이 들었다. 잠깐이나마 내가 왜 그렇게 축 처져 있었나 싶었다.

느긋하게 커피를 다 마셨을 즈음, 아사히가 나타났다. 접수대 직원이 내가 여기에 있을 것이라고 말해준 모양이었다. 내가 병원에 도착한 지 30분 정도가 지난 시점이었다.

"많이 기다렸어요?"

아사히가 생긋 웃었다. 주변을 밝게 만드는 햇살 같은 웃음이었다.

"레이코 씨가 먼저 와주셨네요."

마치 나와 만날 것을 예상이라도 한 사람 같은 말투였다.

경찰서에서 뭐라고 진술했는지 묻자, 아사히가 말했다.

"숨길 일은 아니니까 다 말할게요. 원래 제가 레이코 씨를 찾아갈 생각이기도 했고요."

나는 벤치 옆자리에 앉은 아사히의 옆얼굴을 슬쩍 봤다.

보기 좋게 그을린 건강한 얼굴이었지만 눈 밑에는 검푸른 다크서클이 옅게 자리하고 있었다.

"사실은 제가 에이지 씨의 염(殮)을 맡았거든요. 돌아가신 분의 시신을 깨끗하게 정돈해드리는 것 말이에요."

아사히가 천천히 설명을 시작했다.

1월 30일 아침 여덟 시, 비번이라 집에 있던 아사히는 하마다의 전화에 잠에서 깨 에이지의 부고를 들었다. 담당 간호사이던 아사히는 곧바로 에이지의 별장으로 향했다. 도착해보니 하마다와 마리코, 유키노가 있었다.

"하마다 선생님은 에이지 씨의 사망을 확인한 다음 사망진단서를 쓰려고 곧바로 병원으로 돌아가셨어요. 병원에서 구급차가 와서 에이지 씨의 시신도 일단 병원으로 옮겨갔고요. 그때제가 염을 했어요."

아사히는 굳은 표정으로 자신의 무릎 위만 가만히 쳐다보았다.

염이라고 말하니 그럴싸해 보이지만, 사실 위장의 내용물과배설물을 꺼내고 항문에 탈지면을 넣는 일이었다. 상당히 역겨운 과정일 것이다.

아사히는 에이지가 죽기 직전까지 그의 연인이었다. 대체 어떤 정신으로 연인의 시신에 그런 일을 할 수 있었을까?

그렇게 생각하다가 소름이 돋았다. 언젠가 모리카와 제약에서 사에에게 들은 말이 떠올라서였다.

'가깝게 지내던 사람이 죽었잖아. 제정신 박힌 사람이면 아무리 일이어도 못 하지.'

아사히에게 그것은 일이었다. 내가 변호사인 것처럼, 아사히는 간호사였다. 아사히는 아사히의 일을 한 것뿐이었다.

"내가 에이지 씨에게 해줄 수 있는 건 그 정도뿐이었으니까요."

아사히의 목소리가 떨렸다.

"아무튼 남들은 저더러 공과 사를 구분하지 못한다고 욕할지도 모르겠지만, 저는 다른 때보다도 훨씬 정성스럽게 몸을 닦았어요. 그러다 평소라면 못 보고 지나쳤을 것을 발견하게 된 거죠. 왼쪽 허벅지 안쪽 관절 부위에 주사 자국이 있었어요."

"주사 자국? 그냥 치료받은 흔적 아니에요?" 내가 끼어들어 물었다.

"아니요."

아사히는 고개를 저었다.

"그런 부분에 주사를 놓는 치료는 한 적이 없어요. 너무 수상해서 주치의이신 하마다 선생님께 말씀드렸지만, 결국 그 주사 자국이 뭔지는 알 수 없었어요."

나는 고개를 갸우뚱했다.

그런 흔적이 있으면 보통 '타살 가능성 있음'으로 부검 절차를 밟지 않나?

그 점을 아사히에게 물었다.

"일본에는 법의학자가 너무 적어서 부검하는 시신은 전체 시신의 1퍼센트도 안 돼요."

1퍼센트 미만이라면 일본 형사 재판에 넘겨진 피고인이 무죄를 선고받을 확률과 비슷했다. 절망적인 숫자라는 것이 금방 와닿았다.

"간단하게 할 수 있는 검사는 다 해봤지만 결국 사인을 특정할 수 없었어요. 그래서 시신을 부검해도 사인이 밝혀지지 않을 확률이 높았어요. 그렇다면 괜히 유족들 마음을 아프게 하면서까지 에이지 씨의 시신을 훼손하지는 말자고 하마다 선생님이 말씀하셨어요."

"납득하기 어렵네요."

나는 솔직한 느낌을 말했다.

직업정신이 투철한 의사라면 그런 감정적인 말로 설득할 것이 아니라 철저한 조사를 하자고 했어야 한다. 적어도 나라면 그렇게 했을 것이다.

아사히는 주먹을 꽉 쥐었다.

"저도 납득할 수 없어서 하마다 선생님께 몇 번이나 말씀드렸어요. 그런데 제 말을 전혀 귀담아듣지 않으시더라고요. 그래서 제가 주사 자국을 몰래 사진으로 찍어놨어요. 원래 바로 경찰에 신고하려고 했지만, 하마다 선생님이 너무 강하게 말리셔서 함부로 움직일 수가 없었어요."

아사히는 몸이 아픈 어머니와 단둘이서 살고 있다고 했다. 가계를 책임지기 위해 간호사로 밤낮없이 일했지만 비정규직이라 월급은 턱없이 적었다. 그런데 에이지의 전담 간호사가 되자 갑자기 하마다 선생이 선처를 해주어 정규직으로 전환되었다고 했다.

아사히에게 들은 그대로를 옮기자면, 하마다는 "일을 시끄럽게 만들면 단순히 비정규직 전환으로 끝나지는 않을 거야. 아예 이 병원에서 쫓겨날 테지."라며 아사히를 협박했다고 했다.

병원장 선거가 얼마 남지 않은 상황에서 담당 환자가 변사했다는 흠이 잡힐까 봐, 에이지의 죽음을 조용히 묻으려 한 것일지도 모른다.

상대가 아무리 협박을 해도 나라면 개의치 않고 경찰에 신고했을 것이다. 오히려 그 일을 기회로 삼아 역으로 내가 상대를 협박했을 수도 있다. 하지만 아사히는 나 같은 공격형 인간이 아니라 수비형 인간이라서 협박받았을 때 몸을 낮추고 참을 뿐 반격하지는 못하는 것 같았다.

"그런데 어젯밤에 무라야마 변호사님 사건으로 경찰 조사를 받았잖아요? 형사님들을 눈앞에서 보니까 이런 기회는 다시는 없겠다 싶었어요. 내가 지금 말하지 않으면 간호사로서도 에이지 씨의 여자친구로서도 자격이 없다는 생각이 들어서 그 이야기를 했어요."

결심이 약해지기 전에 주사 자국을 찍은 사진도 경찰에 넘겼다고 했다.

나는 선해 보이는 아사히의 동그란 얼굴을 가만히 보았다.

대단하다. 선한 사람에게도 선한 사람 나름의 방법이 있는 것 같았다. 아무리 깊은 골짜기를 만나도 주저 없이 뛰어넘는 나와는 달리, 아사히는 무서워서 벌벌 떨면서도 한 발짝씩 발걸음을 뗄 줄 아는 사람이었다.

"멋있다. 용기 내느라 애썼어요."

나는 당장이라도 울 것 같은 아사히의 등을 쓰다듬어주었다.

"에이지의 시신에서 수상한 주사 자국이 발견되는 바람에 경찰이 적극적으로 움직이기 시작한 거군요?"

나는 아사히에게 들은 것을 머릿속으로 정리했다. 이상한 유언 때문에 세상이 떠들썩한 상황에 그 이상한 유언을 남긴 주인공에게서 수상한 흔적이 발견되었으니, 아무리 엉덩이가 무거운 경찰이라도 수사에 나설 수밖에 없었을 것이다.

그나저나 내가 법률대리인으로 범인 선출전에 참가했다는 정보는 어디서 새어나간 것일까.

금방이라도 울음을 터뜨릴 것 같은 아사히에게 따져 물을 수도 없어 가볍게 떠봤다.

"아사히 씨, 아까 원래 나를 찾아올 생각이었다고 했잖아요. 그건 무슨 말이에요?"

아사히가 고개를 들었다.

"레이코 씨, 부탁이에요. 저랑 같이 에이지 씨를 죽인 범인을 찾아주세요."

"네? 우리가 같이 범인을 찾자고요?"

내가 되물었다.

"네. 에이지 씨는 독감으로 죽은 게 아닌 것 같아요. 그 주사 자국은 그리 오래된 게 아니었어요. 분명 뭔가 다른 이유가 있었을 거예요."

나는 당황스러웠다.

그동안 범인 선출전에 법률대리인으로 참여해 에이지가 독감으로 죽은 것이라는 전제하에 논리를 만들어냈다. 범인 선출전의 진짜 목적은 범인을 찾는 것이 아니라 임원들의 입맛에 맞는 새로운 주주를 뽑는 것이니 에이지의 사인이 무엇인지는 사실 그다지 중요하지 않았다. 하지만 에이지가 독감으로 죽은 것이 아님이 분명해지면 지금까지 독감을 전제로 세운 내 계획안은 물거품이 될 것이다. 따라서 에이지가 죽은 정확한 사인을 밝히는 것은 내가 맡은 일에 상반된 것이었다.

그럼에도 불구하고 내게 이 이야기를 하는 것을 보면, 아사히는 내가 범인 선출전에 참여한 법률대리인이라는 사실을 모르는 것 같았다. 경찰에 그 정보를 흘린 것도 아사히가 아니라는 뜻이었다.

그것을 알아낸 것만으로도 큰 수확이었다. 그렇다고 아사히의 눈물에 마음이 약해져 내가 범인 찾기에 협력할 수는 없는 노릇이었다.

"경찰에 다 말했잖아요. 그럼 경찰이 범인을 잡아주겠죠."

건성으로 대답하며 대충 이야기를 끝내려 하자, 아사히가 눈에 힘을 주며 입을 꾹 다물었다. 무언가를 새삼스럽게 결의하는 듯 보였다. 그러더니 천천히 입을 열었다.

"사실은 아까 경찰이 와서 하마다 선생님을 데리고 갔어요. 제가 다 말했으니까요. 하마다 선생님이 의국에서 나오실 때 저를 노려보셨어요. 제가 경찰에 주사 자국 이야기를 했다는 걸 눈치채신 거죠. 하마다 선생님이 풀려나면 저는 분명 병원에서 쫓겨날 거예요."

아사히는 무릎 위에 올려둔 주먹을 꽉 쥐었다.

"각오하고 한 일이니까 잘리는 건 괜찮지만, 결국 에이지 씨가 어떻게 죽은 건지 그 진상이 밝혀지지 않으면 해고당한 본전도 못 찾는 거잖아요."

그렇게 말하더니 나를 보고 빙긋 웃었다.

이쯤 되니 모른 체할 수가 없었다. 나는 아사히의 웃음에 약했다.

형사들의 추궁에는 날카롭게 반론했던 내가 아사히가 웃는 것을 보자, 변호사로서의 직분에 어긋나더라도 꼭 무언가를 해줘야 할 것만 같았다. 북풍과 태양 우화처럼 말이다.

그러나 나로서는 의뢰인을 배신할 수도 없으니, 도저히 답이 나오지 않았다.

"잠깐, 잠깐. 방금 본전이라고 했는데, 그런 걸 경제학에서는 '매몰비용'이라고 해요. 이미 투자한 비용은 결정을 번복해도 되찾을 수가 없어요. 그대로 밀고 나갔다가는 더 많은 자금과 노력을 들여 손실을 키울 뿐이라고요. 어차피 되돌릴 수 없는 손실을 아까워하다가 더 큰 손실을 내는 걸 심리학에서는 '콩코드 효과'라고 하는데–"

청산유수로 떠들어대는 나를 보며 아사히가 소리 없이 웃기 시작했다.

"아사히 씨, 내 말 듣고 있어요? 그러니까 해고는 이미 돌이 킬 수 없으니 범인 찾기는 포기하고 새 직장을 찾아요."

아사히는 더는 못 참겠다는 듯 웃음을 터뜨렸다.

"레이코 씨는 의뢰인을 보호하기 위해서 정말 애쓰는군요. 그런 점 때문에 더 신뢰가 가네요."

나는 뜨끔해서 물었다.

"무슨 뜻이에요?"

"레이코 씨는 범인 선출전에 법률대리인으로 참여했잖아 요?"

아사히가 무슨 말인지 알지 않냐는 눈빛으로 나를 쳐다봤 다.

"왜 그렇게 생각하죠?"

내가 곧바로 되물었다. 아사히가 어떻게 그 사실을 아는지가 궁금했다. 아시히가 그 사실을 모를 거라 추측한 내 추리는 틀 렸음이 밝혀졌다.

"그야 레이코 씨랑 토미하루 씨가 그 얘기를 했잖아요. 에이 지 씨 별장 거실에서."

갑자기 어제 일이 떠올랐다.

그때는 유키노가 도착하기 전이었다. 토미하루가 범인 선출 전 얘기를 꺼내서 무심코 질문에 대답했었다. 에이지의 별장 안에서 토미하루와 사에에게 둘러싸여 있는 바람에 모리카와 가문 내부인들과 대화하는 것으로 생각했으나, 돌이켜 보니 그 자리에는 외부인인 아사히도 있었다.

나는 내 실수에 아연실색할 수밖에 없었다.

"그럼 경찰에 말한 것도…?"

"저예요."

아사히가 당연하다는 듯 대답했다.

"에이지 씨를 죽인 범인을 잡기 위해서였어요. 어제 보고 들은 건 전부 말했어요. 레이코 씨의 의뢰인이 누구인지는 알 수 없어서 당연히 경찰도 그 부분은 파악하지 못했겠지만…."

나는 눈을 감고 어제 있었던 일을 되짚어 보았다. 다행히 아사히 앞에서는 의뢰인에 대한 단서가 될 만한 말이나 행동을 하지 않았다.

만약 에이지가 정말 어떤 주사 때문에 죽은 것이라면, 시노다가 에이지를 죽이지 않은 것은 확실하니 내 의뢰인이 시노다라는 사실이 알려져도 괜찮다. 하지만 에이지의 사인이 변함없이 독감으로 확정되었는데 내 의뢰인이 시노다라는 사실이 알려진다면 최악의 사태를 맞이하게 된다. 그때는 시노다가 형사처벌을 받을 가능성도 생기기 때문이다.

"레이코 씨가 범인 찾는 걸 도와주면 좋겠지만, 공짜로 해달라는 건 아니에요."

아사히는 쥐고 있던 주먹을 펴더니 양손으로 깍지를 꼈다.

"만약 진범이 밝혀지더라도 그 사람에게 에이지 씨의 유산이 가지는 않도록 제가 협조할게요. 그러니까 유산은 레이코 씨의 의뢰인이 받을 수 있도록 협력하겠다는 뜻이에요. 에이지 씨는 범인에게 유산을 주겠다고 하면서 범인이 형사처벌 받기를 원하지 않는다고 유언을 남겼지만, 저는 생각이 달라요. 진범에게는 한 푼도 주고 싶지 않고, 형사처벌도 제대로 받게 해서 죗값을 치르게 해줄 거예요."

나는 겨울 햇살에 반사된 아사히의 얼굴을 가만히 쳐다보았다. 동그란 눈동자가 보름달처럼 아름다웠다.

"만약 내가 거절하면요?"

"그러면 '켄모치 레이코는 살인범에게 피해자의 유산을 주려는 악덕 변호사'라는 글을 인터넷에 뿌릴 거예요."

"하하하!"

나도 모르게 소리를 내 웃어버렸다.

"알았어요. 진범을 찾을 수 있도록 도와줄게요. 단, 유산은 반드시 내가, 아니, 내 의뢰인이 받아야 해요."

아사히는 내 말을 듣고 "다행이다!"라고 말하면서 활짝 웃었다. 그리고 양손을 벌리더니 나를 안을 듯 달려들었다.

"잠깐, 뭐 하는 거예요? 이러지 마요."

나는 아사히를 밀어내면서도 속으로는 아사히의 미소에는 못 당하겠다는 생각을 다시 했다.

3

그날 밤, 나는 퇴근한 아사히와 만났다.

"아, 이런. 정리 사이트가 또 생겼네."

나는 아사히가 운전하는 경차 조수석에서 태블릿 컴퓨터를 만지며 중얼거렸다.

"의문의 유언을 남기고 사망한 재벌가의 적자, 모리카와 에이지. 누군가 그의 고문변호사를 살해하고 유언장을 훔쳐 가다'라고 쓰여 있네요. 늘 느끼는 거지만, 경찰은 말로는 수사 기밀을 지킨다고 하면서 언론에 너무 많은 걸 알려줘요."

우리는 고심 끝에 유키노의 집부터 가보기로 했다.

에이지가 죽은 확실한 이유를 알아내려면 우선 시신이 처음 발견된 상황을 알아야 했다. 에이지의 시신을 최초로 발견한 사람은 마리코와 유키노였다. 두 사람 중 한 사람을 만나 당시의 정황을 물어야 한다면 역시 마리코보다는 유키노가 편했다.

유키노의 집에 도착해보니 주차장에는 타쿠미의 차가 없었다. 유키노가 집에 없을지도 모른다는 생각을 하며 초인종을 누르자, 잠깐의 침묵 끝에 인터폰에서 답이 돌아왔다.

"누구세요?"

조금 겁먹은 듯한 유키노의 목소리였다.

유키노가 말한 대로 타쿠미는 집에 들어오지 않는 일이 잦아서 오늘 밤에도 집을 비우는 모양이었다. 그런 타이밍에 예상치 못한 손님이 찾아왔으니 경계하는 것도 당연했다.

"유키노 씨, 갑작스럽게 미안해요. 저 켄모치 레이코예요. 도쿄로 돌아가려다 못 가게 됐거든요. 오늘 밤에도 신세 좀 질게요."

나는 염치없는 부탁을 당당하게 전했다.

"네? 레이코 씨? 어, 정말이네."

유키노는 현관에 달린 인터폰 카메라로 나를 확인한 것 같았다. 머지않아 현관문이 열렸다. 유키노는 내 옆에 아사히가 있어서 놀란 듯했다.

늦은 밤 현관에 서서 대화하기도 찜찜했는지 유키노는 당황하면서도 우리 둘을 집 안으로 들였다.

나는 익숙한 걸음으로 거실로 들어가 내 집인 양 소파에 몸을 맡기고 유키노가 타준 허브티를 마셨다.

"저기…, 그래서 오늘은 어떻게 오신 거예요?"

유키노가 당황스러운 표정으로 아사히와 나를 번갈아 보며 말했다.

바른 자세로 소파에 앉아 있던 아사히는 가볍게 고개를 숙이고는 입을 열었다.

"불쑥 찾아와서 죄송해요. 저희는 에이지 씨가 죽은 이유를 확인하고 싶어서 왔어요. 에이지 씨가 사망했을 때 상황이 어땠는지 알려주실 수 있나요?"

유키노의 표정이 한순간에 어두워졌다.

"유키노 씨는 에이지 씨가 죽은 걸 시어머니와 함께 최초로 발견하셨죠?"

아사히의 말에 유키노는 고개를 끄덕였다. 낯빛이 창백해지면서 원래도 하얗던 피부가 더더욱 하얘져 유령처럼 보였다.

"그때 상황이 어땠나요?"

"어땠냐니, 그냥…."

유키노가 가늘고 단정한 눈썹을 찌푸렸다.

"자는 건가 싶어서 가까이 가봤는데 꿈쩍도 안 하길래…, 손바닥을 얼굴 위에 대봤는데 숨을 쉬지 않았어요. 손등을 만져보니까 너무 차가워서, 깜짝 놀라서 뒤로 물러섰고…."

"그때 마리코 씨는요?"

내가 참지 못하고 다그쳐 물었다.

유키노는 갑자기 뾰로통한 표정을 지으며 나를 노려보았다.

"그런 거 물어봤자 몰라요. 그때는 나도 정신이 없었어요."

쌀쌀맞은 말투였다. 보통 남자들은 유키노가 이렇게 차갑게 말하면 안절부절못하며 미안하다고 할 것이다. 하지만 나는 이 정도에는 꿈쩍도 하지 않는 사람이다.

"그때가 1월 30일 몇 시였어요?"

"아마 아침 일곱 시쯤이었을 거예요."

유키노는 말을 고르듯 신중하게 대답했다.

"그런 이른 시간에 왜 에이지네 별장에 갔어요?"

나는 팔짱을 끼며 물었다.

"그걸 왜 물어보는데요?"

유키노가 받아쳤으나, 생각할 시간을 확보하려고 시간을 끄는 것처럼 보이기도 했다.

"대답부터 해요."

내가 딱 잘라 말하자, 유키노는 이제껏 자기한테 이렇게 강하게 명령한 사람은 처음이라는 듯 충격을 받은 표정을 지으며 손으로 입가를 가렸다.

"음, 그러니까…."

유키노는 망설이면서도 입을 열었다.

"에이지 씨의 서른 살 생일 파티가 있었잖아요. 손님들께 드릴 답례 편지 때문에 어머님이 에이지 씨와 대화를 하고 싶다고 하셨어요. 난 용건이 없었지만 어머님이 같이 가자고 하셔서…."

나는 웅얼거리는 유키노를 보며 말 안 듣는 학생을 다그치는 선생님이 된 것 같은 기분이 들었다.

유키노는 거짓말에 소질이 없는 듯했다. 아니, 소질이 없는 정도가 아니라, 거짓말인 것이 너무 티가 나는 바람에 무슨 생각에서 그러는지 궁금하게 만들었다. 남자들은 아마 그런 신비로운 분위기에 빠져드는 것이겠지만.

유키노는 무언가를 알고 있었고, 무언가를 감추고 있었다.

유키노를 찾아와도 기껏해야 시신을 발견한 경위 정도만 들을 수 있을 줄 알았는데, 기대 이상의 수확을 얻을 수 있을 것 같았다.

나는 눈짓으로 아사히를 재촉했다. 아사히는 고개를 끄덕였다.

"할 얘기가 있어요."

아사히는 자신이 에이지의 왼쪽 허벅지 안쪽 관절 부위에서 주사 자국을 발견했고, 그것으로 볼 때 타살의 가능성이 있다고 설명했다.

그 얘기를 들은 유키노의 반응이 무척 이상했다. 좌우로 길쭉한 눈이 동잔만 하게 커진 것이다. 하지만 그 눈빛은 공허해 보였다. 유키노는 깍지 낀 손이 놓인 무릎 쪽으로 고개를 떨구었다. 맞잡은 두 손은 가늘게 떨리기까지 했다.

나는 그 모습을 보며 왠지 모를 가여움을 느꼈다. 예전에 형사 사건을 담당했을 때 비슷한 반응을 본 적이 있었다. 공범이 잡혔다는 말을 들은 피의자의 반응이었다. 가능한 한 평정심을 유지하려는 그 노력이 오히려 솟구치는 감정이 얼마나 큰지를 보여주었다.

침묵이 몇 분이나 계속됐을까. 유키노가 갑자기 고개를 들고 이쪽을 보며 말했다.

"내가 죽였어요."

"네?"

아사히와 나는 동시에 너무나 놀란 표정으로 서로를 쳐다보았다.

무언가 알고 있을 줄은 알았지만, 이런 반응은 예상 밖이었다.

"유키노 씨, 그게 무슨…?"

아사히의 목소리가 떨렸다. 아사히는 간호사로서 모리카와 가문과 왕래가 있었으니 사건 전부터 유키노를 알고 있었다. 그만큼 충격이 더 컸을 것이다.

유키노는 무언가를 떨쳐내듯 고개를 흔들었다. 그러자 새까만 머리칼 한 올이 이마 위로 내려와 묘하게 농염해 보였다.

"에이지 씨는 머슬 마스터 제트를 투여한 부작용으로 죽었어요. 제 탓이에요."

"머슬 마스터 제트?"

아사히는 유키노의 입에서 예상치 못한 단어가 나오자, 눈을 동그랗게 떴다.

모리카와 제약에서 출시될 예정인 신약. 유전자를 편집해 근육을 증강시켜주는 약이었다. 그 신약에 부작용이 있었단 말인가.

"나 때문에 에이지 씨는 머슬 마스터 제트를 직접 투여했어요."

유키노는 목소리를 떨며 설명했다.

유키노는 에이지와 헤어진 뒤 타쿠미와 결혼하고 나서도 종종 에이지의 별장을 찾아갔다고 했다. 우울증으로 고통받는 에이지를 옆에서 지켜보는 것이 괴로워 거리를 뒀지만, 혼자 내버려 둘 수가 없었기 때문이다.

그러나 에이지를 버리고 타쿠미와 결혼한 이상 에이지를 볼 낯이 없었다. 그래서 유키노는 이른 아침마다 몰래 별장에 숨어들어 에이지의 상태를 확인했다고 한다. 에이지는 늘 수면제를 먹고 잤으므로 이른 아침에는 절대 일어나지 않았다. 그래서 에이지 몰래 에이지의 상태를 확인하고 주변을 조금 청소한 다음 집에 돌아가곤 했다.

다행히 에이지의 별장은 원래부터 문을 잠그지 않았고, 바커스는 유키노를 좋아했으니 짖지 않았다.

아무에게도 말할 수 없는 하루 일과였다.

"죄책감이 있었어요. 우울증에 걸리자마자 에이지 씨와 헤어졌으니까. 남들이 말하는 것처럼 나는 에이지 씨를 버린 거예요."

매일 아침 에이지의 상태를 확인한 다음 청소를 하고 집에 오면, 아주 조금은 죄책감이 사라지는 것 같았다고 했다.

그러고 보니 에이지는 친구 시노다에게 아침에 일어났을 때 방에 있는 물건의 위치가 전날 밤과 약간 다르다고 말했었다. 그것은 유키노의 짓이었다.

그런데 1월 30일 아침, 유키노가 평소처럼 별장에 몰래 들어가 봤더니 에이지의 상태가 이상했다. 이불이 어질러져 있었고 에이지는 손에 주사기를 쥐고 있었다.

다가가서 살펴보니, 그것은 머슬 마스터 제트 주사기였다. 유키노는 모리카와 제약을 경영하는 데에는 일절 관여하지 않았지만 머슬 마스터 제트의 주사기 모양은 알고 있었다. 바늘 부분과 손잡이가 두꺼운 특이한 모양이라 언론에 자주 노출되었기 때문이었다.

유키노는 그 모습을 보자마자 에이지가 머슬 마스터 제트를 스스로 투여한 것이라고 생각했다.

그리고 가까이 다가가 에이지를 관찰해보니 에이지는 이미 숨을 거둔 상태였다.

"스스로 투약했다면서요? 그런데 그게 왜 유키노 씨 탓이에요?"

내가 끼어들어 묻자, 유키노는 웃는 것 같기도 하고 우는 것 같기도 한 표정을 지었다.

"에이지 씨와 헤어질 때, 이별의 이유가 우울증 때문이라고는 도저히 못 하겠더라고요. 그래서 '근육 없는 남자는 싫다'고 했거든요. 게다가 이별 직후에 근육질인 지금 남편과 사귀었으니 에이지 씨는 제가 근육 있는 남자를 찾아 떠난 거라고 생각했겠죠."

예상보다 훨씬 허무맹랑한 흐름에 나는 입을 떡 벌렸다.

그때 아사히가 따지듯 끼어들었다.

"저랑 사귀기 시작할 때도 '나는 근육이 없는데 괜찮겠어?'

라고 물었는데, 그것 때문이었나 보군요."

"아니, 잠깐만요. 자꾸 근육이 어쩌고들 하는데, 다 큰 성인
이 겨우 그런 말에 상처받아서 약까지 맞겠어요?"

나는 반기를 들었으나, 유키노와 아사히의 진지한 표정을 보
니 더 이상 아무 말도 할 수 없었다. 다른 사람이 아닌 에이지
라면, 그 문제로 진지하게 고민했다고 해도 이상하지 않았다.

아무튼 유키노는 자신이 에이지의 죽음에 책임이 있다고 느
낀 듯했다. 원래부터 에이지에게 죄책감을 품고 있었으니, 사소
한 일까지 제 탓이라고 생각한 모양이었다.

평소에는 10분 정도 저택에 머물다 떠나던 유키노였지만 그
날은 패닉에 빠져 한동안 에이지의 주변을 서성였다.

그러다 에이지와 만날 약속이 있어서 별장에 온 마리코와
마주쳤다.

마리코는 에이지의 상태를 보고 다른 이유에서 패닉에 빠
졌다. 머슬 마스터 제트는 남편인 사다유키 전무가 주도한 프
로젝트였지만 실질적으로 프로젝트를 추진한 것은 아들인 타
쿠미였기 때문이다. 마리코도 모리카와 제약을 경영하는 데는
관여하지 않았지만, 그동안 사다유키를 통해 타쿠미의 활약상
을 익히 들어왔다.

에이지의 죽음이 발표되어 머슬 마스터 제트에 치명적인 부
작용이 있다는 것이 알려지면, 사다유키의 입지뿐만 아니라
타쿠미의 장래에도 치명타였다.

마리코는 유키노를 설득해 그 상황을 은폐할 계획을 세웠다.

다행히 에이지는 독감에 걸린 상태였다. 주사기만 잘 처분하면 누가 봐도 독감에 걸려 사망한 것으로 보일 터였다. 유키노에게 주사기를 처분하라고 한 다음 마리코는 하마다를 불렀다.

하마다가 에이지의 사인을 독감으로 처리하여 사망진단서를 작성하면서 상황은 일단락되었던 것이다.

"주사 자국이 남았을 거라는 생각은 안 했어요?"

내가 묻자 유키노가 변명하듯 대답했다.

"대충 훑어봤을 때 에이지 씨의 몸에서 별다른 흔적을 찾지 못해서 그때는 주사기만 어떻게 하면 될 줄 알았죠. 옷을 벗겨서 확인할 여유는 없었어요."

유키노는 길게 한숨을 쉬면서 말했다.

"저 경찰서에 다녀올게요."

묵은 체증이 사라진 듯 개운한 말투였다.

"오늘 아침에 경찰서에서 조사받을 때는 도저히 말할 수가 없었어요. 머슬 마스터 제트에 부작용이 있다는 게 알려지면 개발은 중지되고 출시는 연기되겠죠. 그럼 타쿠미 씨의 일에도 지장이 생길 테니까요."

듣고 보니 유키노는 곤란한 입장이었다. 전남자친구가 죽게 된 실상을 고백하면 남편에게 치명적인 타격을 입히는 상황이었던 것이다.

"하지만 죽음의 진상을 밝히지 않으면 에이지 씨도 마음 편히 눈감지 못할 거예요. 저는 더 이상 에이지 씨에게 상처 주고 싶지 않아요."

유키노의 눈가가 촉촉해졌다. 나는 테이블 위에 놓인 휴지를 내 것인 양 한 장 뽑아 유키노에게 건넸다.

유키노가 휴지로 눈가를 닦으며 웃었다.

"왠지 레이코 씨네 집 같네요."

다음 날 오전 열한 시. 아사히와 나는 경찰서 주차장에서 유키노를 기다리고 있었다.

유키노는 자동차가 필수인 지역에 살면서도 운전면허가 없었다. 그렇게 의존적인 면이 남자들의 보호 본능을 자극하는 것 같다는 생각이 들었다.

"유키노 씨가 잘 얘기했으려나?"

내가 그렇게 중얼거리자, 아사히가 고개를 끄덕였다.

"괜찮을 거예요. 유키노 씨가 보기에는 어리숙하지만, 사실 어리숙한 척하는 영리한 사람이거든요."

그러고 보니 사에도 비슷한 말을 했다. 자기는 아무것도 모르는 척하면서 항상 상황을 제멋대로 끌고간다나?

"그나저나 머슬 마스터 제트의 부작용으로 인한 사고사라면 범인은 따로 없는 거죠?"

아사히는 범인 선출전에 법률대리인으로 참여한 나를 걱정하는 듯했다.

"그러게요. 살인이 아니라면 유산은 국고로 넘어가겠죠. 하지만 모리카와 제약의 임원들은 모리카와 제약의 주식이 국고에 귀속되면 꽤나 귀찮아질 거예요. 그럴 바에는 말이 통하는 상대가 상속을 받는 게 안정적인 경영에 유리할 거고요. 그런 방향으로 설득하면 될 거예요."

카네하루 사장과 히라이 부사장은 이미 나에게 표를 던졌다. 남은 것은 사다유키 전무를 설득하는 일뿐이었다.

이번 사건으로 머슬 마스터 제트의 부작용이 밝혀지면 모리카와 제약의 주식은 더 폭락할 것이고, 머슬 마스터 제트를 개발해오던 전무파는 큰 타격을 입을 것이다. 게다가 사다유키 전무의 부인인 마리코가 부작용을 은폐하는 데에 가담했음이 알려지면, 사다유키 전무의 책임론이 불거질 수도 있었다.

그렇게 되면 다른 두 진영에 비해 사다유키 전무의 힘이 약해질 것이다. 결국 모든 상황이 나에게 유리하게 돌아가고 있었다.

"그런데 좀 이상해요."

아사히가 고개를 갸우뚱했다.

"에이지 씨는 몸 상태가 아주 안 좋았어요. 식사도 제대로 못 할 정도였고, 가만히 있어도 죽을 것 같은 상태였어요. 아무리 근육질이 되고 싶었어도 그렇지, 그런 타이밍에 굳이 근육 증강제를 맞았을까요?"

듣고 보니 그랬다. 나는 에이지의 몸 상태가 죽기 직전에 어뗐는지 모른다. 하지만 가까이에서 간병한 아사히가 보기에는 이 상황이 부자연스럽게 느껴지는 모양이었다.

"원래 그 약은 근육이 약해진 고령자용이잖아요. 체력이 너무 떨어졌다는 생각에서 사용해본 건 아닐까요?"

나 역시 그렇게 말하면서도 확신은 없었다.

조수석에서 팔을 괴고 멍하니 생각에 잠겼을 때쯤 갑자기 누군가 차창을 두드리는 바람에 깜짝 놀라 튀어 오를 뻔했다. 나는 놀랐을 때 오히려 목소리가 나오지 않는 경향이 있어서 아무 소리 없이 몸이 뻣뻣하게 굳어 버렸다.

밖을 보니 창밖에서 안색이 나쁜 남자가 이쪽을 보고 있었다.

토미하루였다.

나는 안도의 한숨을 쉬면서 창을 열었다.

"갑자기 차창을 두드리면 어떡해요? 깜짝 놀랐잖아요."

눈을 마주치자마자 불평을 늘어놓았다.

"멀리서부터 손을 흔들었는데 두 분 다 모르시더라고요."

토미하루는 오늘 아침에 막 조사를 받았다고 했다. 무라야마 사건과 더불어 에이지에 대해서도 질문을 받았다고 했다.

"두 분은 왜 여기에 계세요? 레이코 씨는 벌써 도쿄로 가신 줄 알았어요."

나는 아사히와 함께 에이지의 사인을 파헤치기로 한 일과 어젯밤 유키노의 이야기를 듣고 그대로 유키노의 집에서 묵은 일을 설명했다.

그러자 토미하루의 표정이 돌변했다.

"그럼 저도 할 말이 있어요."

그러더니 주위를 둘러봤다.

마침 조사를 마친 유키노가 경찰서 입구에서 나오던 참이었다.

"이따가 둘이서 에이지의 별장으로 와 주세요. 거기서 이야기하죠."

"여기서 얘기해요."

답답한 건 딱 질색이었다.

토미하루는 다가오는 유키노를 곁눈질로 보았다.

"유키노 씨가 없을 때 말하고 싶어요. 레이코 씨와 아사히 씨만 와 주세요."

그는 그런 말을 남긴 채 서둘러 자리를 떴다.

유키노는 의아하다는 표정으로 뒷좌석에 오르며 말했다.

"어라? 토미하루 씨가 왜 여기 왔어요?"

하지만 그다지 관심은 없는 듯 그 이상 묻지는 않았다.

유키노를 집까지 바래다주고 우리는 바로 에이지의 별장으로 향했다.

유키노의 집에서 에이지의 별장까지는 걸어서 5분 만에 갈 수 있었다. 도로 상황 때문에 차를 타는 것이 걸어가는 것보다 오히려 시간이 더 걸릴 정도였다. 유키노가 매일 아침 에이지의 별장을 찾아간 것도 이해가 되는 거리였다.

그런데 에이지의 여자친구이던 아사히는 이렇게 가까이 사는 전여친 유키노가 에이지의 상태를 정기적으로 보러 왔다는 것이 기분 나쁘지 않았을까. 그런 의문이 살짝 들었지만, 아사히는 사에 같은 여자와는 달리 여자끼리 날을 세우고 싸울 사람으로 보이지 않았다. 타인과 경쟁하는 것을 피하는 성격인데다 포용력도 있으니, 의외로 아무렇지 않았을 수 있겠다는 생각도 들었다.

우리보다 먼저 별장에 도착한 토미하루는 거실을 따뜻하게 덥혀놓고 우리를 기다리고 있었다.

나는 거실에서 가장 안락해 보이는 벨루어 소파에 자리를 잡았다. 아사히는 변함없이 가장 끝쪽에 있는 의자에 허리를 꼿꼿이 세우고 앉았다.

"그래서 할 얘기가 뭐예요?"

내가 묻자 토미하루는 오른손으로 뺨을 가볍게 문지르며 대답했다.

"포틀래치예요. 포틀래치."

포틀래치는 문화인류학자인 토미하루의 연구대상이었다.

갑자기 왜 또 그 이야기를 꺼내는 것일까. 나는 의아했다.

"에이지의 유언, 그건 어떤 의도였을까요?"

토미하루가 내 얼굴을 빤히 보며 말했다. 컨디션 나쁜 불도

그 같은 얼굴은 여전했지만, 동그랗고 투명한 눈동자는 지적인
매력을 뿜내고 있었다.

나는 얼른 에이지의 유언을 떠올렸다.

내 전 재산을 나를 죽인 범인에게 줄 것.
이것은 범인에 대한 나의 복수다.
주는 것은 곧 빼앗는 것.

"에이지가 범인에게 포틀래치를 행하려 했다는 말이에요?"
내 말에 토미하루는 고개를 끄덕였다.
"바로 그거예요. 저는 에이지에게 포틀래치 이야기를 한 적
이 있어요. 그래서 에이지도 그 개념을 잘 알고 있었죠."
토미하루는 자신감에 찬 목소리로 말을 이었다.
"갚을 수 없는 선물을 함으로써 범인을 망가뜨릴 생각이었
던 거예요. 병상에 있는 에이지가 할 수 있는 복수는 그것뿐이
니까."
"흐음…," 나는 반박했다. "하지만 포틀래치는 선물을 계속
주고받아서 조금씩 규모가 커지는 개념이잖아요. 이렇게 한꺼
번에 줘버리는 건 느낌이 다른데요."
토미하루는 만족스럽게 웃었다.
"역시 레이코 씨예요. 포인트를 정확하게 짚으시네요."
대학 교수다운 말투였다.

"하지만 그렇기 때문에 성립되는 거예요. 상대에게 갚을 수 없는 큰 은혜를 베풀어 죄책감과 부채의식을 갖게 하고, 그걸 이용해 상대의 정신을 갉아먹는 것이 포틀래치의 본질이니까 요."

구석에 있는 의자 쪽을 슬쩍 보니, 아사히는 몸을 토미하루 쪽으로 기울인 채 귀를 쫑긋 세우고 있었다.

그저께 이 방에서 토미하루가 한 포틀래치 이야기를 아사히도 들었을 것이다. 그러니 아사히도 이 이야기를 이해할 수 있을 것이다.

"은혜를 베푼 사람이 살아 있으면 은혜를 갚을 기회도 있겠죠. 하지만 이번 일처럼 죽은 사람이 은혜를 베풀었다면 그 은혜를 절대 갚을 수 없으니 선물을 받은 사람은 이길 수 없는 싸움에 휘말린 것과 마찬가지예요. 그렇게 생각하면 유언은 포틀래치를 행하기 가장 좋은 도구죠."

이론상으로는 말이 된다. 하지만 에이지가 겨우 그런 관념적인 이유로 이렇게 많은 사람을 끌어들여 소동을 일으켰다는 말인가?

그런 생각이 들었을 때 옆에서 아사히가 물었다.

"에이지 씨는 자신이 누군가에게 살해당할 것이라고 예측하기라도 했다는 말인가요?"

"그러고 보니 그렇네요." 나도 맞장구를 쳤다. "게다가 이 유언은 에이지가 죽기 며칠 전에 작성된 거예요. 살해당할 시기까지 그렇게 정확하게 예측하긴 어렵잖아요."

무라야마는 이와 관련된 정보를 알고 있었을지도 모른다. 이제는 무라야마에게 물어볼 수도 없게 되었지만….

"타쿠미예요. 그 자식이 에이지를 죽인 거예요."

토미하루는 팔짱을 끼고 낮은 목소리로 말했다.

"네? 타쿠미 씨가요?"

나는 그렇게 말하며 아사히 쪽을 봤다. 아사히도 입을 벌린 채 놀란 표정을 짓고 있었다.

"아무리 그래도…, 설마요." 아사히가 작게 말했다.

"아니요. 타쿠미가 범인이에요. 타쿠미에 대한 복수심에서 에이지가 포틀래치를 건 거예요. 유언을 통해서요."

토미하루는 확신에 찬 목소리로 말했다.

"그 자식은 무언가를 꾸미고 있어요. 타쿠미와 무라야마 변호사님이 에이지가 죽기 직전에 몇 번씩이나 에이지를 찾아와서 몰래 무슨 얘기를 나누곤 했어요. 에이지가 죽기 사흘 전인 1월 27일 밤에는 셋이서 몇 시간 동안 대화를 했고요. 그리고 보세요. 그 셋 중에 에이지와 무라야마 변호사님이 연달아 사망했어요."

"1월 27일이면 제1유언이 작성된 날이네요. 다음 날인 28일에는 제2유언이 작성됐고요."

나는 시노다와 봤던 유언장 말미의 날짜를 떠올리며 말했다.

"하지만 타쿠미 씨가 대체 뭘 꾸몄다는 거예요?" 아사히가 끼어들어 물었다.

"그건 모르겠어요."

토미하루가 진지한 목소리로 말했다.

"네? 모른다고요?"

나는 어이가 없어 목소리가 갈라졌다.

"하지만 타쿠미와 에이지는 후계 구도상 라이벌이었으니까 에이지가 죽었을 때 가장 득을 보는 건 타쿠미예요. 그리고 자세히는 모르겠지만, 타쿠미가 사업에 필요하다면서 에이지에게 몇 차례 돈을 요구했어요. 타쿠미가 자기 편한 대로 에이지를 이용했다고요."

토미하루의 말 곳곳에 동생 에이지에 대한 애정과, 에이지를 이용한 타쿠미에 대한 증오심이 묻어났다.

"어떻게 생각해요?" 나는 아사히에게 물었다.

아사히는 잠시 생각에 잠겼다가 천천히 입을 열었다.

"글쎄요. 저는 일과 관련된 부분은 잘 모르지만요, 에이지 씨는 타쿠미 씨 얘기를 자주 했어요. 타쿠미는 일을 정말 잘한다면서 자랑하듯이 말했어요. 그래서 둘 사이가 나빴다는 생각은 안 해요."

토미하루가 고개를 저었다.

"에이지가 사람이 좋아서 그래요. 원체 다른 사람을 질투할 줄도, 경쟁할 줄도 모르는 성격이었어요. 바로 그런 점을 타쿠미가 이용한 거라고요."

나는 다시금 에이지를 떠올렸다. 확실히 에이지는 천성이 긍정적이고 자기애가 강해서 다른 사람보다 자신이 못하다는 불평을 한 적이 없었다. 찌질한 말을 하지 않는 남자였다. 그래서 나 같은 여자와도 무던히 지낼 수 있었던 것이리라.

아마 태어날 때부터 형 토미하루와 부모님의 사랑을 듬뿍 받으며 자란 덕에 무척이나 자존감이 높았던 것 같다.

나는 앓는 소리를 내며 머리 뒤로 깍지를 낀 채 천장을 올려다봤다.

"타쿠미 씨가 에이지를 죽였다면 머슬 마스터 제트를 쓰지는 않았겠죠. 머슬 마스터 제트의 부작용이 문제로 불거지면 가장 난처할 사람이니까요."

"바로 그래서예요."

토미하루가 바로 반박했다.

"일부러 자신이 용의선상에서 제외될 만한 방법을 고른 겁니다."

나는 천장을 올려다보던 자세 그대로 눈을 감았다. 토미하루의 추리도 일면 수긍할 수 있었지만, 우리끼리 토론해봤자 답이 나오는 것도 아니었고 해결되는 것도 없었다.

그때, 밖에서 문득 어떤 소리가 들렸다.

나는 곧바로 눈을 뜨고 창가를 보았다.

"바커스!"

남자아이 목소리였다.

"료가 왔나 봐요."

아사히의 얼굴이 환해졌다.

나는 창가로 다가가 정원을 내다봤다.

료가 바커스의 오두막으로 가더니 리드줄을 손에 쥐었다.

"산책 가는구나."

바커스는 연신 꼬리를 흔들며 주위를 둘러봤다. 그러다 창가에 선 내 모습을 봤는지 갑자기 짖기 시작했다.

료가 왼손에 쥔 리드줄을 필사적으로 잡아당기며 바커스의 주의를 다른 데로 돌리려고 애썼다.

"저놈의 멍멍이는 왜 줄기차게 나를 경계하는 거야?"

나는 혼자 투덜거렸다.

그때 아사히가 웃으며 말했다.

"료는 이제 왼손을 안 쓴다고 하더니 리드줄을 잡은 손은 왼손이네요."

그 말을 듣고 나는 굳어 버렸다.

왜 여태 몰랐을까.

머리부터 냉수를 뒤집어쓴 것 같은 기분이 들었다. 갑자기 눈이 뜨이고 머리가 맑아졌다.

"아사히 씨."

나는 아사히를 쳐다봤다.

"주사 자국이 있던 에이지의 허벅지가 어느 쪽이라고 했죠?"

나도 어느 쪽인지 알고 있었다. 하지만 한 번 더 확인했다.

아사히는 당황하며 자신의 핸드폰 사진첩을 열었다.

"음, 왼쪽 다리 허벅지 안쪽이네요. 그런데 그게…."

거기까지 말하다 아사히가 말을 멈췄다.

아사히의 눈이 휘둥그레졌다.

"맞다. 에이지 씨는 집에서 왼손을 썼어요."

나는 고개를 끄덕였다.

"그래요. 왼손잡이가 왼쪽 허벅지에 주사를 놓는 건 이상해요. 누가 에이지의 왼쪽 허벅지에 주사를 놓고 오른손에 주사기를 쥐여놓은 거예요. 범인은 에이지가 왼손잡이라는 걸 모르는 사람이에요."

아사히는 손을 턱에 괸 채 안절부절못하며 거실을 돌아다녔다.

"그런데 유키노 씨는 에이지 씨가 왼손잡이라는 걸 알았잖아요?"

"네. 우리가 잡초를 뽑을 때 에이지가 왼손잡이라는 얘기를 가장 먼저 꺼낸 게 유키노 씨였어요. 왼손잡이라는 걸 알고 있었다는 거죠. 에이지가 죽은 걸 봤을 때도 에이지가 오른손에 주사기를 쥔 걸 보고 바로 이상하다고 생각했을 거예요. 그때 너무 정신이 없어서 모르고 지나쳤다 해도 나중에 알아차렸을 거고요."

나는 그렇게 말하다 퍼뜩 깨달았다.

그러고 보니 아사히와 내가 에이지는 자기 집에서 왼손을 쓴다는 이야기를 했을 때, 유키노는 놀란 표정을 지었다. 어쩌면 그때 타살임을 깨달은 것은 아닐까.

유키노는 보기에는 어리숙하지만, 사실 어리숙한 척하는 영리한 사람이었다. 아사히가 말한 대로였다.

"그럼 유키노 씨는…." 아사히가 떨리는 목소리로 말했다. "타살이라는 걸 알고 있었군요. 그런데 경찰한테는 에이지 씨가 스스로 주사를 났다고 진술했어요. 무엇 때문에-."

"뻔하죠."

내가 아사히의 말을 잘랐다.

"자신의 죄를 감추기 위해서, 혹은 누군가를 보호하기 위해서. 유키노 씨는 원래 에이지가 왼손잡이라는 걸 알고 있었으니 주사기를 오른손에 쥐여놓는 실수는 하지 않았을 거예요. 그러니까 유키노 씨는 자신의 죄를 숨기려고 한 게 아니라, 누군가를 보호하고 있다는 뜻이에요. 그리고 유키노 씨가 보호할 만한 대상은 딱 한 명이죠."

거기까지 듣던 아사히가 말을 가로챘다.

"타쿠미 씨요?"

"사에조차 에이지가 왼손잡이라는 걸 몰랐으니, 타쿠미 씨도 에이지가 왼손잡이라는 걸 몰랐을 거예요."

아사히와 나는 서로 마주보다가 동시에 토미하루 쪽을 봤다.

토미하루는 만족스럽게 고개를 끄덕였다.

"그러니까 타쿠미라고 했잖아요."

생각해 보니 유키노는 그저께 밤, 1월 29일 밤에 타쿠미와 내가 무엇을 했는지 물었다. 그때는 그저 타쿠미의 바람을 의심하는 것이라고 생각했다.

그러나 사실은 어떤 계기로 타쿠미가 범인이라는 생각을 하게 된 유키노가 사건 당일 밤 타쿠미의 알리바이를 확인하려고 한 것일지도 모른다. 내가 타쿠미와 함께 제국호텔에 있었다면 그것으로 타쿠미의 알리바이가 성립되기 때문이었다.

'솔직하게 말해줘요. 화내지 않을게요.'

바람을 피운 것일 수 있지만, 그걸로 알리바이가 성립된다면 오히려 괜찮다. 유키노는 그런 생각으로 내게 그런 말을 한 것이다.

그때 내 주머니 속에서 핸드폰이 울렸다. 꺼내서 확인해 보니 그저께 밤에 조사를 의뢰한 탐정사무소에서 답장이 와 있었다.

조사결과 보고

귀하의 오빠 켄모치 마사토시 씨는 OX대학교 경제학부에서 모리카와 타쿠미 씨와 동일한 학회 소속이었음을 확인했습니다.

더 자세한 조사가 필요하시면 별도의 조사비를 입금하신 후⋯.

나는 글을 읽어내려가며 심장이 거세게 뛰는 것을 느꼈다.

유카가 마사토시의 주머니에서 제국호텔 영수증이 나왔다고 하소연했었다.

그때 나는 유카의 예상과 달리, 십중팔구 공적인 일이라 생각했다. 공무원 박봉으로는 사적인 일로 제국호텔에 갈 수 없기 때문이다.

그리고 타쿠미의 수첩에 적혀 있던 '제국호텔, 켄모치 씨.'라는 글자.

마사토시와 타쿠미는 나이도 비슷한 데다 도쿄에서도 몇 안 되는 명문대에 다녔으니 어떤 접점이 있어도 이상하지 않았다. 두 사람 다 의약과 관련된 일을 한다는 점을 고려하면 비슷한 관심사를 갖고 같은 학회에 들어간 것도 이해가 되었다.

무엇보다 마사토시는 보건복지부에서 일하는 공무원이었다. 정확한 부서명은 쓸데없이 장황해서 잊어버렸지만, 의약품 인허가를 총괄하는 부서였다.

내일은 도쿄로 돌아가야겠다. 나는 꼭 확인해야 할 것이 있었다.

제 5 장

국고로 태그 얼롱

1

그로부터 약 2주가 지난 3월 14일.

나는 니시도쿄시의 역 앞 카페에 앉아 있었다.

주변에는 역과 연결된 아담한 빌딩과 상가가 있었고, 여기서 밖으로 조금만 나가면 빌딩은 별로 없는 주거지와 논밭이 펼쳐졌다.

오빠 마사토시는 이 근처에서 카스미가세키까지 출퇴근을 했다. 매일 아침 힘들겠다는 생각이 들어 그 점만큼은 안쓰러웠다. 하지만 그것 말고는 정상을 참작할 여지가 없었다.

지난 2주간 카루이자와 경찰서에서 하마다와 마리코가 연달아 조사를 받았다.

현재까지 밝혀진 바에 의하면, 하마다는 모리카와 제약으로부터 리베이트를 받고 모리카와 제약 약을 대량으로 구입하기로 약속했다고 한다. 하마다는 병원장 선거 때문에 돈이 급했고, 모리카와 제약은 그 점을 파고든 셈이었다.

그리고 거기에 에이지의 죽음이 얽혀들었다.

마리코는 에이지가 머슬 마스터 제트의 부작용 때문에 죽었다고 생각한 나머지 그 사고를 은폐하려 들었다. 그래서 하마다가 지금껏 받은 리베이트를 운운하며 에이지의 죽음을 조용히 덮으라고 하마다를 압박했다. 물론 더 큰 돈을 쥐여주는 것도 잊지 않았다.

경찰조사로 이 스캔들이 밝혀지면서 모리카와 제약의 주가는 폭락했다. 리베이트 공여를 주도한 혐의로 사다유키 전무는 책임을 지고 모든 임원직에서 사퇴했다.

나 역시도 나가노현 경찰서에서 걸려온 전화를 몇 번이나 받았다. 나의 의뢰인이 범인일 수 있다는 전제하에 그가 누구인지 묻는 조사였다. 그러나 머슬 마스터 제트의 부작용에 따른 사망일 가능성이 짙어지면서 걸려오는 전화 빈도도 줄어들었고 감시당하는 느낌도 옅어졌다.

아사히는 에이지가 왼손잡이임을 경찰에 추가로 진술했지만, 수사 방침에 큰 영향을 미치지는 못했다. 에이지는 양손잡이라 오른손도 쓸 수 있었기 때문에 오른손으로 주사를 놨을 가능성이 있다는 이유였다.

5분 정도 기다리자 촌스러운 슬랙스에 촌스러운 체크 셔츠를 입은 마사토시가 나타났다. 우리 오빠이지만 사람이 어떻게 이렇게 별로일까 생각하다가, 애초에 별로이지 않은 적이 없었다는 것을 떠올리고는 새삼스럽게 여기지 않기로 했다.

"네가 먼저 연락을 하다니 웬일이냐?"

마사토시는 카페 안을 두리번거리며 말했다.

나는 팔짱을 끼고 다리를 꼬았다. 마사토시의 얼굴을 삐딱하게 보며 말했다.

"짧게 용건만 말할게."

마사토시와 요즘 날씨가 어떻다느니 계절이 어떻다느니 근황이 어떻다느니 하는 이야기를 나누고 싶지는 않았다.

"1월 29일 밤, 제국호텔에서 모리카와 제약 경영기획부 신규사업과 과장 모리카와 타쿠미랑 만났지?"

타쿠미는 30대에 과장이니 상당히 고속 승진을 한 셈이었다. 모리카와 가문 사람이니 다른 사람보다야 쉬웠겠지만, 그래도 본인의 능력이 없었다면 그렇게까지 되기는 어려웠을 것이다.

"왜 그런 걸 물어봐?"

마사토시는 놀란 듯 눈썹을 움찔거리더니 곧바로 사무적인 말투로 말했다.

"일에 관한 건 아무것도 말할 수 없어. 그러니까 그 질문에는 긍정도 부정도 할 수 없어. 노코멘트야."

정말 고위 공무원다운 말투였다.

물론 난 마사토시가 이렇게 나올 줄 이미 알았다. 하지만 말싸움으로 마사토시를 이기는 것쯤은 식은 죽 먹기였다.

"아, 그러고 보니 오빠가 봤으면 하는 게 있어."

나는 그렇게 말하며 테이블 위로 봉투 한 장을 내밀었다.

마사토시는 의아하다는 표정으로 봉투를 집어 내용물을 확인하더니, 순식간에 얼굴이 새파래졌다.

"너, 이거…."

그러면서 마사토시는 다시 한번 카페 안을 두리번거렸다. 아는 사람이 있을까 봐 걱정하는 것처럼 보였다.

마사토시가 손에 든 사진에는 한 쌍의 남녀가 러브호텔에 들어가는 모습이 담겨 있었다. 탐정사무소에 마사토시에 대한 뒷조사를 의뢰해서 받은 사진이었다.

나는 포커페이스를 유지하며 입을 열었다.

"아는 사람한테 받은 사진인데, 오빠랑 똑같이 생긴 사람이 찍혔더라고. 근데 옆에 있는 게 유카 씨가 아닌 걸 보니 그 남자는 그냥 오빠를 많이 닮은 사람인가 봐."

마사토시는 순간 호흡을 멈추듯 숨을 들이마셨다가 내 말을 듣고는 한숨을 크게 내쉬었다.

"당연하지. 나일 리가 없잖아."

내가 예상외로 우호적이라 안심한 것 같았으나, 당연하게도 여기서 끝낼 내가 아니었다.

"다행이다. 그럼 이 사진, 유카 씨한테 보여줘도 되는 거지?"

나는 마사토시가 손에 든 사진 끝을 잡아당겼다. 마사토시는 당황하며 사진을 다시 자기 쪽으로 끌어당겼다.

"이걸 왜 유카한테 보여줘?"

"응? 그야 오빠가 아니니까 괜찮잖아?" 내가 천연덕스럽게 말했다.

"물론 이건 내가 아니지만, 굳이 유카한테 말해서 오해를 살 필요는 없잖아?"

나는 고개를 갸웃거리며 받아쳤다.

"그치만 내 입장이 곤란한걸. 유카 씨가 오빠의 바람을 의심하더라고. 뭔가 찾아내면 알려달라고 부탁했단 말이야. 결과적으로 잘못된 정보였지만 사실은 있는 그대로 알려줘야지. 안 그러면 부탁을 받아놓고 내가 아무것도 안 한 것처럼 보이잖아."

마사토시의 이마에서 식은땀이 흘렀다.

"너 그 말 진짜야?"

"응? 뭐가?"

"유카가 내 바람을 의심한다는 거 말이야."

마사토시의 목소리가 갈라졌다.

"응. 오빠가 요즘 좀 이상하다고 그러더라고. 나는 절대 그럴 리가 없다고 했지만. 아무튼 이 사진은 일단 유카 씨한테도 보여줄게. 오빠랑 똑같이 생긴 사람이지만, 오빠는 아니라고."

"야, 잠깐만."

마사토시가 주먹을 꽉 쥐더니 손을 부르르 떨었다. 밋밋한 얼굴이 붉어지더니, 관자놀이에는 혈관이 불거졌다.

"적당히 해. 어렸을 때부터 날 괴롭혀온 걸로도 모자라?"

마사토시의 말에 나는 깜짝 놀랐다. 나는 애초부터 마사토시에게 관심이 없었으니 마사토시를 괴롭힌 기억도 없었다.

"괴롭히다니, 무슨 말이야?"

내가 곧바로 되물었다.

"내가 대학교에 들어가니까 너는 그보다 좋은 대학교에 갔고, 내가 공무원이 되니까 너는 변호사가 됐지. 늘 그런 식으로 내가 뭔가를 해낼 때마다 쫓아와서 내가 이룬 업적을 다

망쳐버렸잖아."

마사토시는 자신이 가엾다는 듯 눈을 꼭 감았다.

그 모습을 보며 나는 단전에서부터 열불이 났다.

"헛소리하지 마."

나는 테이블을 내려치며 마사토시를 노려봤다.

마사토시가 움찔하며 뒤로 물러났다.

"자기가 열등감 느끼는 걸 내 탓으로 돌리지 말라고!"

나는 마사토시의 손에서 사진을 낚아챘다.

"이 사진, 유카 씨한테 진짜 보여줄 거니까 그렇게 알아."

그러자 갑자기 마사토시가 간청하듯 말했다.

"미안해. 제발 그것만은 하지 말아줘."

그러면서 머리를 조아렸다. 그 자세가 너무 자연스러워서, 직장 내 비리나 지저분한 일들을 해결하기 위해 이런 비굴한 자세를 많이 취해 본 느낌이었다.

"난 학생 때부터 줄곧 유카를 좋아했어. 운 좋게 사귀다가 드디어 약혼까지 한 거라고. 그러니까 제발 유카와 나의 관계만은 망치지 말아줘."

유카를 잡은 것은 확실히 마사토시에게는 엄청난 성과이니 수고했다고 칭찬해줄 만하지만, 두 사람의 행복을 망치는 존재가 나라는 듯한 태도에는 화가 났다.

"그렇게 좋으면 바람피우질 말았어야지."

"정말 어쩌다 보니, 한순간 충동에…"

마사토시는 테이블에 이마가 닿을 정도로 계속 머리를 조아렸다.

"'어쩌다 보니'가 아닐 텐데? 계속 슬쩍슬쩍 바람피운 거 다 알아."

"그러니까 그것도 정말 충동적으로 그런 거고, 내가 진짜 사랑하는 건 유카뿐이야."

나와 피가 섞인 형제였지만 한심해서 참을 수가 없었다.

학생 때 인기가 없던 놈들은 사회인이 된 뒤에 직함이나 지위가 생겨서 여자들이 상대해 주기 시작하면 허파에 바람이 든다고들 하던데, 그 말이 사실인 듯했다.

"이제 안 그럴 거야. 다음에 또 이런 일이 있으면 그때는 가차 없이 유카한테 말해도 돼."

이쯤 되자 슬슬 눈감아 줘도 되겠다는 생각이 들었다.

"그래. 이번엔 그냥 지나가 줄 수도 있어."

나는 다시 팔짱을 끼고 다리를 꼬았다.

"그나저나 유카 씨가 오빠 주머니에서 제국호텔 영수증이 나왔다고 하더라. 비싼 호텔이니까 일 때문에 갔을 거라는 생각은 해. 하지만 의심의 여지가 남으면 내 기분이 찝찝하잖아."

나는 거침없이 말을 이어나갔다.

"다시 물을게. 1월 29일 밤, 모리카와 타쿠미랑 제국호텔에서 만났지?"

마사토시는 힘없이 고개를 끄덕였다.

2

"타쿠미는 학회 후배야. 원래는 1년에 한 번 정도 만나는 사이였어."

마사토시는 초조한지 정신없이 양손의 깍지를 바꿔 껴가며 입을 열었다.

"자주 만나게 된 건 내가 의약품 인허가를 총괄하는 부서로 발령받고서부터야. 타쿠미는 경영 관리 부서에서 신약 개발 프로젝트를 추진하고 있었으니까."

나는 고개를 끄덕였다.

신약 머슬 마스터 제트 개발을 타쿠미가 강력하게 추진했다는 것은 유키노한테서도 들었다.

"아무튼 타쿠미는 사비를 털어서 게놈제트라는 회사의 주식을 샀다나 봐. 게놈제트 주식회사는 바이오업계에서 꽤 유명한 벤처기업이야. 게놈편집에 관한 선구적인 기술을 갖고 있었어. 그래서 그 회사를 인수하기가 엄청 힘들었을 텐데도 타쿠미는 상당히 좋은 조건으로 게놈제트의 경영권 양수 계약을 했어."

주주란 아주 간단하게 말하면 회사의 주인이다. 경영권 양수 계약은 쉽게 말해 회사의 예전 주인으로부터 회사의 경영권을 승계받는 계약이다.

사양길을 걷는 회사의 경영권은 꽤 저렴한 가격에 팔리기도 했다. 하지만 선구적인 기술을 가진 회사의 경영권을 인수하려면 보통 아주 좋은 조건을 제시해야 했다. 그럼에도 타쿠미는 유리한 조건으로 계약을 성사시킨 것이니 수완이 보통이 아닐 것이다.

"그리고 게놈제트와 모리카와 제약이 공동으로 머슬 마스터 제트를 개발했어. 공동개발이 그렇게 순조롭게 진행된 것도 타쿠미가 게놈제트의 최대주주이기 때문이었을 거야."

"타쿠미의 주식 보유율은?"

내가 물었다. 주식을 얼마나 보유했는지에 따라 회사에 미칠 수 있는 영향력이 달라지기 때문이었다.

"50퍼센트. 회사를 인수할 당시에는 주식 100퍼센트를 가지고 있던 것 같지만, 사업이 잘 풀리면서 더 많은 자금이 필요해서 추가적으로 새로운 주주들에게 주식을 발행해 그들로부터 자금을 조달했어."

가능한 이야기였다. 벤처기업은 기술력은 있지만 재무건전성과 신용도가 낮아서 보통 은행 대출을 기대하기가 어렵다. 그래서 벤처기업은 자금을 가진 투자자나 투자회사로부터 출자를 받고, 그 대신 회사 주식을 새롭게 발행해 나눠주는 방식으로 자금을 조달한다.

물론 기존 주주의 입장에서는 또 다른 주주가 나타남으로써 자신의 지분이 희석되는 것이므로 회사에 미칠 수 있는 영향력이 줄어든다. 그러나 회사는 자금이 필요하고, 돈을 댄 새로운 주주가 경영상 의견을 내는 것은 자연스러운 일이다. 자금을 투자받은 이상 자신의 영향력이 줄어드는 것은 일정 부분 감당해야 한다.

"신규 출자자는 누구였어?"

마사토시는 기억을 더듬듯 먼 곳을 바라보았다.

"으음. 이름이 뭐였더라? 타쿠미의 사촌이야. 얼마 전에 죽었다는 것 같던데…"

"모리카와 에이지?"

나도 모르게 큰소리로 물었다.

"그래. 이름이 에이지였어."

머슬 마스터 제트를 개발하는 핵심요소인 게놈제트 주식회사는 한 마디로 타쿠미와 에이지가 둘이서 소유하는 회사였다.

"타쿠미가 극비리에 자문을 구할 게 있다길래 제국호텔 룸에서 만났어. 주식 공동 보유자인 에이지가 이상한 유언을 남기는 바람에 게놈제트 주식회사의 주식이 국고로 넘어갈 것 같다고 했어."

"국고로 넘어간다고?"

나는 귀를 의심했다.

타쿠미가 말한 대로 에이지는 이상한 유언을 남겼다. 그리고 게놈제트사의 주식도 에이지의 유산 중 일부이기에 유언에 적힌 대로 처리될 터였다.

그런데 유언의 내용은 분명 범인에게 유산을 준다는 것이었다. 그러니 유산은 범인이 발견되지 않은 경우에만 국고로 귀속된다.

"한 회사의 주식이 반만 국가 소유로 넘어간다면 귀찮아지잖아. 그러니까 아예 타쿠미의 지분도 국가에 매각하는 방향으로 기획재정부와 논의 중이라고 했어."

납득이 되는 얘기였다.

예를 들어, A와 B가 주식을 반씩 가진 채 한 회사를 경영했다고 치자. A와 B는 오랜 친구 사이라 호흡도 잘 맞았고 무슨 일이 있으면 대화를 통해 의사결정을 했다. 그런데 A가 자신의 주식을 C에게 팔았다. B는 일면식도 없는 C와 함께 회사를 꾸려나가기가 매우 번거로울 것이다. 그래서 B는 자신의 지분도 함께 C에게 팔아서 C 혼자 회사를 운영하게 할 수도 있다. 이것은 일명 '태그 얼롱'이라는 장치로, 주주간 계약서에 이 조항을 넣는 경우도 많다.(tag along: 최대주주가 보유지분을 매각할 때, 2, 3대 주주가 그것이 좋은 조건이라고 판단하면 1대 주주와 동일한 가격으로 팔아달라고 1대 주주에게 요구할 수 있는 권리 - 옮긴이 주)

"그래서 오빠한테는 게놈제트사의 주주가 바뀌어도 신약 인허가를 예정대로 내달라고 사전 작업을 했다는 거야?"

흐름을 파악한 내가 선수를 쳤다.

"그래. 원래 주주가 바뀐다고 인허가가 안 나는 일은 없지만, 뭐, 여러모로 압박이 들어올 수도 있으니까."

마사토시가 팔짱을 낀 채 고개를 끄덕였다.

자신의 전문 분야라고 신이 나서 잘난 체하는 꼴을 보고 있자니 조금 짜증이 났다.

"혹시 그 틈을 노리고 경쟁 기업 쪽 세력이 방해를 할 수도 있거든. 그래서 미리 빈틈을 없애려는 것 같았어."

"그 사전 작업은 오래 걸리는 거야?"

"원래 회사 담당자들이 모두 달라붙어서 작업해도 2, 3개월은 걸리지. 하지만 모리카와 제약은 타쿠미가 혼자서 동분서주하는 것 같았어."

나는 팔짱을 낀 채 생각에 잠겼다.

타쿠미의 입장에서 생각하면 게놈제트사의 주주가 바뀌어도 신약 출시에 영향이 미치지 않도록 사전 작업을 하는 것이 당연할 수 있다. 하지만 유산이 범인에게 넘어가는 시나리오는 제쳐두고 국고로 넘어가는 시나리오를 메인으로 생각했다는 점은 이상했다.

질병사나 사고사라는 것을 확신한 것일까? 그래서 범인 선출전에서 범인이 선출될 리 없다고 확신한 것일까?

"그건 그렇고 타쿠미 씨랑은 몇 시쯤에 헤어졌어?"

타쿠미의 알리바이를 확인하기 위해 물었다.

"글쎄. 주식 얘기를 한 다음 약 성분이랑 학회 사람들의 근황 얘기도 했으니까 꽤 늦은 시간이었어. 정확히는 모르겠지만 12시는 넘었을 거야. 지하철이 끊겨서 우리 집까지 택시로 가느라 택시비가 꽤 나온 기억이 나."

아사히에게 미리 확인한 바에 따르면, 에이지의 사망 추정시각은 1월 30일 밤 열두 시에서 두 시 사이였다.

타쿠미가 마사토시와 열두 시 이후에 헤어졌다면 아무리 빠르게 달려도 카루이자와에 도착하기까지 두 시간 정도가 걸렸을 것이다. 도로 상황이 좋았으면 겨우겨우 시간에 맞춰 도착할 수 있었겠지만, 일반적으로 새벽 두 시까지 카루이자와에 도착하기는 상당히 어려웠을 것이다.

나는 마사토시에게 고맙다는 말을 하고 헤어졌다.

바람피운 일은 유카에게 비밀로 하겠다고 약속했다.

그나저나 저따위인 오빠도 버젓이 바람을 피울 수 있다는 데에 소름이 돋았다.

왜 소름이 돋냐 하면, 행시를 패스한 고위 공무원이라는 직업만 듣고 홀딱 넘어가는 여자가 내 상상보다 훨씬 많은 것 같았기 때문이다. 나였으면 고위 공무원은커녕 총리나 대통령이 납셔도 거절했을 것이다. 돈 많은 철도왕이나 러시아 석유재벌이었다면 한번 생각해 봤을지도 모르지만.

다음 날, 늘 만나던 호텔 라운지에서 시노다를 만나 지금까지 알아낸 것들을 보고했다.

경찰의 감시망을 피하느라 지금까지는 만남을 꺼렸다. 그러나 이제 향후 방향성을 논의해야 할 때였다.

시노다가 이해하기에는 내 이야기가 너무 복잡했는지, 그는 어린아이처럼 통통한 손가락으로 관자놀이를 누르며 물었다.

"그러니까 에이지는 머슬 마스터 제트의 부작용으로 죽었고, 스스로 투여한 것으로 돼 있지만 왼손잡이인 걸 고려하면 타살의 가능성도 있다는 거지?"

"맞아." 내가 덧붙였다. "에이지는 게놈제트사의 주주라서 머슬 마스터 제트의 시제품을 갖고 있었어도 이상하지 않아. 에이지의 별장에서도 이미 몇 개 발견된 모양이고."

"그렇구나. 네가 보기에는 아무래도 사촌 타쿠미가 의심스럽다는 거지? 하지만 타쿠미에게는 알리바이가 있잖아. 레이코의 오빠와 만난 시간을 생각하면, 카루이자와에 있는 별장에 그 시각까지 도착하지 못했을 가능성이 커. 그렇다면 대체 누가 에이지를-."

시노다가 말을 마치기 전에 내가 끼어들었다.

"누가 범인인지는 이제 상관없어."

"응? 어째서?"

시노다가 진심으로 놀란 듯 물었다.

"그야 유산을 받기 위해 우리가 알아야 할 건 범행 방법뿐이니까. 어떻게 할래? 여태까지는 독감으로 죽였다고 주장했지만, 앞으로는 주장을 바꿔서 선배가 머슬 마스터 제트를 투여했다고 주장할까?"

나는 변호사로서 당연한 질문을 했으나, 시노다는 입을 쩌억 벌린 채 할 말을 잃었다는 표정을 지었다.

"레이코, 넌 에이지를 죽인 범인이 궁금하지 않아?" 시노다가 물었다.

바보 같은 질문이었다.

"궁금하긴 하지. 하지만 우리에겐 그보다 중요한 게 있잖아."

나는 아사히가 떠올랐다. 아사히는 지금쯤 범인을 찾고 있을 것이다. 범인 찾기는 아사히에게 맡기고 나는 내 할 일을 하면 된다.

"나는 선배의 법률대리인이야."

그리고 나의 150억 엔이 걸린 일이니까-라고 속으로 중얼거렸다.

"타쿠미가 수상한 건 확실해. 이제 알리바이만 깨면 되는데, 조금만 더 몰아붙여서 약점을 잡을 수 있다면 우리한테도 도움이 될 거야. 아까도 말했지만 범인 선출전에서 카네하루 사장과 히라이 부사장의 찬성표는 이미 얻었으니까 사다유키 전 전무의 표만 얻으면 되거든."

시노다는 내 말을 이해할 수 없다는 듯 묘한 표정을 지었다.

"으음. 그게 무슨 말이야?"

"아, 진짜! 일일이 설명해줘야 알아?"

나는 상대가 의뢰인이라는 사실도 잊어버리고 윽박질렀다. 시노다는 움찔 놀라며 몸을 움츠렸지만 표정은 밝았다. 이 자식, 마조히스트인 듯하다.

"타쿠미가 범인이라는 증거를 잡으면 그걸로 사다유키 전 전무와 협상을 할 수 있어. '댁의 아드님과 제 의뢰인 중 누구를 범죄자로 만들 겁니까?'라고 말이야."

경찰의 판단이 어떻든 카네하루, 히라이, 사다유키의 승낙만 있으면 우리가 에이지의 유산을 받을 수 있었다. 그들로서도 에이지의 재산이 모조리 국고로 넘어가는 것보다는 모리카와 제약에 도움이 될 만한 인물에게 재산을 주고 새로운 주주 관계를 쌓아나가는 것이 나을 것이다.

그나저나 도난당한 에이지의 유언장 원본이 아직 발견되지 않은 것이 문제였다. 스캔한 데이터는 있었지만 법원은 종이를 중시하는 보수적인 기관이라 원본이 없는 유언은 상당히 입지가 약했다. 츠츠이 변호사도 전력을 다해 공격해올 테니, 범인 선출전보다 유언의 유효성을 따지는 싸움이 더 힘들 수도 있었다.

"레이코."

시노다가 서글프게 눈썹 끝을 내리며 말했다.

"이제 그만하자."

"응? 뭘 그만해?"

"이 건은 이제 그만 파."

시노다는 분명하게 말했다. 두툼한 배에서 나오는 두꺼운 목소리였다.

"그만하라니, 그게 무슨 말이야? 이제 거의 다 왔어. 사다유키 전 전무를 설득하고 츠츠이 변호사를 이기면 150억 엔씩

가질 수 있는 거야."

시노다는 고개를 가로저었다.

"나는 돈을 원하는 게 아니었어. 에이지의 신변에 일어난 일이 궁금했을 뿐이야."

"그게 무슨⋯."

나는 뒷말을 이을 수 없었다. 진심으로 놀라 계속 눈을 깜박이며 시노다의 얼굴을 볼 뿐이었다. 아기 때 모습을 그대로 유지한 채 몸만 큰 듯 동글동글한 남자가 자그마한 눈으로 나를 쳐다봤다. 나는 당최 시노다의 저의를 알 수 없었다.

"눈앞에 150억 엔이 있는데 이대로 손을 뗀다고? 정말 딱 한 발짝만 더 가면 되는데? 선배는 원래 부자라 이제 돈이 필요 없다 이거야?"

시노다는 내가 가엽다는 듯 시선을 떨궜다.

"너는 돈보다 소중한 것이 있는 사람의 마음을 전혀 이해하지 못하는구나. 너는 법률대리인이고, 내가 의뢰인이야. 의뢰인이 바라는 걸 이해하지 못하는 변호사는 해고야."

시노다는 테이블에 놓인 전표를 들고 자리에서 일어나 찻값을 계산하더니 라운지를 떠나버렸다.

나는 어안이 벙벙한 상태로 점점 작아지는 시노다의 둥그런 뒷모습을 멍하니 바라보았다.

내가 해고라고⋯?

해고면, 해임⋯?

내가 의뢰인에게 해임당한 변호사라고?

평소에는 고속회전하던 내 뇌가 그 자리에서 얼어붙었다.

한 개인이 아닌 변호사로서 나를 부정당하는 일은 그 무엇보다도 받아들이기 힘들었다. 남자친구에게 차이거나 부모에게 의절 당해도 이렇게 혼란스럽지는 않을 것이다. 그러나 의뢰인에게 버림받자, 절벽 끝에 홀로 내던져진 것처럼 절망스러웠다.

대체 내가 무슨 잘못을 한 것일까.

나는 주위의 시선도 무시한 채 머리를 감싸 쥐었다.

목적을 달성하기 위해 물불 가리지 않고 달려왔다. 다소 거칠게 행동한 적도 있었지만 위법 행위를 한 적은 한 번도 없었다. 오히려 의뢰인을 지키기 위해 필사적으로 노력했다. 감사 인사를 들을 일을 했을망정 불평을 들을 만한 일은 하지 않았다. 대체 내가 무슨 잘못을 했다는 말인가.

의뢰인이 바라는 것을 모르는 변호사라고?

지금까지 들은 어떤 말보다도 충격적이었다. 나는 지금껏 경쟁 상대나 관계자에게 욕을 먹어도 아무렇지 않았다. 하지만 내 의뢰인에게 뒤통수를 맞으니 이렇게 쓰라릴 수가 없었다.

시노다가 바라는 것은 150억 엔이 아니었다는 말인가? 에이지의 신변에 일어난 일이 궁금하다는 말은 돈을 받기 위한 구실이라고만 생각했다.

아무리 익명이어도 자신이 범인임을 자처하는 것은 위험성이 컸다. 그런 위험을 감수하면서까지 돈 한 푼 안 되는 진실

따위를 알고 싶었다니, 나는 도저히 이해할 수가 없었다.

그래. 나는 이해할 수가 없다.

돈보다 소중한 것이 있다니 참 고상도 하다. 잘난 설교는 듣기 싫었다. 늘 이런 식이었다. 나에게 고상한 말을 늘어놓는 사람들. 그들은 자신이 얼마나 고매한 진리를 알고 있는지, 내가 얼마나 속물인지 알려주고 싶어서 안달을 냈다. 그들은 나를 우습게 봤다.

돈은 없지만 행복한 삶 따위는 자기합리화일 뿐이다.

돈은 당연히 많을수록 좋다.

왜 다들 거짓말을 하는 것일까?

나는 이해할 수도 없었고, 이해하고 싶지도 않았다.

내 생각은 점점 더 어두운 나락으로 떨어졌다.

"몸이 안 좋으세요?"

호텔 라운지 직원이 물으며 물을 가져다줬으나, 그것조차도 내 비루함을 우습게 보고 한 행동 같아서 화가 났다.

3

그 후 며칠 동안 나는 무기력하게 지냈다.

원래 나는 하룻밤만 자고 일어나면 어두운 감정이 금방 씻겨 내려가는 성격이었다. 이 세상에 잠을 자도 해소되지 않는 고민이 있다는 것이 놀라웠다.

눈을 떴으나 일어나서 할 일은 없었다. 다시 현실로 돌아가기가 싫어서 억지로 다시 잠을 청했다. 그러는 와중에 오후가 되고 저녁이 되고 밤이 되어서 결국 온종일 뒹굴거리는 것 말고는 한 일이 없었다.

혼자 사는 작은 집이 몹시 넓게 느껴졌다. 종일 아무것도 먹지 않았음을 깨닫고 심야방송을 보며 컵라면을 깨작거렸다. 배는 고팠지만 아무 맛도 나지 않았다.

며칠 동안 그런 생활을 이어나갔다.

모리카와 제약의 회의실에 갔던 것, 카루이자와에서 바커스가 짖는 소리를 들었던 것이 모두 아주 옛날 일처럼 까마득하게 느껴졌다.

아사히에게 몇 번 전화가 왔지만, 받지 못했다. 내가 다시 걸 기운도 없었다.

물론 에이지가 어떻게 죽은 것인지 그 진상은 나도 궁금했다. 하지만 나는 형사가 아니므로 에이지의 죽음을 파고든 것은 어디까지나 시노다의 의뢰가 있어서였다.

앞으로 어떻게 해야 할지 전혀 감이 오지 않았다.

어느 정도 저축해놓은 돈은 있었지만, 그 돈으로 평생 먹고 살 수는 없으니 어디선가는 일을 해야 했다. 하지만 츠츠이 변호사와 그렇게 치고받은 이상 원래 다니던 로펌으로 돌아갈 수는 없었다. 그렇게 큰소리를 쳐놓고 의뢰인에게 해임당하다니, 죽어도 이 사실을 츠츠이 변호사에게 알리고 싶지 않았다.

편의점에 장을 보러 갔다가 돌아오는 길에 며칠 만에 우편함을 확인했다. 손으로 쓴 편지가 들어 있었다. 보낸 이는 노부오였다.

벌써 기억 저편으로 보내버렸지만 약 2개월 전까지는 내 남자친구였던 사람이다.

며칠 전에는 문자메시지도 왔다. 돈을 마련해서 조금 더 보석이 큰 약혼반지를 샀다는 내용이었다. 이제 와 이러쿵저러쿵하기도 귀찮아서 그냥 내버려 뒀다. 전화도 몇 번 왔지만, 당연히 받지 않았다.

편지를 확인해 보니 문자에도 전화에도 답이 없으니 걱정이라고, 건강하게 지내라는 내용이 적혀 있었다. 나에게 호되게 차였으면서 어떻게 이런 편지를 쓸 수 있을까. 나는 노부오의 그런 착한 면이 싫었다.

우편함에는 우편물이 하나 더 있었다. 일본변호사협회가 발행한 《자유와 정의》라는 잡지였다.

따로 신청하지 않아도 협회에 등록된 변호사 전원에게 발송되는 월간지로, 변호사 칼럼이나 좌담회, 사회적 물의를 일으킨 변호사의 이름, 연수 일정 등이 실렸다. 한 마디로 법률가들끼리 보는 잡지였다.

베테랑 변호사의 감사 인사나 '내가 변호사가 되기까지'라는 제목의 회고록, 두메산골에서 고군분투하는 변호사의 인터뷰 등등…. 원래는 시큰둥하게 훑어보고 말았지만, 오늘만은 기사들을 하나하나 뜯어보았다. 지면 어딘가에 무라야마 변호사의 흔적이 있을까 싶어서였다.

하지만 무라야마를 죽인 범인도, 금고를 훔친 사람도, 금고 자체에 대한 이야기도 찾아볼 수 없었다.

매일 밤 불을 끄고 침대에 누우면 무라야마가 죽던 순간이 떠올랐다. 나는 그 기억을 필사적으로 의식 저편에 묻으려 노력했다.

"나랑 그 친구, 변호사. 그 친구 몫까지 오래 살아줘요."

임종 순간에 무라야마는 그렇게 말했다.

처자식도 없는 혈혈단신의 무라야마는 몸이 가루가 되도록 변호사 업무를 보았다. 그리고 무라야마가 좋아하던 '그 친구'는 변호사의 사명을 다한 끝에 목숨을 잃었다.

변호사가 그렇게 좋은 직업인가.

내 변호사 배지 뒤에 새겨진 다섯 자리의 변호사 번호를 보면서 내가 처음에 왜 변호사가 되고 싶었는지 생각해보았다.

워낙 어릴 때부터 변호사가 되겠다고 정해 놓았으므로 어떤 이유 때문이었는지는 기억나지 않았다. 다만, 취업 준비와 사법 시험 중 최종 진로를 선택해야 했을 때, 연줄이나 돈이 없는 사람도 자기 실력 하나로 먹고살 수 있는 직업이라는 이유로 변호사의 길을 택했다.

결국 또 돈인가. 나 자신이 너무 비루해서 슬퍼졌다.

게다가 이건 변호사가 되고 나서 안 사실이지만, 변호사는 바쁜 것에 비해 돈을 못 버는 직업이었다. 비슷한 수준으로 장시간, 고밀도로 일한다면 창업을 하는 것이 훨씬 벌이가 좋을 것이다.

그런 생각을 하면서 TV를 켜자, 화면에는 '사라진 금고에 걸린 현상금! 발견한 사람에게는 5천만 엔!'이라는 타이틀과 함께 시사 예능 프로그램이 나왔다.

화려한 노란색 정장을 입은 사회자가 손에 든 원고를 보면서 설명을 시작했다.

"화제의 중심에 있는 모리카와 제약의 모리카와 가문이 새로운 움직임을 보였습니다. 모리카와 긴지 씨가 사라진 금고를 발견한 사람에게 5천만 엔을 주겠다고 발표했습니다."

나는 놀라서 TV 쪽으로 몸을 기울였다.

긴지는 소동의 발단이 된 가족회의 영상을 유튜브에 올린 남자였다. 카네하루의 남동생이자 에이지의 삼촌이었다.

TV 화면이 바뀌더니 구카루이자와의 낯익은 낡은 건물, '법무법인 삶'의 모습이 나타났다.

"지난달 27일, 고 모리카와 에이지 씨의 고문변호사이던 무라야마 겐타 씨가 살해당한 뒤 무라야마 변호사가 보관하던 금고가 도난당하는 사건이 발생했습니다. 금고 안에는 에이지 씨의 유언장 원본이 있었던 것으로 보입니다."

다시 화면이 바뀌더니 은발 남자의 얼굴이 크게 나왔다.

"경찰은 꿈쩍도 안 해요. 중요한 서류가 들어 있었는데 말이죠. 더는 못 참습니다. 제가 직접 찾을 거예요." 남자가 말했다.

그러더니 헬리콥터에서 찍은 듯한 숲 영상이 갑자기 흘러나왔다.

"모리카와 긴지 씨는 사비를 털어서 사건 현장 주변을 수색하고 있습니다. 도쿄과학대 키노시타 연구실과 손을 잡고 드론 열다섯 대로 구카루이자와 상공을 수색 중이며…"

이어서 긴지가 장화를 신고 강가에 우두커니 선 영상이 나왔다. 그 옆모습이 묘하게 용맹하고 진지해서 우스워 보이기까지 했다.

"수질 검사와 하천 청소를 하는 NPO와 협력하여 인근 하천 바닥을 뒤지고 있습니다."

나는 입을 떡 벌린 채 온몸이 굳어 버렸다.

잠시 후 정신을 차리고 태블릿 컴퓨터로 유튜브를 찾아보니, 긴지는 자신이 올린 영상에서도 금고를 찾아야 한다고 호소하고 있었다.

당황스러웠다. 유언장이 없어져서 난처할 사람은 무라야마와 시노다, 나뿐이었다. 이제 무라야마는 없고 시노다는 유산을 포기했고 나는 해임됐다.

그래서 유언장은 없어졌지만 난처할 사람도 없고, 그런 귀찮은 물건은 없는 것이 오히려 낫다고 생각하는 관계자도 많을 터이다.

그런 물건을 왜 긴지가 찾는 것인가.

나는 무심결에 습관적으로 이런저런 추측을 해봤다. 그러다 문득 정신이 들자, 나 자신이 바보처럼 느껴졌다. 이제 나는 이 사건과 아무런 관련이 없었다. 모리카와 가문에서 무슨 일이 벌어지든 상관없었다. 나는 더 이상 시노다의 법률대리인이 아니었다.

거기에 생각이 미치자, 가슴에 무거운 돌을 내려놓은 것처럼 기분이 가라앉았다.

나는 TV를 끄고 리모컨을 내던졌다.

무언가를 해서 기분을 전환하고 싶었지만 할 일도 없어 답답했다. 의미도 없이 인터넷 쇼핑몰을 들락거리고 평소에는 전혀 들여다보지도 않는 SNS를 기웃거리다 보니 밤이 되었다.

허기가 져서 컵라면을 먹다가, 갑자기 자극이 필요해서 인터넷에서 도시 전설과 괴담을 찾아 눈이 피곤해질 때까지 진탕 읽었다. 그렇게 새벽이 밝아 창밖이 환해질 때쯤 졸음이 쏟아져서 침대 위에서 이불도 없이 몸을 웅크렸다.

조용히 수마가 찾아와 딱 기분 좋게 잠이 들려던 찰나였다.

딩동, 딩동.

잠기운 속에서 아득하게 소리가 들렸다. 희미하게 의식이 돌아와 초인종 소리라는 것을 인지했으나 몸이 움직이지 않았다. 내 등이 침대에 달라붙어 버린 느낌이었다.

이내 소리가 멈췄다가 머지않아 다시 딩동, 딩동, 초인종이 울리기 시작했다.

나는 평소 그런 생각을 하지 않지만, 잠들기 직전까지 괴담을 읽은 탓에 인터폰에서 울리는 전자음이 갑자기 불길하게 느껴졌다.

현관 너머에서 딩동, 딩동, 일정한 간격으로 소리가 계속 울렸다. 나는 손을 짚어 몸을 일으키고는 인터폰의 통화버튼을 눌렀다.

인터폰 화면 속에는 체격 좋은 은발 남자가 있었다. 어디선가 본 적이 있는 것 같지만 기억은 나지 않았다.

"실례합니다. 모리카와 긴지라고 해요. 켄모치 레이코 변호사님 있나요?"

모리카와 긴지. 그 이름을 듣자 바로 기억이 되살아났다. 유튜브에 가족회의 영상을 올린 에이지의 삼촌이었다. 그리고 어제 시사 예능 프로그램에서도 소개된 사람이었다.

우리 집 주소를 어떻게 안 것일까. 기분이 좋지 않았다.

"몇 번이나 전화했는데 왜 안 받아요?"

긴지가 인터폰을 뚫고 이쪽까지 침이 튈 것처럼 큰 목소리로 말했다. 요즘 핸드폰을 확인하지 않아서 그런 전화가 왔었는지도 몰랐다.

"할 얘기가 있다고!"

긴지는 아파트 1층 호출기 앞에 딱 붙어 있는 모양인지, 때마침 공동현관을 지나던 주민이 수상한 눈빛으로 힐끔거리는 모습이 긴지의 어깨너머로 보였다.

집에 없는 척하려고 내버려 두니 몇 분 후에 다시 인터폰이 울렸다.

"집에 있지?"

그러더니 또 몇 분 후에, "일단 내 얘기 좀 들어봐, 제발."이라는 말소리와 함께 인터폰이 울렸다.

인터폰 소리가 귀에 거슬려 인내심이 한계에 다다른 나는 열이 뻗쳐 소리쳤다.

"지금 나갈 테니까 거기서 가만히 기다려요!"

오랜만에 큰소리를 낸 것이라 내 목소리에 나도 놀랐다.

최소한의 외출 준비를 마치고 아래로 내려가니 공동현관 로비에 긴지가 서 있었다. 나이는 60세 전후일 텐데 청바지에 스니커즈, 빨간 점퍼 차림이었다. 희한한 캐주얼한 차림인 것을 보니 나이가 들어서도 계속 소년의 마음을 갖고 사는 모양이었다.

마리코가 언젠가 에이지를 두고 "그 애는 긴지를 닮았다."라고 했던 말이 생각났다. 확실히 얼굴이나 체격뿐만 아니라 누군가가 구해주기를 기다리는 듯한 무료한 표정까지 닮았다.

내가 다가가니 긴지는 내게 인사를 건네고는 말했다.

"도난당한 금고를 찾았어."

긴지는 보물을 발견한 소년처럼 자랑스럽게 가슴을 폈다.

아파트에서 조금 떨어진 테라스 카페로 장소를 옮겼으나 긴지의 튀는 차가 옆에 서 있는 탓에, 행인들이 호기심 어린 눈빛으로 우리를 보았다. 긴지는 그런 시선에 익숙한지 전혀 신경 쓰지 않고 어린애처럼 핫초코를 홀짝였다.

이런 카페에 와서 커피를 못 마신다며 당당하게 핫초코를 주문하는 점까지 에이지와 똑같았다.

"무라야마 변호사의 법률사무소에서 3킬로미터 떨어진 곳에 강이 있는데, 그 강바닥에 금고가 있대."

긴지가 주머니에서 핸드폰을 꺼내 사진첩 속 사진을 보여줬다.

주변에 나무가 무성하고 폭이 20미터쯤 되는 강이었다. 강 양쪽에는 콘크리트 강둑이 있었고 강 수면은 검푸른 색이었다. 꽤 깊은 하천 같았다.

"난 잘 모르지만, 도쿄과학대 키노시타 교수가 고성능 레이더인지 뭔지로 찾아냈어."

"그래요. 잘됐네요."

나는 쌀쌀맞게 받아쳤다. 별로 관심이 없었다.

"그 금고는 내가 특수제작한 물건이었어. 다섯 자리 비밀번호 두 개를 입력해야 열리고, 두 개의 비밀번호를 세 번 잘못 입력하면 영원히 잠기게 돼 있지. 내가 어떤 서류를 무라야마 씨한테 맡겼거든. 대단한 서류는 아니지만 나한테는 중요해서 말이야."

무라야마도 금고에 유언 말고 자잘한 서류가 더 들어 있다고 했었다. 그게 바로 긴지의 서류였던 모양이다.

"그 서류는 어떤 건데요?"

내가 묻자 긴지가 말했다.

"그건 비밀이야."

사실 이쪽은 별로 관심도 없는데 무슨 대단한 비밀이라도 숨겨진 듯 구니까 어처구니가 없었다.

"금고가 특수제작한 물건인 덕분에 발견할 수 있었어. 하지만 강에서 꺼낼 수가 없어. 관청에서 인양 허가는 받았는데, 잠수부를 데리고 강에 갔더니 무서운 형님들이 주변을 포위하고 있어서 가까이 갈 수가 없더라고."

"무서운 형님들? 조직폭력배요?"

"정확히는 조폭 기업인 키요스흥업 녀석들 같아. 우리가 강 주변을 수색하는 걸 눈치채고 녀석들도 강 주변을 수색하기 시작했나 봐. 아직 금고 위치는 못 찾은 것 같던데, 우리가 어설프게 손을 대면 그 녀석들이 금고 위치를 눈치채고 가로채

갈 거야."

긴지가 머리를 긁적였다.

"왜 조폭 기업이 그 금고를 찾죠? 현상금 목적인가요?"

내가 묻자 긴지는 "이유는 몰라."라고 말하며 고개를 저었다.

"키요스흥업은 이러너저러너해도 민간기업이라서 경찰은 민사불개입 원칙인지 뭔지 때문에 방관하고 있어. 내가 아는 변호사 몇 명한테도 연락해 봤지만 다들 엮이기 싫어서 도움이 안 되고…. 레이코 변호사, 범인 선출전에 법률대리인으로 참여했지? 그 유언장이 없으면 곤란하잖아. 협력 좀 해줘."

"사정은 알겠지만요."

시노다에게 해임당한 일을 내 입으로 말하기가 거북해서 괜시리 머리를 헝클었다.

"전 이미 해고당했어요. 그러니까 이제 이 건을 파헤칠 이유가 없어요. 금고를 못 꺼내든 유언장을 못 찾든 저랑은 아무 상관도 없고, 그쪽에 협력할 이유도 없어요. 이제 그만 돌아가세요."

그러자 긴지는 미국 코미디언처럼 과장된 몸짓을 하며 눈을 휘둥그레 떴다.

"헐. 진심? 해고?"

말투를 보니 마음만은 제 나이보다 훨씬 젊은 듯했다.

해고라는 단어를 내 입으로 말하는 것은 그나마 괜찮았지만, 남이 말하는 것을 들으니 몹시 듣기 거북했다.

"그놈의 해고, 해고. 말이 참 많으시네요." 내가 긴지를 노려보며 말했다.

"나는 한 번만 말했는데…. 아무튼, 그럼 이제 예전 의뢰인한테 의리를 지킬 필요는 없는 거네?"

긴지는 턱에 손을 대고 잠시 생각에 빠졌다.

"그럼 레이코 변호사, 내 법률대리인이 되어 줘."

긴지가 얼굴 앞으로 양손을 모으며 간절히 말했다.

"사실 나도 범인 선출전에 참여했거든. 카네하루 형하고 사다유키 매형의 찬성은 얻었지만 히라이 부사장은 꿈쩍도 안해. 아니, 애초에 히라이 부사장은 지금껏 레이코 변호사 말고는 아무한테도 찬성표를 던지지 않았어."

나는 모리카와 제약에서 사업 계획안을 제안한 것이 벌써 까마득한 옛날 일처럼 느껴졌다. 저마다 다른 이해관계를 조정하는 것이야 간단하지만…. 시노다에게 들은 말이 떠올라 또 기분이 씁쓸해졌다.

"어차피 그쪽도 돈 말고 다른 게 목적이죠?"

나는 팔짱을 끼며 삐딱한 시선으로 긴지를 쳐다봤다.

긴지가 가문과 거리를 뒀다고는 하나, 원래 있던 재산과 유튜브 광고 수입 덕에 생활에 어려움은 없을 것이다. 그렇지 않았으면 저렇게 화려하기 그지없는 고급 차는 탈 수가 없다. 그러니 돈이 목적은 아닐 것이다.

시노다는 나에게 유산을 받아달라는 의뢰를 해놓고 나중에는 자신이 원하는 것이 사실 유산이 아니라고 했다. 나는 그런 억울한 상황을 다시는 겪고 싶지 않았다.

"저는 돈보다 중요한 게 뭔지 몰라서 해고당했어요. 그러니까 그쪽의 목적이 돈이 아니라면 저는 도움이 안 될 거예요."

긴지는 조용히 내 얘기를 듣더니 씨익 웃었다.

"그건 괜찮아. 내가 바라는 건 돈이야. 물론 정말 이루고 싶은 일은 따로 있긴 하지만, 그걸 위해서는 돈이 필요하거든. 그리고 이건 인생 선배로서 하는 말인데, 레이코 변호사도 정말 원하는 건 돈이 아닐 거야. 그렇게 소심하게 굴 필요 없어."

그 말을 듣자 나는 심사가 뒤틀렸다. 자기는 다 안다는 듯한 말투로 설교하는 꼰대들은 옛날부터 딱 질색이었다.

"더 이상 할 말은 없을 것 같네요."

나는 그렇게 말하며 자리에서 일어났다.

내가 정말 바라는 것이 무엇인지 모르기에 쓸데없이 돈에 집착하고 있다는 것은 나도 알고 있었다. 나는 단지, 내게 무엇이 필요한지 모를 뿐이었다.

무척이나 비참했다.

하지만 나도 한 가지 확신은 있다. 만약 평생 놀고먹을 만한 돈이 생기더라도 나는 계속 일을 할 것이다. 내 나름대로 생각한 것을 실행해서 그것이 잘 풀렸을 때 얻는 성취감이라는 것이 있고, 아무것도 하지 않는 인생은 너무 지루하니까. 그래서 나는 일을 할 것이다. 그 다짐 어딘가에 내가 정말 바라는 것이 있다는 느낌은 들었다. 하지만 그 이상은 알 수 없었다.

집에 도착하자마자 책상 위에 놓인 핸드폰이 울렸다.

어차피 방금 만난 긴지일 테니 무시했다. 사실 내 전화번호와 주소를 긴지가 안다는 것 자체가 불쾌했지만, 내가 별장 유증을 받으려고 서류에 적은 것들이 있으니 모리카와 가문 사람이라면 누구나 내 정보를 쉽게 접할 수 있었으리라는 추측이 들었다.

전화벨이 한번 끊겼다가 다시 울리기 시작했다.

그만 좀 하라고 제대로 한 마디 해주기 위해 핸드폰을 집어 들었으나, 발신자는 오빠의 약혼자인 유카였다. 놀라서 그대로 받아 버렸다.

"레이코 씨? 이제야 받네요. 계속 전화했거든요. 일이 많이 바쁘죠?" 유카가 밝게 말했다.

"네. 계속 전화를 못 받아서 죄송해요."

나는 적당히 받아넘겼다.

"레이코 씨, 고마워요. 레이코 씨가 마사토시 씨한테 한 마디 해줬죠?"

나는 순간 영문을 몰라 가만히 있다가, 몇 초가 지나서야 이야기의 주제가 오빠의 바람이라는 것을 깨달았다. 그런데 그 주제에 관해서는 더더욱 내가 한 일이 아무것도 없었고, 오히려 오빠가 바람피운 증거를 숨겼으니 유카에게 감사 인사를 들을 이유가 없었다.

"어…. 무슨 말이에요?"

"바람 말이에요. 레이코 씨랑 만난 날 이후로 마사토시 씨가 갑자기 집에 빨리 들어와요. 꽃다발을 사 오기도 하고요. 진짜 바보죠? 그렇게 하면 바람피웠다고 고백하는 거랑 마찬가지잖아요."

순둥순둥한 분위기와는 달리 예리하다는 생각이 들었으나, 바람에 관해서는 말하지 않기로 마사토시와 약속했으니 인정할 수도 없었다.

"전 아무것도 안 했어요."

유카는 유쾌하게 후후후 웃었다.

"레이코 씨는 늘 마사토시 씨를 지켜주는군요."

내가 마사토시를 지켜준 기억은 전혀 없었기에 유카의 말에 깜짝 놀랐다.

"아뇨, 아뇨. 오히려 오빠는 저를 떨떠름하게 생각할걸요."

그렇게 말하자 유카가 키득거렸다.

"그 사람도 고집불통이라 레이코 씨한테는 아무 말도 안 하겠지만, 저한테는 자주 얘기해요. 마사토시 씨가 동네 애들한테 괴롭힘당할 때마다 아직 유치원생이던 레이코 씨가 달려와서 애들을 다 물리쳐 줬다고요."

나는 기본적으로 몇 개월 전 일조차 금방 잊어버리는 성격이라 어릴 적 기억이 거의 없었다. 그런 일이 있었는지는 기억나지 않았다. 그보다, 남자는 여자에게 이런저런 제 과거의 이야기를 늘어놓고 싶어하는 생물이라는 것을 다시금 뼈저리게 느꼈다. 나와 피가 섞인 오빠라는 사람부터가 이 법칙에 맞아떨어지니 기가 찼다.

"그런 일이 있었나? 저는 기억이 안 나네요."

"레이코 씨는 의외로 착하면서도 자기가 베푼 선행을 금방 잊어버리는 성격이군요."

나는 흘려들을 수 없어서 따졌다.

"'의외로'는 뭐예요?"

"레이코 씨, 초등학교 문집에 '약해빠진 오빠를 나쁜 사람들한테서 지켜야 하니까 변호사가 될 거예요.'라고 썼다면서요? 마사토시 씨는 그게 창피했나 봐요."

내 귀에는 유카가 나 아닌 다른 누군가의 이야기를 하는 것처럼 들렸다. 그런 글을 썼는지는 기억나지 않았지만, 내가 그런 글을 썼다는 얘기를 듣는 것만으로도 창피해 쥐구멍을 찾고 싶어졌다.

"내가 그런 글을 썼던가?"

무엇보다 변호사는 나쁜 사람들로부터 약자를 지켜주는 직업이 아니니 그런 것이 소원이었으면 경찰이 되었어야 했다. 나도 그렇게 머리가 제대로 돌아가지 않는 시절이 있었나 싶어 얼굴이 화끈거렸다.

"다음에 만나면 그 문집을 같이 봐요. 다음 달에 아오바다이에서 아버님 환갑잔치를 하니까 그때도 좋고요."

유카는 그렇게 말하며 밝게 웃고는 전화를 끊었다.

딸인 나도 모르는 가족 행사를 오빠의 약혼자가 훤히 꿰고 있다는 것이 놀라웠다. 하긴, 내가 아버지였어도 가족에게 무뚝뚝한 딸보다는 싹싹한 며느리에게 기댔으리라.

생각하면 생각할수록 유카는 마사토시에게 과분한 여자였다. 그런데도 복에 겨워 슬쩍슬쩍 바람이나 피우는 우리 오빠는 정말 똥차라는 생각만 들었다. 그런 오빠를 내가 지켜주려고 했다니 믿을 수가 없었다.

…변호사는 나쁜 사람들로부터 약자를 지켜주는 직업이 아니다.

가만히 핸드폰을 보던 나는 내 머릿속에 떠오른 말을 곱씹다가 무언가 가슴에 탁 걸리는 것이 있음을 느꼈다.

그렇다. 법 앞에서는 나쁜 사람이든 좋은 사람이든, 강한 사람이든 약한 사람이든 모두 평등하고, 고쳐 쓸 수도 없는 악랄한 쓰레기조차도 고귀한 선인과 똑같은 권리를 가진다. 나는 그것이 좋았다.

돈만 밝히는 내 성격 탓에, 나와는 달리 도덕적으로 올곧은 분위기를 풍기는 사람들에게 나는 항상 어딘가 열등감을 느꼈다. 선량한 사람은 나를 우습게 보지 않을까 하고 불안했다. 하지만 법은 그런 나도 선량하고 반듯한 사람들과 똑같은 인간이며 똑같은 권리를 가졌다고 말해주었다. 그것이 내게는 구원이었다.

그래서 나는 어떤 사람이든 평등하게 가진 그 권리를 구현하는 일을 하고 싶었다.

돈이 아닌 것을 추구하는 의뢰인에게 나는 멋대로 열등감을 느꼈고 돕기를 거부했다. 그래서는 악인도 인간임을 이해하지 못하는 사람들과 다를 바가 없었다.

딱히 의뢰인의 감정에 공감할 필요는 없다. 그저 그들이 추구하는 것을 새겨듣고 프로로서 그 기대에 부응하면 되는 것이었다. 내 도움을 원하는 의뢰인이 있는 한….

나는 긴지의 말을 떠올렸다.

금고는 찾았지만, 조폭 기업이 인양을 방해하고 있다고 했다.

상장기업 간의 거래만 담당해오던 나는 조폭 기업을 상대하는 너저분한 일을 해본 적이 없었다. 변호사가 되기 전에 연수원에서 조폭에 대응하는 방법을 강의로 들은 것이 전부였다.

조폭으로 분장한 남자 변호사가 수강생을 계속 윽박지르고, 수강생은 욕을 먹으면서도 물러서지 않고 겁먹지 않은 채 할 말을 해야 했다. 그 정도 수준의 연수였다.

조폭 역할을 맡은 변호사의 기세에 눌려 굳어버리는 수강생과 우는 수강생이 속출하는 가운데, 나는 가장 좋은 성적으로 연수를 마쳤다. 타인에게 욕을 먹는 것쯤은 대수롭지 않았다.

내가 할 수 있는 일을 하자.

나는 그렇게 다짐하며 핸드폰을 들었다.

제 6 장

부모와 자식의 페르소나

1

다음 날 오후, 나는 바지 정장을 입은 채 강기슭 둑으로 내려갔다.

강폭은 23미터, 깊이는 5미터인 중간 규모의 하천이었다. 주변에 나무가 많아서 가을이 되면 나뭇잎이 떨어져 강의 수면을 덮었다가 바닥에 가라앉는 탓에 겨울철에는 물빛이 탁했다.

내 뒤에서 따라오는 긴지는 "으, 추워."라고 말하며 몸을 떨었다. 하지만 차가운 공기가 뺨에 닿을수록 내 머리는 맑아졌다.

강둑에서 하천 부지로 이어지는 계단을 반쯤 내려가자 문제의 장소가 보였다.

강을 끼고 하천 부지 양쪽에 텐트가 하나씩 설치되어 있었다. 그리고 그 주변에는 남자들이 제각기 자리를 잡고 있었다. 멀리서 봐도 네다섯 명씩, 총 열 명은 되어 보였다.

저마다 장화를 신고 긴 손잡이가 달린 그물을 들고 있었다. 잠수복을 입은 사람도 있었다.

나는 무표정을 유지하며 남자들이 모여 있는 장소로 다가갔다.

"잠깐, 레이코 변호사, 괜찮겠어?"

뒤에서 긴지의 목소리가 들렸다.

"괜찮아요." 내가 대답했다.

가까이 가보니 역시 내 예상대로 거기에 있는 남자들은 모두 햇병아리 같은 어린 애들이었다. 체격으로 보아하니 아직 고등학생 정도로 보이는 사람도 있었다. 그들은 어차피 위에서 시키는 대로 보물찾기를 하는 꼭두각시에 불과했다.

그럼에도 우리를 발견한 한 남자가 껄렁하게 말했다.

"어이, 아가씨. 여기는 데이트하는 데가 아니야."

나는 그를 무시하고 강으로 척척 나아갔다.

가방에서 지도를 꺼내 주변 풍경과 비교해 보았다.

"야, 니들 뭐야!"

또 다른 애송이 한 명이 고함을 쳤지만, 나는 반응하지 않았다.

긴지에게도 무시하라고 미리 일러두었건만, 그의 눈동자는 마구 요동치며 흔들렸다. 감정이 표정으로 다 드러나는 남자였다.

"금고는 무게가 꽤 나가잖아요. 강에 던졌으면 좀 더 기슭 쪽에 가라앉지 않았을까요?"

"얼마 전에 폭우가 와서 물이 불었으니 처음 내다 버린 지점에서 조금 움직였을 거야."

나는 햇빛을 가리듯 눈 위에 손으로 차양을 만들고 강 한쪽을 바라봤다.

하지만 적당한 곳에 시선을 던졌을 뿐, 거기에 금고가 있을

리는 없었다.

"야, 저쪽인가 봐."

우리의 말을 들은 애송이 한 명이 말했다. 그러자 잠수복을 입은 남자가 강으로 뛰어들어갔다.

강에 뛰어든 남자는 나름대로 열심히 움직였다. 그 모습을 보고 있을 때, 누군가의 목소리가 들렸다.

"어이!"

내 눈앞에 불쑥 남자 손이 나타나 내 시야를 가렸다.

"누님, 우리 무시하고 그러지 말어."

애송이 한 명이 내 옆에 붙어 섰다. 다른 남자들도 다가와서 긴지와 나를 둘러쌌다.

나는 변함없이 그들을 무시하며 그들의 어깨너머로 강 수면을 바라봤다. 그러자 애송이 한 놈이 다시 손을 뻗어 내 시야를 가렸다.

그들도 괜한 짓을 했다가는 경찰을 만나게 되므로 웬만해서는 직접적인 위해를 가하지 않을 것이다.

그러나 이렇게 주위를 둘러싸면, 우리는 자유롭게 움직일 수가 없었다. 긴지가 고용한 잠수부가 강기슭에서 잠수를 할 수 없었던 것도 이해가 되었다.

지금 눈앞에 있는 애송이 녀석들이 우리를 방해하는 동안 다른 놈들이 강으로 들어가 금고를 찾을 것만 같았다.

"흐음. 이 사람들이 방해해서 아무것도 못 하겠네." 내가 태연하게 말했다.

긴지는 당황한 듯 "그러게."라고만 대답했다.

"야, 이 새끼들아. 사람 말이 우습냐?"

그때 옆에서 갑자기 고함이 들렸다.

프로레슬러처럼 제법 덩치가 큰 남자였다. 겨울인데도 몸에는 얇은 티셔츠 한 장만 걸쳤고, 소매 아래로는 문신이 보였다.

"우리 형님이 누군지 알아? 법정 구경하고 싶어?"

남자가 협박했지만 나는 전혀 무섭지 않았다. 법정 구경을 하면 승자는 내가 될 것이 뻔했다.

그러자 다른 애송이도 트집을 잡았다.

"야, 너 왜 히죽대냐?"

나는 재빠르게 주위를 훑어보았지만, 여기 있는 남자 중에 머리가 좋아 보이는 녀석은 없었다. 판단력이 있는 보스가 있으면 대화를 해보려고 했으나 불가능할 듯했다. 아니, 애초에 조폭을 상대로 한 적절한 의사소통은 불가능한 것일지도 모른다.

"뭐, 이쯤에서 가죠."

내가 긴지에게 말하자 긴지는 연신 고개를 끄덕였다. 올 때와는 정반대로 긴지가 내 앞에서 빠르게 걸어나갔다. 어지간히도 무서웠던 모양이다.

조금 떨어진 곳에 세워둔 벤틀리에 올라타자, 긴지는 전혀 무섭지 않았다는 듯 내게 큰소리로 물었다.

"어때? 내 말이 맞지?"

무서워서 벌벌 떨어놓고서, 허세만큼은 인정해 줘야 할 듯싶었다.

"흐음. 정말 조폭들이 들러붙어서 작업하기가 어렵네요. 게다가 너무 애송이들이라 협상도 불가능할 것 같아요. 위에서 시킨 대로 얌전히 수색만 하니까 경찰도 움직일 리가 없죠. 그쪽도 나름대로 열심히 수색을 하는 듯하니 금고를 찾아내는 것도 정말 시간문제겠어요."

나는 손으로 턱을 괸 채 곰곰이 생각해보았다.

"우리도 사람을 많이 고용해서 인원수로 밀어붙이는 수밖에 없을까요? 물론 그러다가 난투극이 벌어지면 뒤처리가 귀찮아질 수도 있어요. 그러면 정말로 경찰들이 출동할 테니까 우리 쪽이 상해죄로 처벌받을 가능성도 있고요."

그리 멀지 않은 곳에 긴지 소유의 펜션이 있다기에 우리는 일단 그쪽으로 가기로 했다.

벤틀리를 타고 15분 정도 달리니 통나무집 느낌의 자그마한 목조주택이 나왔다. 내부는 거실과 부엌이 모두 하나로 이어진 간소한 구조였다. 층고가 높은 공간 하나가 전부였다. 계단을 오르면 나오는 다락방은 침실로 사용하는 듯했다.

"취미 삼아 산중 생활을 해보려고 얼마 전에 산 거야."

긴지는 자랑하듯 말했다. 아마 남자의 로망 같은 것인가 보다.

조금 전까지 조폭 앞에서 벌벌 떨었으면서 무슨 산중 생활인가 싶었으나, 나도 배려심이라는 감정이 있는 사람이므로 그 말을 입 밖에 꺼내지는 않았다.

난로를 켠 덕에 방이 조금 훈훈해지자 나는 태블릿 컴퓨터를 켰다. 금고가 가라앉아 있는 장소 주변의 상세 지도를 화면에 띄웠다.

"금고가 있는 지점은 강가로부터 거리도 멀고 깊이도 있어서 그물로 꺼내기는 어려울 것 같아요. 역시 어떻게든 잠수부가 들어가야겠어요. 그 조폭들은 24시간 거기에 있는 거예요?"

긴지가 고개를 끄덕였다.

"경비원을 고용해서 감시해봤어. 2교대로 달라붙어서 수색하는 것 같더라고."

"이렇게 추운 날씨에 고생들 하네요. 현상금이 목적이면 더 효율적인 벌이가 있을 텐데, 왜 그렇게까지 그 금고를 찾으려고 하는 걸까요?"

"글쎄."

긴지는 고개를 갸우뚱했다.

"중소기업이면 몰라도 모리카와 제약쯤 되는 대기업이 조폭과 엮이는 일은 드물어. 왜 조폭이 이 일에 끼어드는지 모르겠어. 내가 봐도 조금 이상해."

"자회사 중에 위험한 곳은 없어요?"

"자회사도 워낙 많으니까 다 조사해볼 수 없어. 애초에 나는 경영에 관여하지 않아서 잘 모르고."

"그러고 보니 긴지 씨는 왜 모리카와 제약 경영에 관여하지 않는 거죠?"

내가 순수한 궁금증을 꺼내자, 긴지는 기쁜지 얼굴이 환해졌다.

이 질문이 나오기를 내심 바란 모양이었다. 남자들이 사랑하는 '자신의 이야기'가 시작될 예감이 들었다.

"거기에는 긴 뒷이야기가 있어."

"짧게 해주세요."

나는 못을 박았지만 긴지의 이야기는 결국 길게 이어졌다.

40년의 세월을 거슬러 올라, 스무 살쯤이던 청년 긴지는 미요라는 가정부를 사랑했다는 이야기였다.

"성격은 얌전하지만 좋은 여자였어."

긴지는 어제 일처럼 말했다.

남자는 전여친을 기억 속에 영구 보존한다는 말이 사실이었다. 나는 속으로 혀를 내두르면서 두 사람이 함께 간 영화관, 가족들 몰래 가지던 밀회 등등의 이야기를 건성으로 들었다.

여하튼 두 사람의 사랑은 깊어져 미요는 긴지의 아이를 뱄다. 긴지는 몹시 기뻐하며 청혼했고, 미요도 이를 받아들였다. 하지만 다음 날 미요는 모습을 감추고 말았다.

나중에 알게 된 바로는 당시에 긴지의 부모가 임신 사실을 알고 배 속의 아이와 함께 미요를 모리카와 가문에서 쫓아낸 것이었다. 긴지는 미요를 찾아 헤맸지만 끝내 만날 수 없었다.

원래부터 딱히 공부에 흥미가 없었고 모리카와 가문의 일원으로서 모리카와 제약에 기여하는 것도 부담스럽게 생각하던 긴지는 이런 사태를 겪으면서 더더욱 모리카와 가문에 정이 떨어져 가출을 해버렸다. 그 뒤로 하루 벌어 하루 먹는 인생이 시작됐다. 아버지의 장례식에도 가지 않았다.

하지만 이후 어머니의 부고를 들었을 때는 긴지도 쉰을 넘긴 나이였기에 젊은 날 품었던 앙심도 이미 사라지고 없어서 어머니의 장례식에 갔다고 했다. 이를 계기로 모리카와 가문에 관혼상제가 있을 때는 출석하는 정도로 교류하고 있다고 했다.

"생각보다 뻔한 스토리였네요."

솔직한 감상을 말하자 긴지는 입을 삐죽였다. 그 토라진 표정이 에이지와 똑 닮아서 놀라울 정도였다.

"뻔해서 미안하구먼. 하지만 멀리서 보는 것과 가까이서 보는 건 완전히 다르다고!"

왠지 많은 것을 내포하는 듯 들리면서도 딱히 깊이감은 없는 멘트를 끝으로 이야기는 마무리됐다.

내가 다시 조폭에 대해 생각하려던 그때, 긴지가 조금 전 한 말이 다시 머릿속을 스쳤다.

"맞아요. 멀리서 보는 것과 가까이서 보는 건 다르죠!"

"그래, 맞아. 그러니까 내 인생은 나름대로-."

"긴지 씨, 헬리콥터 있어요?"

내가 말을 자르며 묻자, 긴지는 정색을 했다.

"헬리콥터? 친구 걸 빌릴 수는 있지."

"강변에서부터 내려가서 금고를 인양하려고 하면 그 애송이들이 방해하겠죠. 우리는 멀리서 내려보내는 거예요! 그러니까 우리는 헬리콥터를 이용해서 위에서 잠수부를 내려보내자고요. 조폭들이랑 체력적으로 붙으면 질 게 뻔하니까 우리는 돈으로 싸워봐요."

긴지는 놀란 표정으로 천천히 고개를 끄덕이다가 투덜거렸다.

"근데 그런 귀찮은 임무를 떠맡을 잠수부가 있으려나?"

나는 남 일인 양 말하는 긴지의 태도에 화가 나 쏘아붙였다.

"없으면 그쪽이 직접 해요. 직접 하기 싫으면 일을 맡아줄 사람을 찾아내고요."

긴지는 입을 삐죽이며 토라진 듯 고개를 수그렸다.

에이지와 똑 닮은 얼굴이었다.

긴지가 헬리콥터와 잠수부를 대령해온 때는 그로부터 일주일 뒤였다.

이른 아침부터 신키바에 있는 헬기장에서 만난 우리는 헬멧을 쓰고 구명조끼를 입은 다음 뒷좌석에 올라탔다.

사실 내가 함께 탈 필요는 없었으나, 긴지가 "조폭을 상대해야 할지도 모르잖아."라고 말하며 매달렸다.

하천 부지에 있는 조폭들은 상공에 있는 우리를 해치지 못할 테지만, 얼마 전의 만남이 꽤나 무서웠던 모양이다.

헬리콥터를 이용하니 도쿄에서 카루이자와까지 한 시간도 채 걸리지 않고 도착할 수 있었다. 도로 정체도 없고 쾌적해서 긴지는 보통 친구들끼리 골프를 치러 갈 때 이용한다고 했다.

문제의 장소 위 공중에서 헬리콥터가 정지하자, 원래부터 전해지던 헬리콥터 진동이 훨씬 강하게 느껴졌다. 좌석이 떨려 엉덩이가 간지러울 정도였다. 환기구를 통해 바깥 공기가 들어와 상당히 추웠고 장갑을 꼈는데도 손끝이 얼어붙었다.

창문으로 아래를 내려다보니 강가에 앉은 조폭들이 상공을 올려다보며 이쪽을 가리키고 있었다. 입을 크게 벌리는 것을 보니 무언가 소리치고 있는 것 같았으나 소리가 들리지 않았다. 기분이 통쾌했다.

옆을 보니 헬리콥터 자체에 로망이 있는 듯한 긴지는 얼굴에 미소가 가득했다. 강가에 선 조폭들을 발견하고는 어린아이처럼 "메롱!"을 반복해대는 것을 보고 있자니 헛웃음이 나왔다.

헬리콥터에는 전직 군인이었다는 잠수부 두 명이 함께 타고 있었다. 헬리콥터 문이 열리자 허리에 줄을 묶은 잠수부 한 명이 아래로 내려갔다. 잠수부는 금고를 그물에 동여맨 다음 수면 위로 올라왔다. 그것을 확인한 다른 전직 군인이 헬리콥터 전용 밧줄을 이용해 수면에 있는 잠수부와 금고를 함께 끌어 올렸다.

불과 10분도 지나지 않아 인양이 끝났다. 나는 평소에 접할 일이 없는 프로의 기량을 보고 눈이 휘둥그레졌다. 평소에는 변호사끼리만 복작거리는 좁은 세계에 살고 있었으므로 이렇게 전혀 다른 분야에서 활약하는 사람들을 접하는 것이 신선하게 느껴졌다.

그러고 보니 나는 기업 인수합병 건을 다룰 때 회계사나 회사 재무담당자가 정리한 회사정보를 읽는 것이 좋았다. 내가 잘 모르는 업계를 엿볼 수 있어서 재미있었다. 기업 인수와 합병은 서로 다른 기업문화를 가진 사람들끼리 협상하는 것이라 시간이 오래 걸리곤 했다. 하지만 나는 다양한 기업문화를 접하는 것 자체가 재미있었다.

거기까지 생각하자 가슴 속에 무언가 탁 짚이는 것이 있었다.

타쿠미는 아주 좋은 조건으로, 게다가 짧은 기간에 게놈제트사를 인수하는 데 성공했다. 단순히 타쿠미의 수완이 좋아서일지도 모르지만, 기업인수가 수완만으로 성공시킬 수 있는 것이던가? 거기에 무언가 단서가 있을 수도 있었다.

우리는 그대로 도쿄로 돌아와 헤어졌다. 금고는 잠금해제 전문업체에 맡기기로 했다.

헤어지면서 나는 긴지에게 타쿠미가 게놈제트사를 인수했을 때 작성한 '경영권 양수계약서'를 구해달라고 부탁했다.

긴지가 "왜?"라며 의아하다는 듯이 물었으나, 나는 제대로 대답할 수 없었다.

나조차도 왜 그런 것을 조사하는지 알 수 없었다. 내 주머니에 돈이 들어오는 것도 아니었다. 하지만 일련의 사건에 휘말리면서 결국 대체 무슨 일이 일어난 것인지, 에이지는 무엇을 하려고 했는지, 나도 알고 싶어졌다.

정말 나답지 않은 일이었다.

긴지의 전화가 온 것은 그로부터 닷새가 지난 후였다.

"금고 해제 업자가 도저히 못 하겠대."

이유는 알 수 없지만 자랑하는 듯한 말투였다.

"내가 특수제작한 물건이니 어쩔 수 없지, 뭐."

나는 잠시 생각하다 입을 열었다.

"애초에 그건 도난품이잖아요. 찾았으면 우선 경찰에 갖고 가야 하는 것 아니에요?"

"그것만은 안 돼."

긴지가 딱 잘라 말했다.

"경찰은 금고를 열려고 할 것 아니야? 그 금고는 두 개의 비밀번호를 세 번 잘못 입력하면 영원히 잠기는 구조야. 경찰이 비밀번호를 아무거나 눌러대면 내 소중한 서류도 영원히 꺼낼 수 없게 된다고. 그건 절대 안 돼."

"하지만 결국 전문업체도 열지 못했으니 의미가 없잖아요."

"그건 그렇네."

그렇게 말하면서도 긴지의 기분이 좋은 이유는 본인이 특수 제작한 금고가 견고하다는 것이 퍽 자랑스러워서이리라. 참 특이한 사람이었다.

　　"첫 번째 비밀번호는 무라야마 변호사의 변호사 번호야. 그러니까 그건 해결! 그런데 두 번째 비밀번호를 모르겠단 말이지."

　　"변호사 번호요?"

　　나는 반사적으로 되물었다.

　　"그래. 무라야마 변호사가 금고의 첫 번째 비밀번호는 자기 변호사 번호라고 넌지시 말한 적이 있어. 두 번째 비밀번호는 비밀이라고 했지."

　　그러고 보니 변호사 번호는 다섯 자리였고, 금고 비밀번호도 다섯 자리였다.

　　나는 무라야마가 죽던 순간을 떠올렸다. 그 모습을 떠올릴 때마다 내 몸이 떨릴 정도로 무라야마는 괴로운 표정이었다.

　　'나, 랑, 그 친구… 변호사… 버헉!'

　　"나랑 그 친구 변호사 번호." 나는 중얼거렸다.

　　"응?"

　　긴지는 내가 갑작스럽게 내뱉은 말을 제대로 듣지 못한 듯했다.

　　"첫 번째는 무라야마 변호사님의 변호사 번호, 두 번째는 무라야마 변호사님이 좋아하던 여자의 변호사 번호예요!"

나는 핸드폰을 들고 방 안을 돌아다니며 구석에 쌓인 잡지들 가운데 이번 달호 《자유와 정의》를 찾아냈다.

잡지 마지막 부분에 이번 달 등록취소자 일람, 즉 변호사를 관둔 이들의 정보가 실려 있었다.

다섯 자리의 변호사 번호와 함께 '무라야마 겐타: 사망'이라고 기재되어 있었다.

이제 남은 것은 무라야마가 좋아하던 여자의 변호사 번호였다.

"긴지 씨, 저 두 번째 비밀번호를 알아낼 수 있을 것 같아요."

나는 긴지가 정말 원하는 것이 무엇인지는 모른다. 금고의 내용물이 무엇인지도 모른다. 하지만 의뢰를 받은 이상 법이 허락하는 범위 내에서 내가 책임지고 그가 원하는 바를 구현할 것이다. 그것이 내 직업이니까.

그러면 되는 거겠죠? 무라야마 변호사님.

나는 '사망'이라고 적힌 페이지를 가만히 바라보았다.

2

사흘 후 오전 아홉 시, 긴지가 모는 벤틀리로 죠신에츠 고속 도로를 타고 우리는 카루이자와로 향했다.

불운하게 죽은 변호사들을 대충 조사해보면 무라야마가 동경하던 여자 변호사를 바로 찾을 수 있을 줄 알았으나 내 예상과 현실은 달랐다.

의뢰인이나 상대편 당사자에게 살해당한 변호사는 예상보다 훨씬 많았다. 그중에 한 명을 찾아내는 것은 도저히 불가능할 것 같았다.

그렇다면 무라야마의 '법무법인 삶' 안을 뒤져보기로 했다. 동경의 대상이니 추억이 깃든 물건이나, 적어도 사망 기사쯤은 갖고 있었을 것 같았다.

"이렇게 멋대로 남의 법률사무소에 들어가도 되는 거야?"

긴지가 핸들을 쥔 채 투덜거렸다.

"그 법률사무소는 무라야마 변호사님이 저한테 줬으니까 이제 제 소유예요." 내가 받아쳤다.

사에에게 연락해서 들은 바에 따르면 무라야마는 처자식도 없었고 가까운 친척도 없었으므로 법률사무소 안은 사건 당시 그대로 남아 있을 것이다.

"경찰에 들키면 여러모로 귀찮아지잖아."

"들키지 않으면 되잖아요."

만일 들키더라도 나는 얼마든지 말로 경찰을 구슬려서 조용히 넘어갈 수 있을 것이다.

"그보다 금고가 열리면 정말 원하는 게 뭔지 알려줘야 돼요."

나는 긴지에게 못을 박았다.

긴지는 금고의 내용물을 되찾으면 자신이 정말 원하는 것을 말해주겠다고 약속했었다.

"비밀로 할 만큼 대단한 일은 아니지만, 증거가 없으면 안 믿어줄 것 같아서 그래."

긴지는 조금 씁쓸하게, 그러나 그 이상으로 기쁜 듯이 중얼거렸다.

나는 더 이상 할 말도 없어서 조금 전 긴지가 준 서류로 시선을 옮겼다.

게놈제트사의 '경영권 양수 계약서' 복사본이었다. 사에를 통해 구했다는 것 같았다. 익숙한 형태의 계약서였다. 어두운 차 안에서도 내용이 술술 읽혔다.

"어때? 그게 도움이 돼?"

긴지가 가볍게 물었다. 나는 망설이며 대답했다.

"음…. 뭐랄까. 평범한 계약이네요. 너무 평범해서 오히려 평범하지가 않아요."

"엥? 무슨 말이야?"

"일반적인 계약에 단골처럼 쓰이는 표준계약서라는 게 있거
든요. 보통은 각각의 사안에 맞춰 그 표준계약서 틀에 조항을
추가하거나 기존 것을 삭제하면서 다양한 형태로 만들어요. 그
런데 이 계약은 그 표준계약서 그대로여서 고심한 흔적이 안
보여요. 변호사가 무능했던 건지, 시간이 없었던 건지 모르겠
지만, 아무튼 너무 평범해서 평범하지 않다는 것만큼은 확실
히 알겠어요."

오전 열 시쯤 우리는 '법무법인 삶'에 도착했다.

주변을 오가는 사람이 거의 없어 금고를 훔친 범인도 쉽게
침입했을 것 같았다.

1층 입구는 셔터가 닫힌 채 잠겨 있었다. 사건 때 깨진 옆쪽
창문에는 파란 비닐 시트가 붙어 있었다.

나는 벤틀리 뒷좌석에서 접이식 사다리를 꺼내 길게 편 다
음, 그것을 벽면에 세워서 2층으로 올라갔다.

"꼭 도둑 같다."

긴지가 나를 올려다보며 천진난만하게 말했다.

나는 창문에 도착한 뒤 허리에 찬 힙색에서 가위를 꺼내 파
란 시트 끝을 잘라낸 다음 깨진 창문 틈으로 몸을 밀어 넣었
다. 여자라면 거뜬히 들어올 수 있고, 남자도 조심스럽게 몸을
구부리면 들어올 수 있을 만한 크기였다.

나는 창문 밖으로 얼굴을 내밀고 말했다.

"빨리 차 치워요."

"예, 예."

긴지가 대답하며 사다리를 벤틀리 뒷좌석에 넣고는 차를 몰아 큰길로 나갔다. 너무 눈에 띄는 차라서 다른 곳에 세워둘 필요가 있었다.

나는 재빨리 힙색에서 테이프를 꺼내 비닐 시트 끝을 다시 창문 안쪽에 붙였다. 이렇게 해두면 침입자가 있다는 것을 밖에서 금방 눈치챌 수는 없을 것이다.

사무실 전등을 켜면 파란 시트를 넘어 밖으로 빛이 새어나갈 것 같아서 나는 손전등을 꺼내 주변을 비췄다.

경찰이 왔다 가서인지 물건이 벽 쪽 여기저기에 몰려 있었는데, 그것 말고는 전에 왔을 때와 비슷한 상태였다. 책상 옆, 무라야마가 쓰러졌던 장소에 서서 나는 잠시 묵념을 했다.

그런 다음 책상 위와 서랍 안, 그리고 책장을 뒤졌다.

내가 찾으려 한 물건은 오래된 잡지가 모여 있는 책장 끝에 있었다.

《자유와 정의》 한 권이 꽂혀 있었다. 연대를 보니 딱 30년 전에 발행된 것이라 무라야마가 좋아하던 여자가 죽은 시기와 겹쳤다.

잡지를 뽑아 들자 내가 굳이 펼쳐볼 필요도 없이, 원래 책에 있던 굴곡을 따라 등록취소자 목록이 있는 페이지가 저절로 펴졌다. 무라야마가 거듭거듭 펼쳐보는 바람에 생긴 굴곡이라고 생각하니 가슴이 먹먹했다.

죽 늘어선 등록취소자 이름 가운데 여자 이름은 하나뿐이었다.

'사망: 도쿄, 쿠리타 토모요'.

현재의 잡지와는 구성이 달랐다. 요즘 발행되는 《자유와 정의》는 가로쓰기에 등록취소자의 변호사 번호까지 기재되었으나, 30년 전에 발행된 《자유와 정의》는 세로쓰기에 변호사 번호는 적혀 있지 않았다.

나는 어깨에 멘 숄더백에서 준비해온 A4 용지 뭉치를 꺼냈다. 혹시 몰라 지난 30년간 사건관계자에게 살해당한 여자 변호사와 관련된 기사를 모두 출력해온 것이었다. 손전등으로 빛을 비춰가며 종이를 넘겨보다가 삼십 몇 년 전 기사에서 손이 멈췄다.

'28세 여성 변호사, 칼에 찔려 사망'.

이런 제목 바로 왼쪽에 작은 흑백사진이 있었다.

사진 바로 아래에 변호사 번호와 함께 쿠리타 토모요라는 이름이 적혀 있었다.

나는 어둠 속에서 손전등을 고쳐 잡으며 쿠리타 변호사의 사진을 응시했다. 중단발에 얇은 눈썹 아래로 강한 의지가 느껴지는 큰 눈이 돋보였다.

한 번 더 《자유와 정의》에 적힌 '사망'이라는 글자로 눈을 돌렸다.

그러다 문득 '나도 언젠가 무라야마와 쿠리타 변호사처럼 여기에 실리는 것이 아닐까'라는 생각이 들어 마른침을 삼켰다.

변호사라는 직업에 목숨을 걸 만한 무언가가 있는 것인지, 나는 아직 모르겠다.

어찌 되었든 무라야마의 말대로, 나는 오래도록 살아남을 것이다.

그 이후 나는 다시 긴지와 합류해 긴지의 펜션으로 향했다.

펜션에 도착하자마자 우리는 거실 중앙에 놓인 금고와 마주쳤다.

나는 심호흡을 한 다음, 무라야마의 변호사 번호와 쿠리타의 변호사 번호를 불러 주었고, 긴지는 내 목소리를 들으며 금고 앞에 붙은 버튼을 눌렀다.

금고는 무사히 열렸다.

안에는 봉투 두 개가 들어 있었다. 하나는 A4 사이즈의 얇은 봉투였고, 다른 하나는 A4 용지를 세 번 접은 크기에 두께감 있는 작은 봉투였다.

긴지는 그 봉투들을 꺼내서 작고 두꺼운 봉투만을 내게 건넸다. 봉투를 열어보니 에이지의 유언 두 통과, 사에가 전에 한 번 보여준 적이 있는 전여친 목록이 나왔다.

크고 얇은 봉투에서는 클리어파일 비닐에 든 얇은 책자가 나왔다. 긴지는 그 책자를 보더니 가슴에 품듯 꼭 쥐며 환하게 웃었다. 너무 기쁜 나머지 울 것만 같은 얼굴이었다.

"내가 약속했었지? 이거야."

긴지가 내민 것은 '친자 확인 검사서'라는 제목의 서류였다. 열어보니 무미건조한 문장 두 줄만 덜렁 적혀 있었다.

• 검체1과 검체2: 친자 관계 성립
• 검체3과 검체4: 친자 관계 성립

"이게 나와 내 아이를 잇는 유일한 단서거든."

"내 아이라고요?"

내가 묻자 긴지는 쑥스러우면서도 자랑스러운 듯한 표정으로 말했다.

"히라이 마사토. 모리카와 제약의 부사장 말이야."

나는 너무 놀란 나머지 목소리가 나오지 않았다. 눈만 끔벅이며 긴지의 얼굴을 말똥말똥 쳐다봤다.

모리카와 제약 회의실에서 본 히라이 부사장을 떠올렸지만 도저히 긴지와는 연결이 되지 않았다.

"이런 내가 아빠라니 우습지?"

"설마 가정부 미요 씨가 낳은 아이가…?"

내가 묻자 긴지는 고개를 끄덕였다.

"얼마 전 에이지의 생일 파티가 계기였어. 거기에 초대된 히라이 부사장의 얼굴을 보고 번개에 맞은 것 같은 느낌이 들었어."

긴지가 말하길, 히라이 부사장의 얼굴은 젊은 시절의 미요와 붕어빵이라고 했다. 나는 긴지의 기억력이 정말 감탄스러웠다. 게다가 모리카와 가문 사람들은 모두 잊어버렸겠지만, 미요의 성은 '히라이'였다고 했다.

긴지는 반드시 확인해야겠다는 생각이 들어 히라이가 사용한 젓가락을 훔쳤다. 그리고 젓가락에 묻은 성분을 토대로 자신과 친자 검사를 했고, 예상대로 친자라는 결과가 나왔다.

훌륭하게 성공한 아들을 만난 기쁨도 잠시, 노년에 이르기까지 일정한 직장도 없이 놀고먹는 한량 같은 자신이 아버지라고 나타나면 아들이 싫어할 것이라는 생각이 들어 결국 지금까지 이 사실을 본인에게 털어놓지 못했다고 했다.

"미요가 잘 키워준 덕분이야. 그런 아들에 이런 아빠라니, 정말 천양지차이지."

긴지는 자학인지 자랑인지 알 수 없는 말투로 말했다.

자식은 생이별한 아버지의 사회적 지위 따위를 그다지 신경 쓰지 않을 것 같았지만, 아버지로서는 그것이 마음에 걸리는 모양이었다. 그것도 남자의 자존심인가.

"나는 내 아들의 야망이 이해돼. 미요한테 어디까지 들었는지는 모르지만, 옛날에 미요가 모리카와 가문에서 일하다 쫓겨난 것 정도는 알고 있겠지. 엄마를 박대한 모리카와 가문에서 모리카와 제약을 빼앗아 복수하려는 거야."

히라이는 분명 자수성가한 사업가로서 충분한 돈을 소유하고 있었다. 원래는 투자회사에서 일할 필요도 없었고, 스스로 자진해서 모리카와 제약의 임원으로 취임할 필요는 더더욱 없었다. 오랜 한을 풀기 위해 굳이 힘들게 모리카와 제약에 들어왔다는 말인가.

"나는 아들의 복수를 도울 거야. 에이지가 가진 모리카와 제약의 주식을 내가 받은 다음, 내가 죽을 때 그걸 내 아들에게 상속하면 그 아이는 더 강한 영향력을 갖게 되겠지. 내 다른 재산들도 가능하면 그 애에게 상속하고 싶어."

긴지는 그런 마음으로 범인 선출전에 참가했지만, 당사자인 히라이 부사장이 반대표를 던졌으니 참 아이러니한 일이었다.

"그렇군요. 사정은 알겠어요."

나는 고개를 끄덕였다.

하지만 긴지가 친자 확인 검사서를 필사적으로 찾은 데에는 의문이 남았다.

"이런 검사서는 분실해도 검사 기관에 말해서 재발행할 수 있지 않나요?"

긴지는 고개를 저었다.

"애초에 상대의 동의 없이 검사하는 것 자체가 위법이야. 나는 특수한 경로를 통해 익명으로 검사한 거라서 그렇게 몇 번이고 발행해줄 리가 없어."

나는 고개를 갸웃했다.

"익명으로 검사한 서류라면 재판 증거로 쓰지도 못할 테니까, 더더욱 이 검사서는 있든 없든 상관없는 서류 아니에요?"

긴지는 뚱한 표정으로 반론했다.

"증거가 될지 안 될지가 중요한 게 아니야. 그 아이와 나의 유일한 연결고리라는 게 중요한 거야."

두 사람 사이에 연결고리가 있다는 사실은 이 검사서가 어떻게 되든 변하지 않는다. 그런데도 검사서의 존재에 집착하는 것은 매우 합리적이지 못하다는 생각이 들었으나, 그 이상은 트집을 잡지 않기로 했다. 나는 이해할 수 없었지만, 긴지에게는 긴지 나름의 이유가 있는 것이리라.

나는 검사서의 페이지를 넘기며 물었다.

"검체1과 2, 검체3과 4로 되어 있네요. 검체 두 가지로 더블 체크한 거예요?"

그러자 긴지는 태연한 말투로 대답했다.

"아니. 검체3과 4는 이왕 하는 김에 재미로 해본 거야. 그건 에이지와 료의 친자 검사야."

나는 순간 얼음처럼 굳어버렸다.

통나무집 안에는 난방기가 돌아가면서 내뿜는 뜨거운 바람 소리만 가득했다.

"에, 에에, 에이지랑 료요?"

나는 넋이 나가서 되물었다.

"료라면, 에이지 옆집에 사는 도죠 씨네 애요?"

"맞아."

긴지는 천연덕스럽게 말했다.

"에이지가 전에 나한테 '료는 내 아이 같다'고 말한 적이 있었거든. 그때 이후로 내 눈에는 계속 그 둘이 부모자식 관계로 보이더라고."

생각해보니 료의 우는 얼굴에서 에이지의 얼굴이 겹쳐 보였고, 왼손잡이를 오른손잡이로 교정하는 것을 심각하게 받아들이는 모습도 비슷해 보였다.

"에이지도 엄청 기뻐했는데…."

"에, 에이지한테 알려줬어요?"

나는 깜짝 놀라 목소리를 높였다. 타인의 프라이버시 중 최고봉이라고 할 수 있는 DNA를 마음대로 가져다가 친자 검사를 하고, 그것도 모자라 '너 애 있다?'라는 말을 했다는 것인가. 긴지는 정말 보통 인물이 아닌 것 같았다.

"에이지는 료를 아주 예뻐했고 료가 자기 아들이면 좋겠다고 말한 적도 있어. 그래서 나는 에이지에게 이 사실을 꼭 알려줘야겠다고 생각했어. 에이지는 가벼운 희망사항처럼 말했지만 나름대로 짚이는 데가 있으니까 그런 말을 했던 것 같았거든."

그 얘기를 듣던 내 머릿속에 어떤 생각이 스쳤다.

그리고 손에 든 에이지의 유언을 펼쳐 '전여친 목록'을 들여 다봤다.

쿠스다 유코, 오카모토 에리나, 하라구치 아사히, 고토 아이코, 야 마자키 치에, 모리카와 유키노, 타마데 히나코, 도죠 마사미, 이시즈 카 아케미….

확실히 '도죠 마사미'라고 쓰여 있었다.

사에는 도죠 부인의 이야기를 하며 불만을 표했었다. 그 부 인의 이름은 '마사미'였다.

"그 말은 그러니까, 에이지가 이웃집 부인과 불륜관계였다는 거예요?" 내가 긴지에게 물었다.

긴지는 고민하듯 신음하면서 천장을 본 채 팔짱을 꼈다.

"원래 그 부인이랑 에이지가 같이 일하는 사이였어. 그걸 계 기로 수의사인 남편한테 바커스를 맡기게 됐고, 그 다음에 카 루이자와 별장 옆 토지를 부부에게 팔았으니까, 순서로는 불륜 이 먼저고, 이웃이 된 건 나중이지."

그나저나 아무리 전여친 목록이어도 그렇지, 이미 세상을 떠 난 불륜 상대의 이름까지 썼을 줄이야. 죽기 직전에는 불륜인 지 아닌지 따위는 중요하지 않다는 생각이 드는 법일지도 모 르겠지만. 무라야마의 이야기에 따르면 전여친을 한 명 한 명 꼽아서 설명하면서 전여친 목록을 만들었다고 하니, 에이지는 자신의 전여친을 한 명도 빠짐없이 소개해야 직성이 풀렸던 것일지도 모른다.

"에이지에게 이 사실을 전한 게 언제였어요?"

긴지는 당시를 회상하듯 손으로 턱을 괴고 생각했다.

"검사 결과가 나오자마자 알려주러 갔으니까 1월 29일 밤이었을 거야."

"29일이면 에이지가 죽기 전날이네요."

"응. 에이지는 그때 이미 몸 상태가 말이 아니었어. 에이지는 자기가 곧 죽을 거라고 생각했거든. 그래서 료에게 유산을 주는 내용으로 유언장을 고치겠다면서 무라야마 변호사를 불러 달라고 했어. 나는 바로 무라야마 변호사한테 전화를 걸어서 늦어도 다음 날 점심에는 와달라고 했어."

나는 내 손에 들린 유언장의 날짜를 봤다.

제1유언이 1월 27일, 제2유언이 1월 28일이었다.

에이지는 그 다음 날인 29일에 자신에게 아들이 있음을 알았고, 유언을 추가로 고쳐 쓰려고 했다.

그러나 결국 유언을 고치지 못한 채 다음 날인 30일 새벽에 세상을 떠났다.

"에이지의 병세가 그렇게 나빴어요?"

나는 거듭 확인했다.

"본인은 계속 '나는 곧 죽는다'고 말했지. 실제로 생사가 갈릴 만한 병이었는지는 모르겠지만 되게 아파 보이긴 했어."

에이지를 죽이고 싶을 만큼 미워하는 사람이 있었다 해도, 이미 빈사 상태인 에이지를 굳이 죽일 필요가 있었을까. 오히려 그대로 죽기를 바라면서 조용히 지켜보는 것이 나았을 것이다.

그런데 만약, 다음 날이 되면 에이지가 자신에게 불리한 방향으로 유언을 수정할 것임을 알았다면?

유언을 고치기 전에 죽여야겠다는 생각이 들 수도 있었다. 마침 빈사 상태이니 바로 죽여도 병으로 죽은 것으로 마무리될 가능성이 컸다.

그리고 만에 하나 질병사로 판단되지 않을 때를 대비해, 머슬 마스터 제트 주사기를 에이지의 손에 쥐여놓았다. 그렇게 하면 그 모습을 본 모리카와 가문 사람들이 사인을 은폐하기 위해 동분서주할 것이기 때문이다.

별장의 문은 항상 열려 있었고, 에이지는 수면제를 먹고 잤다. 그 시간에 그 장소에 갈 수 있는 사람이라면 누구나 범행이 가능했다.

하지만 그렇게까지 해서 에이지를 죽일 만한 동기를 가진 사람은 한 명밖에 없었다.

"도죠 씨가 죽였군요."

나는 툭 내뱉었다.

"료의 아버지 도죠 씨가?" 긴지가 물었다.

"네. 에이지가 유언을 수정했을 때 가장 곤란해질 사람은 료의 아버지인 도죠씨니까요."

긴지가 고개를 갸우뚱하며 물었다. "하지만 료에게 돈을 주
겠다는 유언을 쓰는 거니까 도죠 씨한테도 좋은 거 아니야?
법적으로 자기 아들한테 돈을 준다는 건데…."

나는 풋 하고 웃었다.

내가 이런 대사를 입에 올릴 날이 올 줄은 몰랐다.

"돈보다 중요한 것이 있으니까요. 도죠 씨는 몇백억 엔을 받
아도 료가 에이지의 아들이라는 걸 세상에 알리기는 싫었을
거예요. 아니, 오히려 몇백억이라는 돈을 받는 것 자체가 싫었
을지도 모르겠네요. 갑자기 나타난 아들의 친아버지가 누구도
넘볼 수도 없는 거액을 척 건네고 떠나고 나면, 이제껏 아이의
유일무이한 아버지였던 도죠 씨는 갑자기 설 자리를 잃게 되니
까요."

"하지만 돈을 받기 싫으면 유언에 그런 내용이 있어도 상속
을 거부하면 되잖아."

나는 고개를 저었다.

"본인이 받는 것이면 거부할 수 있지만, 자녀가 받는 경우에
는 부모의 의사로 거부할 수가 없어요. 기본적으로 친권자는
아이에게 불리한 의사결정을 할 수가 없죠. 민법에 있는 이해
상반행위 금지 의무예요."

나는 손에 쥔 에이지의 유언을 가만히 바라보며 말했다.

"저는 처음에 타쿠미 씨를 의심했지만, 잘 생각해보니 타쿠

미 씨는 굳이 손을 쓸 이유가 없더라고요. 그냥 내버려 둬도 에이지는 병으로 죽을 테니까요."

"무라야마 변호사랑 이 금고는 어떻게 된 거야?" 긴지가 물었다.

"금고의 내용물이 필요했으면 강에 버리지도 않았을 거예요. 다시 말하면 범인의 목적은 오로지 금고의 내용물을 매장하는 것이었죠. 그리고 긴지 씨의 유전자 검사서는 그야말로 긴지 씨한테만 가치가 있는 물건이었어요. 에이지의 유언 내용은 전부 웹사이트에 올라와 있으니 이 정보도 매장할 수는 없어요. 그러니 범인이 매장하고 싶었던 건…."

"'전여친 목록'이구나." 긴지가 말을 받았다.

"맞아요. 목록에 부인의 이름이 떡하니 적혀 있으니까요. 그리고 무라야마 변호사님은 전여친 목록을 봐 버렸으니 죽인 거예요."

"어떻게 그런 짓을…."

긴지가 머리를 감싸 쥐었다.

생각해보니 카루이자와 별장에서 풀을 뽑던 때, 무라야마는 도죠에게 '에이지의 유언 때문에 잠시 할 얘기가 있다'고 했다.

나는 바커스를 돌봐준 공로자로서 받을 유산 때문인 줄로만 알았다.

하지만 그때 무라야마는 도죠의 부인인 마사미가 에이지의 전여친으로서 받아야 했던 유산을 도죠가 대신 받을 것인지 확인한 것이리라.

도죠는 그제야 에이지의 전여친 목록에 아내의 이름이 있음을 알았다.

그리고 아내가 바람을 피웠다는 사실을 아는 사람이 이 세상에 존재하는 것을 견딜 수 없었을 것이다. 공교롭게도 무라야마가 살해당하기 직전에 했던 말대로 남자의 자존심을 걸고 이판사판으로 진흙탕 싸움이 벌어지고 말았던 것이다.

나는 손에 든 전여친 목록으로 시선을 옮겼다.

"애초에 '전여친 목록'이 뭐야? 이런 걸 왜 만드냐고. 이런 데 관심 있는 건 사에뿐…"

나는 거기까지 말하다 얼어붙었다.

그리고 다음 순간, 나도 모르게 외쳤다.

"사에가 위험해!"

사에는 전여친 목록의 복사본을 갖고 있었다.

나는 바로 사에에게 전화를 걸어 전여친 목록의 복사본을 누구에게 보여줬는지 물었다.

사에는 갑자기 걸려온 내 전화에 의아해하면서도 태평하게 대답했다.

"당신하고 새언니한테는 보여줬지만, 다른 사람한테는 안 보여줬어."

나는 전화를 끊고 유키노에게 전화를 걸었다.

"어머, 레이코 씨. 오랜만이에요. 우리 집에 또 놀러 오-."

나는 유키노의 말을 끊고 물었다.

"유키노 씨, 사에가 에이지의 '전여친 목록'을 보여준 적 있죠?"

"네. 종이는 봤죠. 아가씨가 저한테 들이밀긴 했지만, 내용은 잘 못 봤어요."

"그거 누구한테 말한 적 있어요?"

나는 강하게 물었다.

"어…, 마침 조금 전에 도죠 선생님도 똑같은 걸 물으셔서 아가씨가 복사본을 갖고 있다고 말했어요."

나는 온몸에서 핏기가 사라지는 느낌이 들었다.

"조금 전이라면 언제요?"

"바로 아까 전에요. 한 5분 전?"

"사에는? 사에는 지금 어디 있어요?!"

나는 수화기 너머로 소리쳤다.

"갑자기 왜 그래요? 큰소리를 내고. 아가씨는 오늘 도쿄 집에 있을 거예요. 혼자 사는 아파트에요."

나는 재빨리 주소를 받아 적고 물었다.

"유키노 씨, 이 주소, 도죠 선생님한테는 안 가르쳐 줬죠?"

유키노는 당황한 듯 말했다.

"물어보길래 가르쳐 드렸어요. 아가씨는 도죠 선생님한테 호감이 있으니까 알려 줘서 안 될 건 없잖아요."

나는 유키노에게 설명도 없이 재빨리 전화를 끊었다.

그리고 즉시 사에에게 다시 전화를 걸었다. 하지만 사에는 받지 않았다.

시간은 밤 열한 시를 넘어섰다. 이미 됴쿄행 기차도 없었다.

"긴지 씨, '전여친 목록' 정보를 웹사이트든 유튜브든 좋으니까 되도록 빨리 인터넷에 퍼트려 줘요. 경찰에도 연락하고요."

나는 그렇게 말하면서 일어나 테이블 위에 놓인 차 키를 집어 들었다.

"그리고 차 좀 빌릴게요. 전 사에한테 가요."

3

벤틀리를 타고 늦은 밤 죠신에츠 고속도로를 날아가듯이 달렸다.

기차가 다니지 않는 시간대라 도죠도 차로 오고 있을 것이다. 이 고급 차의 최고 속도로 달리면 도죠보다 일찍 사에의 집에 도착할 수 있을 것이다.

속도위반을 너무 심하게 하면 형사재판에 회부된다. 하지만 나는 무수히 많은 사건 기록을 봐왔기 때문에 속도위반을 단속하는 지점을 정확히 기억하고 있었다. 그래서 그 지점에 가까워질 때만 속도를 줄여 속도위반에 걸리지 않을 수 있었다. 진심으로 변호사를 하길 잘했다는 생각이 들었다.

결국 예상보다 30분 일찍 사에의 아파트 앞에 도착했다. 긴지가 미리 신고해준 덕에 그 자리에는 경찰관 두 명도 와 있었다.

내가 경찰관에게 다가가자 한 경찰관이 말했다.

"신고자분이세요? 말씀하신 집이요, 아무리 초인종을 눌러도 문을 안 열어요."

"안 연다고만 하지 말고 직접 여세요."

내가 받아치자 경찰관이 확 인상을 썼으나, 나는 상관하지 않고 그를 재촉했다.

"관리회사에 연락해서 마스터키를 구해오면 되잖아요. 어서요."

다행히 사에가 사는 곳은 상주 관리인이 있는 고급 아파트라 15분 뒤에 관리인이 사에의 집 앞으로 왔다.

"엄청 흥분해서 신고했길래 일단 오긴 했는데, 대체 무슨 일입니까? 이래 놓고 별일 아니면 공무집행 방해죄예요."

나는 투덜거리는 경찰관을 밀치고 사에의 집 안으로 들어갔다.

자그마한 오피스텔은 사에답게 옅은 분홍색으로 인테리어가 통일되어 있었다.

나는 서둘러 거실, 식당, 부엌, 화장실을 확인했지만, 사에는 어디에도 없었다.

그러는 동안에도 줄곧 사에에게 전화를 걸었으나 전혀 응답이 없었다.

"이봐요, 아무도 없지 않습니까. 공무집행 방해죄에 주거침입죄 추가예요."

나는 일일이 짚어주는 경찰관에게 고함을 쳤다.

"시끄러워요! 그쪽이야말로 직무유기로 국가배상 청구하는 수가 있어요!"

"지금 그 말로 강요죄 추가입니다! 당신, 일단 경찰서까지…."

말다툼하는 동안 순찰차가 한 대 더 오더니, 추가로 경찰관 두 명이 내렸다. 물론 그들의 임무는 수상한 인물인 나를 붙잡는 것이었다.

내 주위를 경찰관 네 명이 둘러싸고 아파트 앞에서 실랑이를 했다.

그때 마침, 드디어 사에가 전화를 받았다.

"뭐야. 왜 자꾸 전화해?"

목소리가 기운찬 것을 보면 사에는 아직 무사한 것 같았다. 나는 바로 스피커폰 버튼을 누른 다음, 주변 경찰관들이 목소리를 낮추도록 손가락을 세워 입술에 갖다 댔다.

"사에, 지금 어디야?" 나는 화난 목소리로 소리쳤다. "너, 내가 도쿄 선생님 좋아하는 거 알고 꼬리 쳤지?" 사에의 속내를 떠보기 위해 대충 지어낸 말이었다.

순간 침묵이 흐르다가 사에가 키득거리며 웃는 소리가 들렸다.

"내가 꼬리친 게 아니고 선생님이 먼저 만나자고 한 거거든?"

의기양양한 목소리였다.

나는 거의 넘어왔다고 생각하며 작게 고개를 끄덕였다.

"그런 거짓말 안 믿어. 사실 지금도 넌 너희 집 소파에 혼자 드러누워서 외로움을 달래며 귤이나 까먹고 있겠지?"

나는 갑자기 태도를 바꿔 사에를 우롱하듯 말했다.

그러자 사에도 나를 한층 더 조롱하는 말투로 받아쳤다.

"아니거든요! 나는 이제 시나가와 부두에 가서 도쿄 선생님이랑 레인보우 브리지를 볼 거야."

나는 손가락으로 순찰차를 가리키며 경찰관들에게 당장 시나가와 부두로 가라고 했다. 하지만 눈치 없는 경찰관들은 고개를 가로저을 뿐이었다.

"이 늦은 시간에? 도죠 선생님이 진짜 나올까?"

내가 한 번 더 떠보자 사에가 말했다.

"10분 후면 도착한다고 연락 왔거든?"

나는 그 말이 끝날 즈음에 외쳤다.

"사에, 어서 도망쳐. 도죠는 네 목숨을 노리고 있어!"

하지만 예상대로, 사에는 내 전화를 끊어버렸다.

나는 즉시 경찰관들을 돌아보며 말했다.

"들었죠! 지금 당장 시나가와 부두로 가요. 레인보우 브리지가 보이는 장소는 많지 않아요. 10분 내로 독극물을 소지한 남자가 나타날 거예요. 자, 어서요!"

하지만 경찰관들은 꿈쩍도 하지 않았다.

나는 속이 터져서 이제 될 대로 돼라 싶었다.

그래서 엉뚱한 곳을 가리키면서, "어?! 쿠로다 검사장님!"이라며 적당한 검사의 이름을 외쳤다.

그러자 경찰관들은 조건반사처럼 그쪽을 돌아보며 경례를 하려고 했다.

그 순간 나는 주차해 놓은 벤틀리를 향해 뛰었다.

경찰관들이 허둥대며 나를 쫓아왔지만, 나는 육상으로 전국

대회까지 간 몸이었다.

중년의 경찰관들과 거리를 쭉쭉 벌리며 달려서 벤틀리에 올라타고는 그대로 출발했다.

시나가와 부두까지는 열심히 달리면 7, 8분 정도 걸렸다. 나는 일부러 경찰서 앞에서 신호를 몇 개 무시하며 맹렬히 달려서 교차로를 빠져나왔다.

뒤에서 순찰차 사이렌이 울렸다. 그 소리에 섞여 경고하는 목소리가 들렸다.

"거기 앞에 가는 차, 멈추세요! 멈추세요!"

그 목소리 덕분에 경찰관들이 나를 잘 쫓아오고 있다는 것을 확인할 수 있었다.

나는 시나가와 부두로 들어섰다.

벤틀리 뒤에서 순찰차 세 대가 부두로 따라 들어왔다.

내가 속도를 줄이려 한 순간, 오른쪽에서 순찰차 한 대가 튀어나왔다. 나를 앞질러 가고 있었던 모양이었다.

나는 당황해서 핸들을 왼쪽으로 꺾으며 바로 브레이크를 밟으려고 했다.

그러나 타이밍이 늦어 도로 옆에 설치된 노란 울타리를 범퍼로 들이받았다.

울타리는 단단한 철제였는지 차와 부딪치면서 부서지는 날카로운 소리를 냈고, 나는 자동차 프런트 부분이 찌그러지는 충격을 몸으로 느꼈다.

나는 얼른 차에서 내렸다.

경찰차 라이트가 주변을 밝게 비추고 있었다.

나는 그 라이트 속에서 사람 형상을 발견하고는 그쪽을 향해 내달렸다.

"도죠!"

내가 소리쳤다.

두 개의 사람 형상 중 큰 쪽이 나를 돌아봤다.

"'전여친 목록'은 벌써 인터넷에 쫙 풀렸어!"

나는 도죠에게 제대로 들리도록 있는 힘껏 소리쳤다.

"그러니까 이제 사에를 죽여봤자 소용없어!"

내가 소리치고 있을 때 경찰관들이 우르르 경찰차에서 내리더니 나를 둘러싸려 했다.

나는 경찰관들을 향해 호통쳤다.

"저 남자는 독극물을 갖고 있다고! 옆에 있는 여자가 위험해!"

그러자 경찰관들도 늦은 밤 부두를 서성거리는 남녀가 아무래도 수상쩍었는지 손전등으로 두 사람을 비췄다.

도죠와 사에가 놀란 표정으로 이쪽을 보고 있었다.

"레이코 씨, 어떻게 된 거야?"

사에가 기가 찬 목소리로 말했다.

"네 옆에 있는 그 도죠가 에이지를 죽였어!"

나는 소리를 질렀다.

"그럴 리가 없잖아."

사에는 그렇게 말하면서도 불안한 표정으로 도죠에게서 한 걸음 떨어졌다.

"도죠, 증거는 전부 확보했어! 이제 포기해."

실제로 증거가 있을지는 모르겠지만, 아무튼 도죠를 단념시 키기 위해 나는 큰소리를 쳤다.

멀찍이서 보고 있던 경찰관들이 나를 서서히 둘러쌌다. 경찰 관들의 어깨너머로 도죠와 사에에게도 경찰관 몇 명이 다가가 는 것이 보였다.

도죠가 손에 든 가방을 들어 올렸다.

가방을 바다에 던지려는 것 같았다.

안 돼.

나는 나를 둘러싼 경찰관들을 어깨로 힘껏 들이받았다.

경찰관들이 주춤한 틈에 포위에서 벗어나 튀어 나간 다음, 머리로 도죠의 옆구리를 들이받았다.

도죠가 가방을 놓쳤다.

가방이 공중에 포물선을 그리며 날아가는 것이 시선 끝으로 보였다.

나는 무너진 몸의 균형을 잽싸게 되찾고, 무릎을 굽혔다가 힘껏 뛰어올랐다.

쭉 뻗은 손끝에 가까스로 가방이 닿았다.

나는 그것을 휙 낚아채며 그대로 부두의 딱딱한 콘크리트

바닥 위를 굴렀다.

"아야…"

신음을 뱉으며 몸을 일으켰다.

내 품 안에는 도죠의 가방이 안겨 있었다.

"너 뭐야?!"

도죠가 짧게 내뱉은 말이 머리 위에서 들렸다.

나와 도죠 주위로 경찰관들이 다가왔다.

도죠는 작게 욕을 내뱉더니 걱정스러운 표정으로 달려온 사에를 한 손으로 밀치고 뛰기 시작했다.

나는 주변에 선 경찰관들에게 소리쳤다.

"저 남자 잡아!"

경찰관들은 당황한 듯 서로 눈치를 보았다.

"빨리! 쫓아가라고!"

내 기세에 눌려 경찰관 몇 명이 허둥지둥 도죠의 뒤를 쫓았다.

나는 나를 둘러싼 경찰관들에게 주문처럼 거듭 말했다.

"이 가방 안에는 독극물이 들어 있어! 그 남자는 살인범이라고. 반드시 잡아야 해. 만약 놓치면 직무유기로 국가배상 청구할 거니까 그렇게 알아!"

나를 둘러싼 경찰관들은 그런 나를 보며 학을 뗐지만, 나는 경찰관이란 족속들이 '이 사람은 가만히 내버려 두면 더 귀찮아지겠다'는 생각을 해야 비로소 상대방의 얘기를 제대로 들어

주는 집단이라는 걸 경험적으로 알고 있었다. 그러니 경찰관들이 질린 표정을 짓는 것은 내게 좋은 징조였다.

그날 밤, 나는 결국 경찰서 안에 있는 구치소에 들어갔다.

난방도 들어오지 않는 곳에서 보푸라기 투성이인 얇은 담요 한 장만 덮고 자야 했지만, 나는 전에 없이 당당하게 대자로 드러누워 단잠을 잤다.

나는 신에게 부끄러울 일은 하나도 하지 않았기 때문이다.

제 7 장

피에로의 계획

1

"도가 지나쳤어요."

면회장 아크릴판 너머로 츠츠이 변호사가 말했다.

나는 말없이 고개를 숙였다.

공식적으로 체포 구속 절차가 집행되면서 경찰관이 변호인을 쓸 것인지 물었을 때, 내 머릿속에는 츠츠이 변호사밖에 떠오르지 않았다. 말다툼을 하기도 했고 내가 여러모로 실례를 범했지만, 내가 아는 변호사 중에 가장 강한 사람은 역시 츠츠이 변호사였다.

거절당할 줄 알았으나, 츠츠이 변호사는 내가 연락한 지 한시간 만에 면회를 하러 와 주었다.

"하나 빚진 거예요."

츠츠이 변호사의 말에 나는 가만히 고개를 끄덕였다.

"…라고 말하고 싶지만, 사실 빚진 건 나예요. 그 빚을 이번에 퉁친 걸로 합시다."

츠츠이 변호사는 빙그레 웃었다.

"변호사님이 저한테 빚진 게 있으셨다고요?"

전혀 짚이는 바가 없었다.

츠츠이 변호사는 늘 그렇듯 온화한 말투로 말했다.

"레이코 변호사가 내 구두가 더럽다며 우리 가정의 불화를 지적했을 때, 나는 화를 냈죠. 나는 아내를 믿고, 그 사람이 나를 배신할 리가 없는데, 레이코 변호사가 의뢰인 앞에서 당치도 않는 헛소문을 퍼트린다고 생각했으니까요."

"그때는 죄송했습니다."

나는 다시 고개를 숙였다.

"아니, 괜찮아요. 그 일이 있고 나서 내가 아내의 상태를 잘 살펴보니 왠지 얼굴색이 좋지 않고 조금 무리하는 것처럼 보이더군요. 그 사람이 힘든 내색을 안 하는 성격이라 계속 괜찮다고 하는데 내가 억지로 병원에 데려가 봤더니 초기 위암이었어요. 다행히 일찍 발견한 덕분에 수술도 잘 끝날 것 같습니다."

생각지도 못한 전개에 나는 아무 말도 못 하고 눈만 깜박였다.

"레이코 변호사의 관찰력 덕분입니다. 항상 아내가 내 구두를 닦아줬거든요. 그런데 요즘 몸이 힘들어서 거기까지 힘이 닿지 않았던 모양이에요. 나 혼자서는 알아차리지 못했을 겁니다."

나는 당황스러워서 츠츠이 변호사를 멍하니 쳐다봤다.

"그건 참 다행이지만, 너무 결과론 아닌가요? 그때는 제가 실례를 범한 게 맞잖아요."

츠츠이 변호사는 고개를 저었다.

"결과론이어도 괜찮아요. 아니, 오히려 결과가 전부죠. 조금만 기다려요. 나도 결과를 가져올 테니. 공무집행방해, 주거침입, 강요, 폭행, 도로교통법 위반 등등. 지금은 레이코 변호사에게 여러 죄목이 붙어 있지만 열흘 후에는 레이코 변호사가 자유의 몸이 되게 해드리죠."

츠츠이 변호사는 힘차게 선언하고는 시원스럽게 면회장을 떠났다. 무슨 생각인지는 모르겠지만, 믿고 맡기면 되리라.

그 후 며칠 동안 여러 번에 걸쳐 여러 사람이 면회를 왔다.

우선은 아사히.

내가 체포된 것을 듣자마자 눈이 벌겋게 충혈된 채 달려왔다. 나는 감동하고 말았다. 아사히는 정말 순수하고 좋은 사람이었다.

아사히의 말에 따르면, 그날 밤 도죠는 몇십 분 동안 경찰관들에게 둘러싸여 임의 조사를 받았다. 내가 지적한 대로 도죠의 가방에서 불법 독극물이 나와 그는 그대로 체포되었다. 상당히 철저한 조사를 받고 있으니 살인과 절도를 자백하는 것도 시간문제라고 했다.

그리고 다음으로 온 사람이 긴지였다.

그날 밤 소동을 알고 있었으니 위로하러 온 줄 알았는데, 내가 긴지의 애마 벤틀리를 울타리에 처참하게 받아버리는 바람에 벤틀리가 망가져서 폐차를 해야 한다며 따지러 온 것이었다.

나는 감정이 상해서 "꼴랑 3천만 엔짜리 차는 다시 사면 되잖아요."라고 받아쳤지만, 그러고도 분이 풀리지 않았다. 그래서 "새 차 뽑고 잽싸게 히라이 부사장한테 가서 진실이나 말해요! 가만히 허세나 부리고 있으면 뭐가 나온대요?"라고 설교를 퍼부었다.

그 다음에 온 사람이 토미하루.

고맙게도 다양한 과자와 책을 사 와서 구치소 안에 반입해 주었다. 과자 취향을 보아하니 토미하루는 꽤나 단 것을 좋아하는 것 같았다. 책은 예상대로 마르셀 모스의 《증여론》이었다.

토미하루의 말에 따르면, 료는 일단 타쿠미와 유키노가 돌봐주기로 했다고 한다. 료는 자신을 길러준 아버지가 체포된 것을 아직 이해하지 못했다. 료를 돌봐야 해서 타쿠미와 유키노는 면회에 올 수 없다고 했다.

그리고 료가 유키노네 집에서 살게 되자, 에이지의 별장을 떠나지 않던 바커스가 바로 유키노네 집으로 거처를 옮겼다고 했다. 개는 인간의 불안한 마음을 알아채고 위로해준다던 말처럼, 료의 불안정한 상태를 알아차린 바커스가 그 아이를 위로하러 갔다고 생각하니 마음이 든든했다.

그 다음으로 찾아온 사람은 놀랍게도 오빠 마사토시였다.

마사토시는 내 얼굴을 빤히 쳐다보며 말했다.

"네가 철창 안에 들어갈 줄이야."

그 말은 법률가로서 흘려들을 수 없어서 바로 반박했다.

"나는 아직 기소되지도 않은 피의자야. 우리나라에는 무죄추정의 원칙이라는 게 있어서 유죄 판결이 나지 않는 한 나를 무죄로 봐야 한다고. 그러니까 이미 교도소에 들어간 것처럼 '철창 안에 들어갔다'고 표현하는 건 부적절-."

내 말을 듣던 마사토시가 웃으며 말했다.

"건강해 보여서 다행이다."

구치소의 열악한 환경 속에서도 나는 첫날부터 단잠을 잤고, 이틀 연속 이곳에 묵고 나니 이제는 내 집처럼 느껴질 정도라 아무런 스트레스도 없이 매일 유유자적 편안하게 뒹굴거리고 있었다. 나는 건강하지 않을 이유가 없었다.

"아버지랑 엄마도 많이 걱정하셨어."

마사토시의 말에 나는 나도 모르게 웃음이 터졌다.

"엄마는 그렇다 치고, 아버지가 나를 걱정할 리가 없잖아."

그렇게 받아치자 마사토시는 고개를 흔들며 입을 열었다.

"너는 아버지의 자랑스러운 딸이니까 걱정하시는 게 당연하지."

나는 수긍할 수 없어서 말했다.

"내가 자랑스러운 딸이라니? 아버지는 나를 칭찬한 적이 한 번도 없어. 맨날 오빠만 칭찬하잖아."

마사토시는 내 얼굴을 가만히 보다가 물었다.

"너 진짜 아무것도 생각 안 나?"

그렇게 물으면 무엇을 두고 생각나지 않냐고 묻는 것인지 알 수 없으니, 생각나지 않는 것이 당연했다.

"네가 초등학교에 들어갔을 때쯤 아버지한테 말했잖아. '나는 어차피 밖에서 많이 칭찬받으니까 아빠는 칭찬을 못 받는 오빠를 칭찬해 줘.'라고. 지금 생각해보면 나한테 실례되는 말이었지만."

"내가 그런 말을 했다고?"

나는 도무지 기억나지 않았다.

"그래. 했어. 그때 오빠는 엄청나게 상처받았다."

그 뒤로 우리는 잡담을 조금 나누었고, 마사토시는 유카와 결혼식을 올릴 날짜가 정해졌다는 이야기를 한 다음 집으로 돌아갔다.

그리고 마지막으로 온 사람이 사에였다.

사에는 뚱한 얼굴로 면회장에 들어와서 내 앞에 앉더니 한동안 말없이 앉아 있었다.

사에가 면회를 신청한 것이니 내가 먼저 나서서 말을 걸기는 싫어서 나는 나대로 가만히 있었다.

15분인 면회 시간 중 처음 5분간을 침묵으로 흘려보냈다. 내 뒤에서 대기하는 입회경찰관이 어색한 침묵이 불편해 엉덩이를 달싹거릴 때쯤, 사에가 한마디를 툭 내뱉었다.

"고마워."

자존심 강한 여자치고는 꽤 노력했다는 생각이 들었다.

사에가 면회를 왔을 때쯤에는 도조의 조사가 제법 진척되어 그가 진술한 내용이 이미 신문과 주간지에 떠들썩하게 실려 있었다.

도죠는 아내 마사미가 남긴 일기를 보고 료가 자신의 아들이 아님을 이미 오래 전에 알았지만, 그 사실을 감추고 제 아이로 키워왔다.

도죠의 아내 마사미는 과거에 긴지가 가정부를 임신시켰을 때 모리카와 가문 사람들이 그 아이와 가정부를 함께 쫓아낸 것을 알고 있었기에, 료가 에이지의 아이라고 말하지 못한 듯했다.

올해 1월 29일 저녁, 에이지는 도죠를 불러 자신의 친아들인 료에게 유산을 물려주기 위해 유언을 수정할 예정이라고 말했다. 에이지는 선의로 말한 것이겠지만, 도죠는 이를 계기로 살의를 품었다.

그리고 하루가 지난 1월 30일 새벽, 도죠는 별장에 숨어들어 시신 부검을 해도 잘 검출되지 않는 염화칼륨을 에이지의 정맥에 주사해 살해했다.

도죠는 예전에 에이지의 별장에서 머슬 마스터 제트 시제품을 구경한 적이 있었기 때문에 그 약이 어디에 보관되었는지 알고 있었다. 그 장소에서 머슬 마스터 제트 주사기를 하나 꺼내 에이지의 손에 쥐였다.

현재는 도죠의 진술에 따라 다시 증거 조사가 이루어져 물적 증거도 조금씩 확보되었다. 예를 들면, 도죠가 여러 개 갖고 있던 동물용 주사기 바늘의 두께와, 에이지의 왼쪽 허벅지에 남은 주사 자국이 일치했다.

에이지를 죽일 때는 어차피 며칠 후에 죽을 사람이니 그 죽음을 며칠 앞당겨도 천벌을 받지는 않을 것이라는 악마의 속삭임에 넘어갔다고 했다. 하지만 에이지를 죽인 이상, 아내의 불륜이 외부에 알려지면 '살해한 본전도 못 찾는 것'이라는 생각이 들었다. 내가 언젠가 아사히에게 말한 '콩코드 효과'라는 심리 현상에 의한 것이리라. 전여친으로서 상속받을 수 있는 몫, 그러니까 죽은 아내의 상속분을 대신 받겠냐고 무라야마가 물었을 때, 도쿄는 무라야마를 죽일 결심을 했다고 했다.

도쿄는 동물용 한방약으로 소지하던 부자(附子)를 담배에 묻혀 무라야마를 살해했다. 무라야마와 대화하면서 전여친 목록이 금고 안에 있다는 것을 알아낸 도쿄는 금고를 통째로 훔쳐서 인근 강에 버렸다고 했다.

"사에는 불륜에 대해 알고 있었지?"

내가 묻자 사에는 조용히 고개를 끄덕였다.

사에는 '전여친 목록'을 꼼꼼히 확인했으니 당연히 거기에 도쿄의 죽은 아내 이름이 있는 것도 알았을 것이다. 하지만 고인을 욕보일 수 없어 속만 썩였으리라. 사에가 그 사실을 퍼뜨리지 않아서 비밀이 비밀인 채로 유지되었고, 결과적으로 그것이 사에의 목을 조를 뻔했다는 것이 아이러니했다.

"아무튼 부탁한 거 가져왔어."

사에가 두꺼운 종이 뭉치를 들어 보였다.

"나중에 구치소 안으로 넣어 줄게."

나는 츠츠이 변호사를 통해 사에에게 어떤 서류를 모아 와 달라고 부탁했었다.

"고마워."

나도 사에에게 감사를 표했다.

사에는 고개를 옆으로 휙 돌리며 대답했다.

"뭐 이런 걸 가지고."

변함없이 조금도 귀엽지 않은 얼굴이었다.

사에의 귓불에서 은색 별 모양 귀걸이가 흔들렸다. 사에의 취향은 아닌 듯한 스포티한 디자인이라 눈길이 갔다.

나는 아무 생각 없이 말했다.

"귀걸이가 멋있네."

사에는 귓가에 손을 대더니 내 얼굴을 가만히 쳐다봤다.

나와 사에는 아무 말 없이 몇 초 정도 마주보았다. 사에의 눈이 점점 촉촉해졌다.

사에는 내 시선을 피하듯 다시 옆을 돌아봤다.

"이거 에이지 오빠가 준 거야. 성인식 선물로."

사에가 눈을 깜빡이자 눈에서 눈물 한 방울이 톡 떨어졌다.

"에이지 오빠는 죽고, 도죠 선생님은 체포되고…"

고개 숙인 사에가 중얼거렸다.

"나 진짜 남자 운 없지?"

그러면서 눈가를 비볐다.

"왜 항상 짝사랑으로 끝나는 거지?"

눈 아래로 검은 아이라인이 번졌다.

사에의 사랑이 결실을 맺지 못하는 이유는 남자 운이 없어서가 아니었다. 하지만 전에 없이 얌전한 사에가 딱해 보여서 나는 아무 반론도 할 수 없었다.

사에는 에이지를 좋아했던 만큼, 에이지를 죽인 도죠에게 조금이나마 호의를 가졌던 자기 자신이 원망스러운 것 같았다.

나는 무심코 휴대용 티슈를 꺼내 사에에게 건네려고 했다. 꽃가루 알레르기가 있는 나를 생각해 마사토시가 반입해 준 물건이었다. 그런데 나와 사에 사이에는 투명한 아크릴판이 있었다. 아크릴판이 있는 것은 당연했으나, 순간 그 존재를 잊고 있었다.

나는 휴대용 티슈를 쥔 채 한 손을 아크릴판에 댔다.

"그냥 운이 나빴던 거야." 애써 밝은 목소리로 말했다. "인연을 맺어준다는 절에 가서 불공이라도 드려보면 어때?"

그러자 사에는 갑자기 나를 째려보며 말했다.

"당신이랑은 안 가."

정말 예쁘게 봐주려야 봐줄 수가 없는 애였다.

그런 점이 문제라고 말해주고 싶었지만, 싸움을 거는 꼴밖에 되지 않으니 관두었다.

"당신은 경찰에 신세 지는 처지니까 본인 걱정이나 해."

사에는 자리에서 일어나 내게 등을 돌리고 걸어 나갔다.

이 세상에 한 명쯤은 사에를 좋아해 줄 남자가 있을지도 모른다. 자존심 센 사에의, 사에만의 매력을 이해해 줄 남자를 만날 수 있으리라는 자그마한 가능성에 기대볼 수밖에 없겠다. 나는 멀어지는 사에의 가냘픈 등을 바라보며 몰래 그녀의 행복을 빌었다.

사에가 떠난 뒤, 나는 사에가 가져다 준 '게놈제트 주식회사 조사보고서'를 꼼꼼히 읽었다.

내가 찾던 내용은 48페이지 '분쟁, 조직폭력배와의 관여' 항목에 있었다.

나는 구치소에서 홀로 한숨을 내쉬었다.

드디어 모든 수수께끼가 풀렸다.

2

놀랍게도 츠츠이 변호사의 말대로 나는 구속된 지 열흘쯤
이 지나 석방되었다.

어떤 마법을 썼나 의아했으나, 단순하게도 츠츠이 변호사가
검찰의 높은 분을 구슬렸다는 듯했다.

4월도 후반에 접어들었다. 열흘 넘게 영어의 몸이 되어보니,
아무래도 시대의 흐름을 따라가기가 어려워서 시간 여행자가
된 기분이 들었다.

조사를 받던 도죠는 공식적으로 에이지와 무라야마를 살해
한 죄로 구속되었다. 진범이 구속되면서 머슬 마스터 제트에
심각한 부작용이 있다는 보도에서 해방된 모리카와 제약의 주
가는 상한가를 쳤다. 에이지에 대한 동정 여론이 많이 나온 영
향인 듯했다.

도죠가 체포된 지 며칠 뒤에 카네하루 사장, 히라이 부사장,
사다유키 전 전무의 이름으로 "범인 선출전에서는 도죠를 '범
인'으로 인정하지 않는다."라는 성명이 발표되었다.

아무리 고인의 뜻이어도 살인자가 이익을 취하게 둘 수는 없
다는 판단인 듯했다.

대중은 이 판단이 윤리적으로 옳다며 지지를 표했고, 모리카
와 제약의 주가는 점점 더 상승했다.

석방된 지 일주일 정도가 지난 4월 24일 토요일이었다.

나는 오전부터 한껏 멋을 부리고 요코하마로 향했다. 토미하루의 대형 크루즈가 요코하마항에서 유람을 떠난다고 해서 나도 게스트로 승선하게 되었다.

토미하루는 자동차 면허는 없으면서 크루즈는 운전할 수 있다고 했다. 정말 사는 세계가 다르다는 생각이 들었다. 카네하루가 토미하루의 생일을 축하하는 의미로 크루즈를 새로 도색해줘서 이를 선보이는 파티를 겸해 친척들을 초대했다고 했다.

그러나 내 진짜 목표는 타쿠미였다.

나는 당당하게 배에 올라탄 다음, 인사하는 토미하루와 화려하게 치장한 남녀 사이를 빠져나와 타쿠미를 찾았다.

유키노와 함께 2층 소파에 앉아 있는 타쿠미를 발견하고 나는 망설임 없이 다가갔다.

"잠깐 시간 좀 내주시죠." 내가 말을 걸었다.

"용건이 뭡니까?"

귀찮다는 목소리였다.

유키노는 곤혹스러운 표정으로 타쿠미와 나를 번갈아 보았다.

나는 개의치 않고 말했다.

"몇 번이나 약속을 잡으려고 했는데도 도통 만나주시지를 않아서 지금 실례 좀 할게요. 잠깐 장소를 옮기죠."

나는 턱으로 바깥 갑판 쪽을 가리켰다.

"여기서 말해도 되면 여기서 얘기하고요."

내 말에 타쿠미는 체념한 듯 어깨를 늘어뜨리며 말없이 일어서서 나를 따라 갑판 쪽으로 나왔다.

크루즈는 천천히 요코하마항을 빠져나왔다. 봄 햇볕이 따뜻했고 바람도 기분 좋게 불었다. 바다는 수면에 빛이 반사되어 거울의 은빛 파편이 흩뿌려진 듯 아름다웠다.

코가 간지러워 재채기를 한 번 했다. 나는 꽃가루 알레르기가 있었다. 미리 약을 먹고 오길 다행이었다.

"이제 일주일만 있으면 에이지가 죽은 지 3개월이 되네요."

나는 난간에 한쪽 팔을 걸치며 말했다.

"네…."

타쿠미는 내가 어떻게 나올지 살피는 모양새였다.

"그러니까 이제 일주일만 있으면 유언에 적힌 '사후 3개월 이내에 범인을 특정하지 못했을 경우'에 해당해 유산은 국고에 귀속되겠죠."

"그게 뭐 어떻다는 겁니까?"

타쿠미는 시선을 바다 쪽으로 떨구며 냉랭하게 말했지만, 나는 개의치 않고 말을 이어나갔다.

"그리고 카네하루 사장님은 유언의 유효성을 따지지 않기로 하셨다더군요. 에이지에게 료라는 친아들이 있었으니까요."

"그래서요?"

이 화제는 타쿠미도 상상하지 못했는지 의아하다는 표정을 지었다.

"DNA 검사로 친자 관계가 명확해지면, 료가 사후 인지(認知) 소송을 걸어서 에이지와의 법률상 친자 관계를 인정받을 수 있어요. 그렇게 되면 자식인 료가 에이지의 재산을 상속받을 유일한 상속인이 되니까 부모인 카네하루 사장님은 더 이상 법정상속인이 아닌 게 되죠. 어차피 본인 손에는 아무것도 들어오지 않을 테니, 카네하루 사장님이 유언의 유효성을 따져봤자 의미가 없잖아요."

타쿠미는 고개를 갸웃하며 물었다.

"에이지는 이미 죽었는데 DNA 검사가 가능합니까?"

나는 고개를 끄덕였다.

"형인 토미하루 씨의 검체를 이용하면 고인이어도 상당히 높은 정확도로 DNA 검사가 가능해요. 게다가 에이지는 과거에 토미하루 씨에게 골수이식을 해준 적이 있죠. 당시 치료기록에 에이지의 DNA 정보가 남아 있을 테니 그걸 대조하면 정확하게 친자관계를 확정할 수 있을 거예요."

"그렇군요. 에이지와 료의 친자관계가 인정되면 료가 에이지의 유산을 받을 단독상속인이 되는 거군요. 그런데 에이지의 유언이 있잖아요. 유산은 결국 어떻게 되는 겁니까?"

타쿠미가 태연한 말투로 물었으나, 그 눈에는 초조함이 묻어났다.

"에이지가 어떤 유언을 남기든 료는 유산 절반을 받을 권리가 있어요. 유류분이라는 것이죠. 그리고 남은 절반은 에이지의 유언대로 국고로 넘어갈 거예요."

타쿠미는 나를 힐끔 보더니 입을 열었다.

"에이지에게는 주식이나 부동산 같은 여러 형태의 자산이 있었어요. 절반은 료가 갖고 절반은 국고에 귀속된다면, 어떤 방식으로 유산을 나눕니까?"

"역시 그게 궁금하시겠죠?"

나는 싱긋 웃었다.

"상속재산 분할 절차를 밟으면서 시장가치와 자산의 성질을 고려해 적절하게 나눠요. 하지만 안심해요. 게놈제트사의 주식은 국고에 귀속되도록 료의 후견인에게 말해뒀으니까요."

타쿠미는 말없이 팔짱을 꼈다.

주위의 담소 소리가 아득하게 들렸다. 우리 주변만 정적에 휩싸인 듯했다.

나는 심호흡을 했다.

"에이지가 이상한 유언을 남긴 이유를 알았어요."

내가 말하자 타쿠미의 굵은 눈썹이 움찔했다.

"그 유언은 게놈제트사의 주식을 국고로 넘기기 위한 대규모 작전이었어요."

타쿠미는 체념한 듯 눈을 꼭 감았다가 바로 뜨더니 나를 시험하듯 말했다.

"우선 끝까지 들어보죠."

나는 고개를 끄덕이며 미소를 지었다.

"최근에 모리카와 제약에서 히라이 부사장의 세력이 커지면서 모리카와 가문 사람들이 경영 일선에서 쫓겨나는 상황이라더군요. 타쿠미 씨는 그 흐름에 밀리지 않기 위해 큰 성과를 내야 했어요."

내 말에 반응해 타쿠미가 얇은 입술을 꾹 다물었다.

"그래서 눈여겨본 것이 최신 게놈편집 기술을 가진 게놈제트 주식회사였어요. 훌륭한 기술력을 가진 게놈제트사가 파격적인 조건으로 주식을 사줄 사람을 찾고 있다는 정보를 들은 타쿠미 씨는 수중에 있는 돈을 털어 게놈제트사의 주식을 사들였죠."

타쿠미는 아무런 반응도 하지 않았지만 나는 설명을 이어나갔다.

타쿠미는 아주 좋은 조건으로 예전 최대주주에게서 경영권을 양수받았지만, 너무 좋은 제안에는 사연이 있기 마련이었다.

주식을 매수하자마자 조폭 기업인 키요스홍업이 게놈제트사의 주식을 팔라면서 타쿠미의 주변을 어슬렁거렸다. 뛰어난 게놈편집 기술이 있으면 증거가 남지 않는 살인약을 만들 수 있었고, 인공적으로 근육을 증강한 최강 용병도 만들 수 있었다. 여러모로 쓸모가 많은 기술이었다. 키요스홍업은 이 기술을 수입원으로 삼아 떼돈을 벌 생각이었다.

그리고 게놈제트사에서도 키요스흥업을 함부로 대할 수 없는 이유가 있었다. 벌써 10년도 더 된 옛날 일이기는 했지만, 게놈제트사는 조직폭력배의 협력을 얻어 불법 인체실험을 한 적이 있다는 소문이 있었다. 소문이 사실인지 확인은 되지 않았지만, 적어도 키요스흥업은 그것을 이유로 협박했다.

협박에 시달리던 이전 최대주주는 싼 값에 게놈제트사의 주식을 팔았다. 그리고 그 주식을 산 사람이 타쿠미였다. 원래는 사전에 철저한 조사를 거쳐 게놈제트사가 중대한 결함을 안고 있는지 확인해야 했지만, 공을 세우기 급급했던 타쿠미는 이를 소홀히 했다.

나는 거기까지 말하고는 '게놈제트 주식회사 조사보고서'라는 제목의 책자를 꺼내 보였다.

그것은 기업의 인수합병 전에 변호사들이 그 회사가 안고 있는 법률적 리스크를 조사한 뒤 정리해놓은 보고서였다.

"이 조사보고서, 정말 허술하더군요. '분쟁, 조직폭력배와의 관여' 부분에 키요스흥업의 직원들이 게놈제트사를 몇 번 방문해서 어떤 클레임을 걸었다는 내용이 있었어요. '게놈제트사 직원의 말에 따르면 클레임은 전부 해결됐다고 한다'고 적혀 있지만, 타쿠미 씨는 이 점을 더 자세히 조사했어야 했어요."

"이걸 어떻게…."

타쿠미가 조사보고서를 가리켰다.

"뭐, 여러 경로가 있거든요."

타쿠미의 여동생 사에에게서 받은 것이었지만, 나는 말을 얼버무렸다.

"어떻게 이 모든 걸 알아냈죠?" 타쿠미가 물었다.

나는 '경영권 양수계약서'라는 제목의 계약서 복사본을 타쿠미에게 보여줬다.

"이것도 어떤 경로로 구한 건데, 타쿠미 씨가 이전 최대주주한테서 주식을 샀을 때 내건 조건이 적혀 있어요. 가격도 싸고 조건도 좋아요. 언뜻 보기에 내용에 특이한 점도 없었고 정말 표준계약서 그대로였어요."

타쿠미는 자기가 도장 찍은 계약서의 복사본이 내 손에 있다는 데에 적잖이 놀란 것 같았지만, 어차피 이렇게 된 김에 이야기를 끝까지 들어보자 싶었는지 말없이 고개만 끄덕였다.

"그런데 그게 오히려 이상했어요. 주식양수 계약 내용은 인수할 회사의 리스크에 따라서 천차만별로 달라져요. 그렇기 때문에 회사를 사기 전에 그 회사에 중대한 결함이 있는지 확실히 확인하고, 만약 위험한 점이 있으면 그 부분에 관한 특약사항을 철두철미하게 정하기 마련이에요. 그런데 이 계약서는 그런 고심의 흔적이 없는 단순한 내용이었어요. 그래서 사전에 제대로 법률적 검토를 거치지 않은 것 같다고 생각했죠."

타쿠미는 쓸쓸한 표정을 지었다.

"그래서 제가 예전 주주와 접촉해서 구체적인 사정을 물어봤어요. 역시나…, 빙고!"

"그렇군요." 타쿠미는 팔짱을 낀 채 말했다. "그런데 그게 사실이라고 해도, 그게 에이지의 유언과 어떤 관련이 있다는 거죠?"

나는 기다렸다는 듯 미소를 지었다.

"타쿠미 씨도 게놈제트사가 부담스러웠겠죠. 모리카와 제약과 함께 공동개발도 진행하고 에이지까지 출자자로 넣어서 게놈제트사와 돈독한 관계를 맺었는데, 알고 보니 그 회사가 위험한 혹이 딸린 회사였으니까요. 사실 타쿠미 씨와 에이지 주변에 조폭들이 얼쩡댄다는 소문도 이미 업계에 돌았어요."

대기업 경영자는 겹겹이 보호를 받으며 하늘에 떠 있는 것 같은 존재라 어두운 아랫동네의 사정에는 오히려 어두웠다. 하지만 그런 대기업과 거래하는 중소기업 경영자들은 눈에 불을 켜고 주변을 살피기 마련이었다. 중견 무역회사를 운영하는 시노다의 아버지도 타쿠미와 에이지에게 얽힌 어두운 소문을 들은 한 사람이었다. 그래서 시노다의 아버지는 아들에게 모리카와 가문과 교류를 끊으라고 한 것이었다.

유키노에게 온 장난전화와 칼이 든 우편물도 조직폭력배들이 한 짓일 것이다.

"타쿠미 씨는 여러 번 에이지와 상담을 했죠. 타쿠미 씨와 에이지, 무라야마 변호사님 셋이서 모종의 대화를 나누는 장면이 여러 번 목격됐어요. 마지막으로 목격된 때가 1월 27일. 에이지가 제1유언을 쓴 날이었죠."

이 말에도 타쿠미는 말없이 고개를 끄덕였다.

내 이야기를 무작정 부정할 생각은 없어 보였다.

"세 사람의 목적은 처음부터 게놈제트사의 주식을 국고에 귀속시키는 것이었어요. 주식이 기획재정부 소유가 되면 조폭들도 어쩔 수 없이 손을 뗄 것이고, 게놈편집 기술이 악용될 일도 없겠죠. 주식이 국고로 이전되기까지 3개월 동안 타쿠미씨는 신약 머슬 마스터 제트의 허가가 차질 없이 떨어지도록 동분서주하며 공무원들과 연락을 취했어요."

나는 바다 쪽으로 시선을 돌렸다. 헬리콥터에서 봤던 강 수면이 생각났다.

"키요스흥업도 타쿠미 씨의 움직임을 눈치챈 것 같더군요. 유언 원본을 못 찾게 해서 유언 집행을 막으려고 금고 인양을 방해한 걸 보면요. 덕분에 우리도 헬리콥터를 부르느라 긴지씨가 5백만 엔이나 추가로 지출을 했다고요."

타쿠미는 풋 하고 환한 웃음을 터뜨렸다.

"긴지 삼촌은 돈을 잘 버시니까 그 정도로는 끄떡없을 거예요." 타쿠미는 머리를 긁적이며 덧붙여 말했다. "전부 꿰뚫어 봤군요. 이 일을 함께 생각한 에이지와 무라야마 변호사님이 세상을 떠나는 바람에 저 혼자 떠안고 가야 한다고 생각했어요."

타쿠미는 속상함보다는 이제 혼자서 짐을 지지 않아도 된다는 안도감이 큰 것처럼 보였다.

"그런데 제가 알아내지 못한 부분도 있어요."

나는 여전히 궁금한 부분을 솔직하게 물었다.

"왜 살인범에게 유산을 준다느니, 전여친을 비롯해 과거에 알던 많은 사람들에게 유산을 준다느니 한 거예요? 처음부터 국고에 귀속시키겠다고 하면 됐잖아요."

여기까지 파고든 이상, 마지막의 마지막까지 수수께끼의 답을 알고 싶었다.

"그건 에이지가 낸 아이디어였어요. 저를 지키기 위해서요."

타쿠미의 눈은 아득히 먼 곳을 바라보는 듯 아련했다.

"저와 에이지를 라이벌이라고 부르면서 비교하는 사람들이 많았지만, 적어도 저희끼리는 서로를 아꼈고 사이도 좋았어요."

에이지는 이번 일이 드러나면 타쿠미의 이력에 흠이 날까 봐 걱정을 했다고 한다.

그리고 병상에 누운 자신의 생명이 얼마 남지 않은 것을 이용해 게놈제트사와 관련된 타쿠미의 실수를 모리카와 가문과 회사 사람들로부터 숨겨주고자 했다.

'어차피 나는 곧 죽어. 그러니까 차라리 내가 피에로가 될게. 형은 내 몫까지 출세해 줘.'

에이지는 그렇게 말했다고 한다.

모든 것은 병상에 누운 에이지의 기행 탓이고, 거기에 휘말린 타쿠미는 어쩔 수 없이 자기가 가진 게놈제트사의 지분을 국고로 넘겼다.

사람들이 그렇게 생각하게끔 스토리를 만들어 타쿠미의 이력에 흠이 나지 않게 한 것이다.

"주식을 갑자기 국고로 귀속시킨다고 하면 머슬 마스터 제트를 출시하기 위해 진행하던 관청과의 협상이 원활히 풀리지 않을 가능성이 있었어요. 그래서 3개월이라는 준비 기간이 필요했습니다. 그리고 제가 뒤에서 몰래 움직이는 그 3개월 동안 회사 사람들과 모리카와 가문 사람들이 눈치채지 못하도록 그들에게 다른 귀찮은 일을 맡기기로 했습니다."

나는 에이지의 유언 내용을 떠올리며 말했다.

"그래서 모리카와 제약의 간부들을 '범인 선출전'에 밀어 넣고, 모리카와 가문 사람들이 여러 사람을 만나 유산을 나눠주도록 설정한 거군요."

타쿠미는 고개를 끄덕였다.

"특히 히라이 부사장은 예리하니까 시선을 다른 곳에 집중시켜야 했습니다. 살인이나 범인 같은 말을 넣으면 언론이 반응해서 간부들을 귀찮게 할 테니 히라이 부사장 측도 쉽사리 움직이지 못할 거라고 에이지가 말했어요. 그리고 모리카와 가문에서도, 특히 토미하루 형은 저와 에이지의 사이가 나쁜 줄 아니까 에이지가 죽은 다음에 제 움직임을 주시할 거라고 생각했죠. 그 눈을 피하고자, 유증 절차를 밟을 때 모리카와 가문 사람이 배석해야 한다는 내용을 집어넣었습니다."

"이렇게 큰일을 벌여서까지 자신의 실수를 덮고 이력에 흠이 나는 것을 막아야 했나요?" 내가 타쿠미에게 물었다.

타쿠미는 복잡한 표정으로 눈을 내리깔았다.

"그러게요. 저도 그렇게 생각해서 처음에는 에이지의 생각에 반대했습니다. 에이지한테 그렇게까지 도움을 받는 것도 미안했고요. 토미하루 형이 자주 말하던 포틀래치라는 것이겠죠. 에이지에게 받은 것만 많고 저는 에이지에게 돌려줄 수가 없으니까요."

확실히 이 계획은 에이지가 모든 책임을 뒤집어쓰고 주변 사람들에게 민폐를 끼치는 반면, 타쿠미에게만 득이 되는 형태였다. 두 사람의 사이가 좋았다고는 하나, 그렇게까지 빚을 지면 타쿠미도 찝찝함이 남을 것이다.

"하지만 에이지가 진심으로 저와 모리카와 제약의 성공을 바라는 것을 알고서, 저는 에이지의 선물을 받기로 했습니다. 선물을 제대로 받으려면 받는 쪽의 각오가 필요하기 마련이죠. 저는 에이지가 준 선물에 짓눌리지 않고 모리카와 제약을 키워나갈 생각입니다."

타쿠미는 성격 좋아 보이는 까무잡잡한 얼굴을 내 쪽으로 돌렸다.

"이제 일주일만 있으면 에이지와 제 계획이 완성됩니다. 머슬 마스터 제트를 출시하기 위한 사전 작업도 잘 끝났으니, 내후년에는 머슬 마스터 제트가 판매되기 시작할 거예요. 하지만 나머지는 레이코 씨의 판단에 맡기겠습니다. 저희의 계획을 히라이 부사장에게 말해도 좋습니다. 그렇게 하신다면 저는 모든 것을 솔직하게 인정하고 모리카와 제약의 경영에서 손을 떼겠습니다."

이미 각오한 듯 타쿠미는 입을 일자로 꾹 다문 채 나를 봤다.

나는 여기에 오기 전부터 마음에 정해 놓은 것이 있었다.

타쿠미가 저항하거나 변명한다면 경영자로서 자질이 없다고 판단해 내가 가진 정보를 히라이 부사장에게 팔아넘기려고 했다.

그러나 만약 솔직하게 인정한다면….

"이 일은 빚으로 달아놓을게요."

내 말을 듣고도 타쿠미는 굳은 표정을 여전히 풀지 않았다.

"하지만 저는 변호사예요. 만약 히라이 부사장이나 카네하루 사장이 저를 고용해서 이 일을 조사하라고 시키면 거기에 따를 수밖에 없어요."

나는 씨익 웃으며 말했다.

"그러니까 지금 빨리 저를 찜해두는 게 어때요?"

타쿠미는 놀란 듯 눈을 끔벅이다가 이내 미소를 지었다.

"레이코 씨를 제 개인 고문변호사로 삼으라는 말인가요?"

"뭐, 어떻게 하시든 저는 상관없어요. 하지만 다른 사람보다 먼저 저와 고문 계약을 맺어 두시면 저는 히라이 부사장이나 카네하루 사장한테서 의뢰를 받아도 이해상반행위 금지 규정 때문에 그 의뢰를 받을 수 없겠죠."

"하하하."

타쿠미는 갑자기 표정을 풀며 소리를 내어 웃었다.

"역시 에이지가 반할 만한 사람이네요. 네, 좋습니다. 저와 자문 계약을 맺으시죠."

타쿠미가 큰 손을 내밀었다.

"얼른 출세해서 저를 모리카와 제약의 고문변호사로 만들어 줘요."

나도 손을 내밀어 타쿠미와 악수했다. 봄볕이 우리의 손 위를 덮으며 반짝 빛났다. 에이지의 손도 그 위에 겹쳐진 듯했다.

3

주식 형태로 된 에이지의 유산 절반은 타쿠미와 에이지의 계획대로 국고로 귀속됐다. 남은 절반은 료에게 상속되었다. 그래서 당연하게도 내 수중에는 땡전 한 푼 들어오지 않았다.

에이지에게서 받은 별장의 공유 지분은 싼 값에 아사히에게 팔아넘겼다. 아사히는 병원으로 출퇴근하기도 쉬워졌고, 몸이 불편하신 어머니는 풀 뽑기에 열정을 불태우고 계신다고 웃음 가득한 얼굴로 말했다.

사에는 변함없이 유키노와 티격태격하며 지냈다. 그런데 유키노가 슬쩍 말해준 바에 따르면, 사에가 요즘 결혼 상대를 열심히 찾고 있다고 했다.

료는 타쿠미와 유키노에게 입양되었다. 에이지의 반려견 바커스도 함께. 이따금 아사히가 찾아가 료와 놀아준다고 했다.

어린 료는 자신의 상황을 아직 이해하지 못했다. 타쿠미는 앞으로 천천히 시간을 들여 료가 이해할 수 있게 돕겠다고 했다.

그리고 나는 결국, 원래 다니던 야마다 카와무라&츠츠이 로펌으로 돌아갔다.

이러니저러니 해도 츠츠이 변호사 밑에서 배울 것이 많다고 생각해서였다.

츠츠이 변호사는 나의 더 큰 성장을 기대하는 마음에 보너스를 줄인 것이라고 말했지만, 그런 이유로 보너스를 삭감당하는 것은 이제 사양하고 싶었다. 이 점에 대해서는 복귀할 때 로펌에 확실히 항의했다. 그런 나를 보며 다른 변호사들은 혀를 내둘렀지만 그들이 아무리 눈치를 줘도 내가 돈을 포기하지는 않을 것이다.

무라야마의 '법무법인 삶'은 망했지만, 무라야마가 변호사로서 담당하던 사건은 내가 전부 이어받았다.

선량한 동네 사람들의 자질구레한 사건들뿐이라 돈이 되는 사건은 전혀 없었다. 나는 원래 독하게 돈을 끌어모을 계획을 꾸미는 의뢰인들과 함께 뛰고 싶었다. 하지만 시노다의 말이 내 가슴에 박혀 오히려 동기부여가 되었기에 이제 돈이 되지 않는 사건을 위해 이리저리 뛰어다녔다.

그렇게 나는 전보다 훨씬 바쁘게 일하고 있었다. 그러다 5월 초의 긴 연휴가 끝난 다음 날, 긴지가 새 차를 샀으니 구경하러 오라는 연락을 했다.

나는 긴지와 놀아줄 여유가 없었으므로 끈질기게 전화를 거는 긴지를 무시하고 있었다. 기다림에 지친 긴지는 예전 언젠가처럼 우리 아파트 초인종을 연신 눌러대며 나의 조용한 일요일 아침을 방해했다.

짜증을 내며 1층으로 내려가 보니, 젊은 애들처럼 찢어진 청바지에 반팔 티셔츠를 입은 긴지가 "여기야, 여기!"라고 말하며 손짓을 하고는 아파트 밖으로 나갔다.

나도 긴지를 따라 밖으로 나갔다. 아파트 앞에는 바나나처럼 쨍한 노란색 롤스로이스가 서 있었다. 6천만 엔은 할 것처럼 보였다.

"레이코 씨가 내 벤틀리를 고장 내버렸잖아."

긴지가 걸어가면서 태평하게 말했다.

나는 그 말을 받아치려 했으나, 차에 가까이 가보니 예순쯤으로 보이는 여자 한 명이 조수석에 타고 있어서 입을 다물었다.

여자도 나를 발견하고는 차에서 내려 인사했다.

옅은 회색 원피스를 입은 아주 얌전한 인상의 여성이었다.

그런데 그 눈에는 소녀처럼 반짝이는 빛이 담겨 있어 청초한 발랄함까지 느껴졌다.

튀는 바나나색 차와 그 여성은 완벽한 부조화를 이루는 것처럼 보였다.

"히라이 부사장한테 사실을 털어놓았거든. 그랬더니 미요가 아직 독신이라지 뭐야."

내 옆에서 긴지가 말했다.

긴지는 차로 다가가서 조수석 문을 열고 여성을 다시 조수석에 앉혔다.

그리고 다시 나를 돌아보더니 말했다.

"나는 이제 미요랑 드라이브 데이트하러 갈 거야."

긴지는 헤벌쭉한 표정을 지었다.

"계속 독신으로 산 보람이 있었어."

긴지는 그렇게 말하며 느끼하게 엄지손가락을 세운 포즈를 취해 내 비위를 상하게 했다.

긴지는 내 기분을 알아차릴 새도 없이 바나나색 롤스로이스를 타고 미요와 함께 사라졌다.

"뭐야, 진짜. 그냥 유세 떨러 온 거잖아."

나는 멀어지는 차를 바라보며 몇 분간 멍한 표정으로 그곳에 서 있다가, 아직 조금 쌀쌀한 바람 탓에 작게 재채기를 했다.

아파트로 올라가다가 문득 우편함에 눈길이 갔다.

노부오가 보낸 편지에 답장을 써볼까 생각했다.

옮긴이 권하영

한국외국어대학교 일본어통번역학과를 졸업하고, 이화여자대학교 통역번역대학
원에서 한일번역을 전공하였다. 번역작으로 《루팡의 딸2》, 《루팡의 딸3》, 《루팡의
딸4》, 《죽인 남편이 돌아왔습니다》, 《내가 나를 버린 날》 등이 있다.

초판 2022년 4월 25일 2쇄
저자 신카와 호타테
옮긴이 권하영
ISBN 979-11-90157-31-5   03830

출판사 도서출판 북플라자
주소 서울시 강남구 논현동 118-13 5층
홈페이지 www.bookplaza.co.kr